UNE COLONIE

DU MÊME AUTEUR

SILO, Actes Sud, 2013 ; Babel n° 1283.
SILO ORIGINES, Actes Sud, 2014 ; Babel n° 1352.
SILO GÉNÉRATIONS, Actes Sud, 2014 ; Babel n° 1391.
PHARE 23, Actes Sud, 2016 ; Babel n° 1519.
SILO. L'INTÉGRALE, Actes Sud, 2017.
OUTRESABLE, Actes Sud, 2019 ; Babel n° 1726.
UNE COLONIE, Actes Sud, 2020 ; Babel n° 1847.

Titre original :
Half Way Home
Éditeur original :
A John Joseph Adam Book / Mariner Books /
Houghton Mifflin Harcourt, Boston / New York

ISBN 978-2-330-17103-2

HUGH HOWEY

UNE COLONIE

roman traduit de l'anglais (États-Unis)
par Aurélie Tronchet

BABEL

À Carr Murrill.

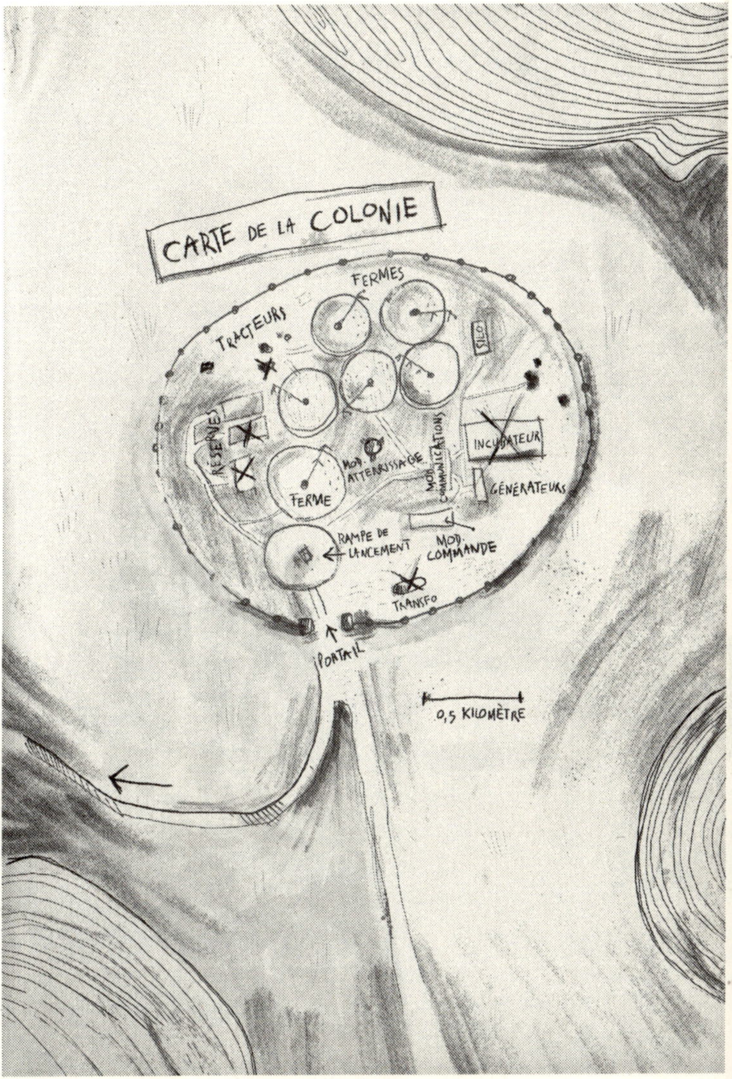
CARTE DE LA COLONIE
FERMES
TRACTEURS
SILO
RÉSERVES
INCUBATEUR
MOD. ATTERRISSAGE
MOD. COMMUNICATIONS
GÉNÉRATEURS
FERME
RAMPE DE LANCEMENT
MOD. COMMANDE
TRANSFO
PORTAIL
0,5 KILOMÈTRE

0

CE QUI AURAIT DÛ SE PASSER

J'étais un blastocyste, autrefois. Un simple magma de cellules accrochées les unes aux autres. Un œuf fécondé. Bien sûr, on a tous connu ce stade à un moment de notre vie, mais j'y ai excellé comme vous n'avez pu le faire. J'ai passé plus de temps dans cette condition qu'en tant que personne.

Des centaines d'années de plus, en réalité.

J'aime encore m'imaginer ainsi : une forme sans forme, frémissante, mûre et pleine de potentiel. Je préserve cette image dans ma tête et c'est comme si je n'étais pas encore né, comme si nous pouvions laisser les choses se dérouler encore une fois et atteindre une destination différente. Ça mènerait peut-être à un nouveau moi, plus complet.

Mais répéter le passé, c'est aussi impossible que voyager plus vite que la lumière et envisager l'arrêt temporaire des fonctions vitales – ça relève de l'imagination. Ce sont des idées merveilleuses, mais aucune d'elles n'appartient au champ des possibles. D'après ce qu'on en sait, en tout cas.

D'où ces œufs frémissants de potentiel, mes camarades colons et moi-même.

Quelle meilleure façon pour ensemencer les étoiles du cadeau de l'humanité ? Imaginez sinon les vaisseaux des colons : ils seraient de la taille de petites lunes, bourrés à craquer d'humains en vie, mangeant, respirant et déféquant. De telles arches ne seraient pas pratiques, même si ces colons étaient capables de survivre à la démence inhérente au voyage interstellaire, aux centaines d'années d'ennui, de reproduction et de luttes intestines se manifestant le temps du lent cheminement vers un rocher lointain. Et qu'arriverait-il si ce rocher se révélait inhabitable ?

Évidemment, un système grâce auquel des blastocystes comme moi sont lancés dans l'espace en compagnie d'une poignée de machines pour les élever est bien plus judicieux. Surtout quand on considère un taux d'échec de colonisation d'environ cinquante pour cent. Chaque vaisseau de colonisation qui atterrit n'est rien de plus qu'une pièce lancée en l'air, scintillant dans l'espace, le mot "viable" imprimé sur un flanc, "non viable" tamponné sur l'autre.

Le jeu – *votre* jeu – consiste à voir où cette pièce atterrit.

Quand on sait que chaque vaisseau coûte neuf cents milliards, on peut se demander pour quelles raisons une nation prendrait de tels risques. Alors j'imagine ce que la possession d'une planète entière représenterait pour un simple pays : toutes ces ressources, cette précieuse terre habitable, un tremplin pour étendre encore plus loin son territoire. Ce serait comme une île acquérant un continent. De plus, si vous ne le faites pas, quelqu'un d'autre le fera, non ? Ce qui veut dire que vous *devez* le faire.

Les compensations peuvent être énormes. Un seul brevet sur une séquence génétique extraterrestre utile pourrait financer plusieurs autres colonies – et bien que l'entreprise soit un immense pari, c'en est une dont le potentiel peut se révéler *extrêmement* lucratif. Pour les pays les plus riches, voilà une façon supplémentaire de préserver leur richesse. Comme une machine à sous distribuant un jackpot tous les deux jetons.

C'est ce que "viable" signifie : une planète offrant plus de compensation que de risque. *Un jackpot.* Pas pour les aspirants colons, bien sûr, mais certainement pour le pays qui les a envoyés. Je parie que tout ça implique des formules bien trop complexes pour que quelqu'un comme moi les comprenne. Étant donné la profession que vous m'avez choisie, j'ai bien plus de chances de saisir les caprices du cerveau humain. Mais je peux imaginer que l'atmosphère de notre nouvelle destination doit indiquer telles et telles parties par million. La masse de la planète envisagée doit sans doute répondre à certains paramètres. Et de toute évidence, elle ne peut être peuplée de hordes de prédateurs impossibles à maîtriser.

Il existe des millions de variables, j'en suis certain mais, par quelque concours de circonstances, la moitié des planètes cochent toutes les cases – la moitié d'entre elles se révèlent viables et, nous, petits blastocystes, sommes en conséquence récompensés par un détonateur chimique, un simple mélange qui enclenche la reprise de notre division cellulaire comme si nous nous trouvions dans le ventre de notre mère.

Puis, nourris par le biais du même liquide amniotique que nous respirons, nous sommes lentement transformés en bébés potelés, en enfants obéissants, puis finalement en adultes complètement formés. Pendant tout ce temps, les programmes de formation que vous avez rédigés nous enseignent ce qu'il nous faut savoir. Pour moi, ce serait apprendre à répondre aux besoins psychologiques de mes camarades colons – en gros, garder les pièces de chair de vos moteurs bien huilées, réassembler les engrenages qui cassent.

Le processus de croissance prend normalement trente ans. Trois décennies passées dans des cuves nous procurant une alimentation parfaite, nos muscles stimulés électriquement pour devenir forts. Et une fois que nous émergeons, les cinq cents que nous sommes, chacun de nous spécialiste dans son domaine, nous devons entamer la tâche ardue de conquérir notre nouveau monde. Nous serons la première génération des centaines peut-être nécessaires pour mettre une planète entière à genoux, pour en extraire les ressources, pour en dévoiler les secrets, et pour rentrer dans les frais de lancement engagés pour nous, et bien plus encore, par quelque vieille nation sur quelque vieux rocher lointain.

Pendant ce temps, nous économiserons pour une nouvelle vague d'expansion. Le pouce rejeté en arrière, nous serons prêts à lancer une nouvelle pièce dans l'espace.

Durant ces trente années de gestation, notre vaisseau colonisateur s'activera à préparer notre nouveau chez-nous. À notre réveil, nous découvrirons que l'appareil s'est agrandi et s'est divisé. Des tracteurs ayant voyagé des milliards de miles démarreront et se mettront à labourer la terre, la préparer à nos besoins. Des machines d'extraction minière tireront des tonnes de minerai de la croûte de la planète afin d'alimenter les machines de fonderie qui, à leur tour, transformeront ces minerais en alliage afin que les machines d'usinage puissent fabriquer, eh bien… de nouvelles machines.

Certains d'entre nous s'interrogeront probablement sur notre utilité. Mais nous ferons ce pour quoi nous avons été formés – peut-être même nous satisferons-nous de ne pas savoir ni même de désirer quoi que ce soit d'autre. Il se peut qu'un jour, tout comme vous, nous ayons véritablement soif de nous étendre et de conquérir de nouveaux mondes, parce que le véritable butin dépassera la valeur des informations que nous vous transmettrons par satellite. Il éclipsera même la valeur des cargaisons de minerai, transportées par les vaisseaux de marchandises aux allures de paresseux.

Non, le véritable attrait de cette sale procédure, c'est l'immortalité. L'allégeance aux gènes communs et aux frontières imaginaires s'étirant aisément à travers les années-lumière. La satisfaction de savoir que vos enfants sont là-bas, qu'ils survivent à l'étoile réchauffant la planète sur laquelle ils ont été conçus, que vos petits-enfants survivront à *cette* nouvelle étoile, et ainsi de suite.

Tant de richesses et d'immortalité, rien qu'en lançant une pièce en l'air.

Bien sûr, c'est ce qui *aurait dû* se passer. Il reste l'autre moitié des colonies, celles dont le sort est vite réglé. Dans ces colonies, l'IA mastique ces formules complexes, et les résultats font défaut – qui sait pour quelle raison et pour quel écart. Toxicité atmosphérique, gravité écrasante, orbites imparfaites et changements saisonniers erratiques, fréquents impacteurs d'extinction… n'importe lequel de ces éléments signe la mort d'une colonie, et aucun de ces paramètres ne peut être déduit avec fiabilité à des centaines d'années-lumière de distance. Vos spectrographes stellaires et leurs tables actuarielles ne peuvent au mieux que formuler des hypothèses et pointer dans un sens ou dans l'autre, mais ça reste un jeu de hasard.

Non viable. C'est ce que l'IA estimera. Et au lieu du déclencheur moléculaire provoquant ma division cellulaire, les machines produiront des munitions chimiques qui me liquéfieront ainsi que mes camarades colons. Un ingénieur a réellement baptisé cette procédure, "Séquence avortement". Cinq cents humains potentiels détruits dans un bain acide, la colonie entière incendiée et réduite en scories, suivi d'explosions nucléaires afin de s'assurer que pas même les cendres n'y survivent.

On pourrait penser que cet ingénieur avait un bien piètre sens de l'humour – et, étant l'un de ces blastocystes presque avortés, j'ai moi-même été un brin écœuré. Même en connaissant l'étymologie du terme, j'identifie bien là une de ces cruelles coïncidences qui ponctuent l'existence humaine. À l'origine utilisé pour décrire l'interruption d'une grossesse non désirée, puis récupéré par l'industrie aéronautique pour qualifier tout essai annulé, ce mot a étrangement retrouvé son usage initial grâce à la cruauté de la colonisation planétaire.

Pourquoi la séquence avortement ? pourrait-on se demander. Pourquoi réduire à l'état de lave un tel investissement financier avant de déclencher des bombes thermonucléaires ? Après avoir longuement réfléchi, nous avons compris que le savoir avait gagné en valeur, et que, dans la guerre opposant les nations dans la domination de tant de nouveaux territoires, les idées s'étaient transformées en une nouvelle monnaie, identifiable par tous et immédiatement transmissible. Les droits de propriété intellectuelle font dorénavant office d'or éphémère, sans poids et invisible, des objets anciens inestimables qu'on peut glisser dans les replis d'un cerveau et faire passer clandestinement n'importe où, indétectables. Ces pépites peuvent être ensuite échangées contre de réelles richesses par des personnes rouées, ou bien propagées telle une maladie par ceux qui ne savent pas tenir leur langue.

Des données. Nos données. L'information et les brevets sont aujourd'hui vénérés par tous.

De toutes les données, il n'en existe peut-être aucune d'aussi protégée que l'IA de notre colonie qui est, au même titre que nous, un clone de nos ancêtres. D'où les munitions chimiques, les systèmes à incendie et les bombes nucléaires qui nous ont accompagnés dans le lent voyage à travers les siècles – tout ça est peu coûteux à transporter et assez sympa pour ne pas chier, respirer et se reproduire.

Voilà quels sont les calculs. *Vos* calculs. Viable ou à avorter. Une pièce jetée en l'air. Marche ou arrêt. Un ou zéro. Une dichotomie que les ingénieurs et les scientifiques adorent. Le facteur décisif qui, dans leurs recherches intellectuelles, leur octroie la capacité à tailler dans les données dans le but d'atteindre la *vérité*.

Pour moi qui suis psychologue, membre des sciences "humaines", ce type de rationalité nette me remplit de jalousie. Même les physiciens quantiques possèdent leur concept de réduction du paquet d'ondes ; ils transforment tout ce flou en chiffres aussi précis et tangibles que n'importe quel autre domaine rationnel de recherche.

Le problème, cependant, c'est que le choix n'est pas vraiment dichotomique. Mais vous ne le saviez pas, n'est-ce pas ? Vous n'avez pas envisagé une troisième possibilité, tellement imprévisible que vous étiez incapables de l'imaginer. En laissant le choix de la viabilité ou de la non-viabilité à une intelligence artificielle – une conscience conçue pour modéliser notre propre pensée –, vos ingénieurs ont créé un problème qui relève de *mon* champ de compétence en qualité de psychologue.

Quelque chose d'humain.

Deux options, viable et non viable, toutes deux soigneusement planifiées. Sauf qu'à force de jouer à pile ou face, à force de lancer des pièces en l'air, *quelque chose d'autre* peut se produire, une sorte de miracle, pourtant statistiquement inévitable. À force d'envoyer des milliers, des dizaines de milliers, des centaines de milliers de vaisseaux colons – chacun d'eux une pièce tournoyant dans l'air –, l'un d'entre eux finira par vous surprendre.

L'une de ces pièces finira par atterrir sur la tranche et par rester là, en équilibre chancelant, pleine d'un horrible et impressionnant potentiel. Ce ne sera ni pile ni face, mais autre chose.

Ce qui suit est le récit d'une de ces rares pièces.

C'est l'histoire de l'endroit où je vis.

PREMIÈRE PARTIE

SORTIR DE LA CUVE

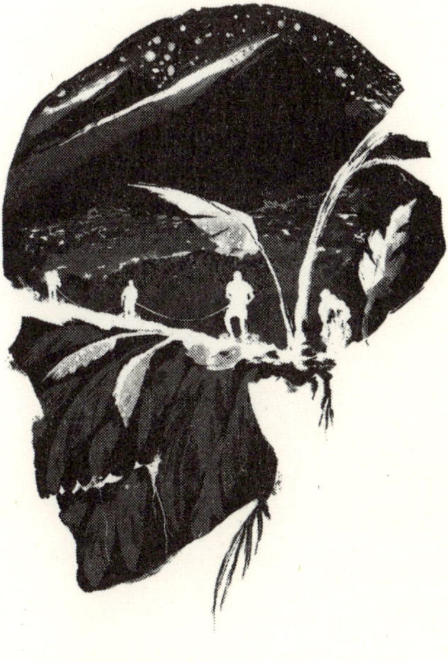

1

SÉQUENCE AVORTEMENT

Quand j'ai ouvert les yeux pour la première fois, j'avais quinze ans. Quinze. Pas encore vraiment un adulte – à mi-chemin entre un enfant et un homme. Avant cet instant, tout ce que j'avais appris provenait de visions directement implantées dans mon cerveau. J'avais été gavé de leçons virtuelles et d'expériences de vie pendant que mon corps grandissait à l'intérieur d'une cuve.

Les programmes de formation avec lesquels j'avais grandi étaient une sorte de papillonnage routinier, sans ordre précis et irréguliers. C'était souvent juste moi et l'IA de la colonie sous diverses apparences, parfois peut-être quelques élèves virtuels faisant office d'exemples ou pour m'empêcher de devenir fou. Je me promenais dans les bois en écoutant une conférence de Colony et, la minute suivante, j'animais une consultation de thérapie entre deux colons virtuels qui ne s'entendaient pas. Ces bousculades de ma conscience me paraissaient absolument normales. Je n'avais jamais rien connu d'autre.

Puis je me suis réveillé. J'ai vu le monde réel, solide et inébranlable, et il était bien moins cohérent.

J'ai ouvert les yeux dans une colonne carrée de verre. La première chose que j'ai remarquée, c'était une fille en train de se réveiller dans la grande cuve voisine de la mienne. Nos corps nus dégoulinaient d'un liquide amniotique épais dont le niveau baissait dans un gargouillis de canalisation à mes pieds. Des bulles remontaient en flottant à la surface de la bonde où elles éclataient. J'ai vomi deux poumons pleins d'une substance gluante bleutée, j'avais des haut-le-cœur, je crachais, toussais – mon corps, qui savait naturellement ce qu'il fallait faire, s'est mis à respirer pour la première fois. J'ai frémi, le souffle sonore, l'air autour de moi était froid mais il me brûlait les poumons, m'embrasant et me frigorifiant à la fois.

Mes yeux me piquaient, je les ai essuyés ; mes sens étaient submergés et confus. On venait juste de m'enseigner la thérapie régressive et voilà que je me retrouvais, nu – mais pas seul –, dans un endroit étrange. L'inversion ironique des rêves qu'on m'avait appris à interpréter m'échappait : se réveiller en public sans vêtements.

La fille dans la cuve voisine s'est effondrée, l'épaule aplatie contre le verre, tendant le cou alors qu'elle toussait et s'essuyait les yeux. Nous venions tous les deux au monde dans les spasmes et avec l'élégance du supplicié mis à mort.

Un côté de ma cuve s'est ouvert en glissant et une cacophonie a assailli mes oreilles vierges. Comme pour la vue, j'avais "entendu" pendant quinze ans, mais uniquement par stimulation directe des centres auditifs de mon cerveau. Et jamais avec une telle violence physique, intime, acoustique. Du bruit qui presse la chair. Du bruit comme un autre cœur qui bat. Du bruit qu'on peut sentir jusque dans ses os.

Des cris. Des gens qui hurlent. Le crépitement des… flammes ? Derrière tout ce vacarme, une voix étrangement sereine appelait de partout : *"Restez calmes. Dirigez-vous vers la sortie."*

Mais rien dans la situation n'était calme. Et il n'y avait aucune sortie visible.

Si je n'avais pas eu les jambes vacillantes, j'aurais pensé à un exercice d'urgence. Dans tous mes modules de formation, cependant, mon corps avait su comment trouver l'équilibre. Ce n'était plus le cas. Même si mes jambes avaient été stimulées artificiellement pour rester fortes, je peinais à les contrôler.

M'agrippant au bord de l'ouverture de ma cuve, j'ai franchi le montant pour rejoindre le flot serré des autres colons, nus et désorientés. Entassés dans l'étroit passage entre les chambres vides, nous étions comme des animaux progressant sur une rampe vers l'abattoir. Des corps glissants entraient en contact avec le mien, submergeant davantage mes sens d'une étrange nouveauté.

Au loin, quelqu'un a hurlé "Au feu !" et l'espace déjà compact s'est transformé en une horrible cohue de folie humaine, de coudes, de genoux et de coups. Des inconnus braillaient à pleins poumons. Nous étions alors une masse tremblante de peur et de confusion. Les corps, pareils à des cellules, formaient un nouveau blastocyste au potentiel terrible.

J'ai essayé de garder la fille près de moi. Nous nous accrochions l'un à l'autre, tels des poussins se ruant pour se blottir contre la première chose que nous avions vue après l'éclosion. Autour de nous, la colonne de chair piégée entre les cuves s'écoulait lentement dans une seule direction. J'ai eu l'intuition qu'il fallait aller dans le sens *opposé*, vers la lumière vive vacillante au-delà de la foule qui s'empressait.

La moitié d'entre nous paraissait œuvrer contre le reste, les uns annulant les autres dans une démonstration macabre du mouvement brownien. Ce n'est que lorsque les tourbillons de fumée épaisse se sont rapprochés que ceux qui poussaient vers la lumière ont reconnu que c'était là le danger que nous étions censés éviter.

Une vibration de panique a parcouru la foule en désordre, passant de peau à peau telle une étincelle, tandis que les cris de ceux qui brûlaient vifs nous parvenaient, précédant l'épouvantable puanteur. J'ai dû lâcher la fille quand quelqu'un a forcé le passage entre nous. Son visage a disparu – puis sa main tendue. La bousculade m'a emporté vers une issue invisible.

J'ai parcouru le passage étroit en sens inverse ; jetant des regards derrière moi à la recherche de la fille, j'ai vu la lueur des flammes s'aviver, se reflétant sur les murs de verre mouillé de chaque côté. Tandis que la foule m'emportait vers un endroit sûr, une partie de mon esprit s'est mise à penser à la thérapie dont les survivants allaient avoir besoin : l'accompagnement du deuil, les séances de groupe, pour traiter l'extrême probabilité d'un grave état de stress post-traumatique.

J'ai franchi la sortie en tombant à la renverse – dans la boue piétinée et la nuit pluvieuse. Frissonnant, j'ai progressé petit à petit dans un enchevêtrement de corps sales qui fuyaient. Et au milieu de la panique, je me suis surpris à réfléchir à mes années de formation, à ce qu'on attendait de moi, à ce que j'allais devoir faire pour arranger la situation.

Mon boulot est d'aider les gens à guérir de tragédies, j'ai pensé.

Mais où étaient ceux dont le boulot était d'*éviter* ces tragédies ?

Nous étions assaillis par l'air glacé de la nuit et de la pluie, et les flammes qui les défiaient, s'élevant tout autour de nous, paraissaient magiques. Des feux chimiques semblaient se renforcer en léchant le froid et l'humide. Ils devenaient plus féroces et plus terrifiants.

Les derniers survivants sortaient en titubant dans la boue. Ils nous dépassaient en nous éclaboussant, chancelants, les bras ouverts pour garder l'équilibre et les yeux écarquillés par le choc. Derrière, les cris de ceux qui ne nous rejoindraient jamais résonnaient dans le module des cuves. Ils appelaient à l'aide, mais nous étions trop occupés à essayer d'assimiler notre nouvelle existence pour prendre le risque de sauver la leur.

J'avais l'impression que très peu d'entre nous étaient parvenus à sortir. Cinquante tout au plus – et tous des gamins, évidemment. Nus, couverts de boue, nous faisions l'expérience de la respiration en toussant. Alors que la plupart s'efforçaient de s'éloigner du module, je me suis mis à ramper vers lui, me faufilant dans le flot des colons fuyant dans la direction opposée. J'ai cherché dans la foule qui me dépassait, guettant le visage de ma voisine de cuve, j'avais besoin de trouver un élément familier dans cette nouvelle existence.

Elle était blottie près de la sortie, frissonnante et couverte de saleté. Nos regards se sont croisés. Ses yeux écarquillés et blancs étaient de petits globes de perplexité. À leur surface, le film de larmes protectrices étincelait tout en captant puis libérant la lueur des flammes.

Sans un mot, nous nous sommes effondrés en nous agrippant, le menton posé sur l'épaule de l'autre, nos corps tremblant de froid et de peur.

"Le module de commande !" a crié quelqu'un.

On a entendu des pieds claquer dans la boue quand des camarades colons se sont précipités pour sauver la chose mourante qui nous avait donné la vie. La fille s'est écartée de moi pour les regarder s'éloigner, puis elle s'est tournée et a suivi mon regard dirigé vers l'allée des cuves et le brasier grandissant au-delà. Les hurlements dans les flammes s'étaient changés en grognements d'agonie. Des centaines mouraient ou étaient déjà morts.

"On ne peut pas les sauver", elle a dit d'une voix rendue rauque par la toux et le fait de n'avoir pas servi. Me tournant vers elle, j'ai regardé son cou délicat se contracter alors qu'elle se forçait à déglutir. Sous les éclaboussures de boue, une boule a remonté sa gorge comme à dessein avant de redescendre. "Il faut qu'on sauve Colony", elle a murmuré.

J'ai acquiescé, mais mon attention était de nouveau attirée par les flammes. Une forme sombre se déplaçait dans le feu, agitant les bras, la silhouette à la chair dégoulinante pareille à une chose se débarrassant de son ombre. Un mur de verre a explosé sous la chaleur, et la fumée a rapidement englouti la forme. On n'a plus entendu alors que des gémissements poussés par un nouveau-né proche de l'âge adulte qui n'aurait plus jamais l'occasion d'émettre autre chose que ces quelques sons.

La fille s'est levée. Je me suis tourné vers elle en même temps que je me détournais de celui qui mourait. Les grosses gouttes de pluie qui frappaient la boue maculant la poitrine de la fille révélaient des taches de chair rose. Elle m'a aidé à me relever et m'a tiré, chancelant, loin des cuves. Nous tenant maladroitement l'un à l'autre, quatre jambes se révélant plus stables que deux, nous nous sommes joints à ceux qui couraient.

Qui couraient pour survivre.

2

LE MODULE DE COMMANDE

Nous sommes arrivés trop tard pour aider le module de commande. Après avoir pataugé sous la pluie pour porter secours à la petite structure, on a découvert qu'elle s'était déjà débrouillée toute seule. De gros tracteurs de construction, les godets dégoulinant des restes boueux du sauvetage, se tenaient en équilibre au-dessus d'elle. Des volutes d'agent extincteur s'élevaient dans la nuit humide depuis une seule petite porte. Ces deux stratégies pour combattre le feu créaient l'illusion que le module était l'un d'entre nous : enduit de boue, la respiration visiblement laborieuse, manifestant les mêmes signes d'un instinct de survie désespéré.

Un camarade colon s'est arrêté à côté de moi. Se penchant en avant, les mains appuyées sur les genoux, il a secoué la tête. Sa peau était plus foncée que la mienne, et il devait faire une tête de plus que moi.

"Et nous ?" il a demandé.

Le corps du garçon grouillait de muscles volumineux. Une chose m'est revenue de mes premières formations : nous avons tous été conçus différents afin que la colonie soit plus forte. Mais en le regardant, je me suis demandé pourquoi la colonie n'avait pas fait en sorte que nous lui ressemblions tous. Je me sentais pâle et petit en comparaison.

Posant une main sur son dos, je me suis également penché. Il ne respirait pas fort, il s'appuyait simplement sur ses genoux comme alourdi par la gravité de la situation.

Quelques colons sont passés en courant pour se regrouper près du module de commande en attendant que la fumée se dissipe. La fille – ma voisine de naissance – est tombée à genoux près de moi en fixant ses paumes.

"Tu es blessée ?" j'ai demandé. Ma voix paraissait râpeuse et étrangère à mes propres oreilles, c'était la première fois que je l'utilisais en dehors de mes rêves.

Elle a secoué la tête. Ses cheveux, dont la cuve avait pris soin pendant de nombreuses années, étaient désormais emmêlés en caillots de boue dégoulinant de pluie.

"Que s'est-il passé ? elle a demandé.

— La foudre", a murmuré le garçon près de moi. Inclinant la tête sur le côté, il a levé les yeux vers la pluie, comme s'il s'attendait à être foudroyé pour avoir porté cette accusation. Un ruisseau d'eau dévalait de son cou, creusant un sentier dans la boue. Il s'est tourné vers moi en s'assénant une claque sur le torse. "Je m'appelle Kelvin, il a dit. Je suis agriculteur."

J'ai pris ça comme une preuve que sa qualification légitimait sa théorie de la météo, plutôt que comme une façon de se présenter.

"Tarsi", a murmuré la fille à côté de moi. Elle a continué de fixer du regard ses mains en coupe. Des gouttes tombant de son visage éclaboussaient l'eau marron qui s'y était amassée. "Professeur, elle a ajouté après un silence.

— Et toi ?" a demandé Kelvin.

D'autres colons nous ont dépassés en courant, cherchant quoi faire ou un endroit où aller. Les cris et les hurlements avaient laissé place à des halètements ponctués de temps à autre par des toux rauques.

“Je m’appelle Porter.” Je me suis redressé en secouant la boue de mes mains avant d’aider la fille à se lever.

“Ce n’était pas la foudre”, elle a dit.

Son visage tourné vers nous s’est assombri au fur et à mesure que les flammes ravageant le module de commande étaient maîtrisées. “C’était une séquence avortement.” D’un mouvement du bras, elle a englobé le paysage de destruction tout autour de nous, et la dizaine de bâtiments métalliques en feu illuminant l’obscurité au-delà. “Il y a trop de modules qui brûlent pour qu’il s’agisse d’autre chose.” Tarsi nous a fait face. “C’est l’IA de la colonie qui a déclenché ça.

— Puis l’IA a changé d’avis ? a demandé Kelvin en secouant la tête. Pourquoi nous réveiller ?

— C’est ce qu’il nous faut découvrir”, a répondu Tarsi.

Elle est partie en direction du module de commande. Ses pieds nus projetaient des gerbes jumelles de boue, sa silhouette se fondait à celles de ceux qui traversaient les flaques en courant, ceux qui toussaient et soufflaient fort.

Kelvin et moi avons échangé un regard ; les stries de crasse sur son visage ne dissimulaient pas l’inquiétude que ses sourcils froncés exprimaient. Il a toussé une fois dans son poing avant de m’assener une claque sur l’épaule, puis il s’est lancé sous la pluie à la suite de Tarsi.

Je l’ai suivi. J’étais trop perdu pour faire autre chose, trop terrifié pour rester seul.

Quand Kelvin et moi avons atteint le module de commande, Tarsi discutait avec un couple près de la porte. Un garçon et une fille, blottis sous le léger surplomb de l’entrée, dos tournés à l’acier sombre éclaboussé de boue.

“Que se passe-t-il ?” leur a demandé Tarsi.

Le garçon a secoué la tête en désignant la porte d'un mouvement du pouce. La lumière artificielle se répandant du module me permettait d'avoir un bon aperçu du couple. J'ai remarqué que Tarsi et l'autre fille se couvraient de leurs bras, ce qui m'a rappelé ma propre nudité. Ça a piqué ma curiosité professionnelle. Si un programme de formation nous avait enseigné à éprouver de la honte, je ne m'en souvenais pas.

Rougissant de culpabilité de me soucier de tels sujets, j'ai secoué la tête afin d'essayer de me concentrer sur la crise qui se jouait autour de nous. Tarsi a tapoté le bras de la fille avant de pénétrer dans la lumière ; Kelvin a suivi. Ces deux-là paraissaient mieux garder leur calme que moi, je regrettais de ne pas être né professeur ou agriculteur.

Dans le module, le crépitement de la pluie sur la boue était noyé par le rugissement de l'eau sur le toit de métal. Par-dessus ce vacarme, j'entendais la voix de l'IA qui emplissait l'espace clos :

"– le but premier. Une fois que la rampe de lancement aura été réparée, vous préparerez un pack stratégique. Tous les efforts doivent être concentrés en priorité sur cette tâche."

La voix était pareille à une montée de liquide chaud qui m'enveloppait, remplissant la moindre fissure de mon être. Toutes ces années, cette voix constante et apaisante émanant de dizaines d'avatars éducatifs avait été mon unique compagne. Pendant quinze ans, elle m'avait préparé à la vie – elle m'avait enseigné, m'avait formé.

Mais pas à ça.

Une douzaine de colons environ s'étaient entassés dans le module de commande ; la plupart étaient assis par terre, les bras passés autour des genoux. De l'agent extincteur blanc recouvrait toutes les surfaces telle une mince couche de givre. Au-dessus de nos têtes, une brume tourbillonnante de fumée noire planait près du plafond. Les dommages paraissaient minimes. Si l'IA était responsable de la situation, elle aurait initié sa propre destruction en dernier pour pouvoir superviser le processus. Ce que j'avais sous les yeux donnait énormément de crédit à la théorie de Tarsi.

Je les ai suivis, Kelvin et elle, quand ils se sont engagés dans un étroit couloir bordé de placards électriques menant vers l'avant du module. Fouillant ma mémoire, j'ai tenté de me souvenir, en vain, d'où provenait le courant alimentant cette structure. J'ai été pris d'une nouvelle crampe de peur quand j'ai songé au nombre de choses importantes que j'étais censé savoir – et qui ne m'avaient pas encore été enseignées. On ne nous avait donné aucune information sur les moyens de nous orienter sur notre planète. Rien du tout. Nous aurions dû profiter de quinze années supplémentaires dans les cuves pour apprendre et grandir.

Le module s'élargissait vers l'extrémité où une poignée de colons nus et boueux étaient rassemblés autour d'une rangée d'écrans. Trois colons étaient assis sur des fauteuils rivés au sol devant les moniteurs. Au milieu des lumières clignotantes et des machines complexes, on avait encore plus le sentiment d'être des sauvages perdus – loin de tout élément pour lequel nous aurions pu être conçus.

Kelvin et Tarsi se sont glissés le long d'un mur, et je les ai rejoints. En face de nous, d'autres colons avaient remonté les genoux contre eux en quête de chaleur ou par pudeur – peut-être les deux. Nous les avons imités en entourant nos jambes de nos bras. Je percevais le claquement de plusieurs mâchoires, ce qui générait un tempo de fond à la mitraille de la pluie et à la conversation étrangement calme se déroulant autour de nous.

“Compris, Colony, a dit un jeune homme assis dans le fauteuil central face à la console de contrôle. Mais comme je t’ai dit, il y a aussi des… besoins primordiaux dont on doit s’occuper. Où sont nos vêtements ? La nourriture ? On est… j’ai avec moi pas mal de colons en état de choc. Des modules brûlent encore, et ce que tu nous demandes va prendre du temps.”

J’admirais l’assurance du jeune homme. Il paraissait bouleversé tout en ayant malgré tout la situation en main. Les coudes appuyés sur le comptoir devant lui, les doigts entrelacés au-dessus de sa tête, il se tenait courbé, inquiet ou perdu dans une profonde réflexion. Mais c’est sa voix – sa tonalité de ténor et sa cadence s’accordant au calme de l’IA – qui m’a apaisé. C’était comme s’ils avaient tous les deux des bases solides. Comme si, ensemble, ils pouvaient faire en sorte que tout aille bien.

“J’ai déjà rappelé deux tracteurs de plus de la station d’extraction minière n° 2, a dit Colony. *Il leur faudra deux jours pour qu’ils arrivent avec des provisions supplémentaires. Jusque-là, il y a des bâches que vous pouvez transformer pour vous habiller. Le module du serveur, le module générateur électrique et ce module fourniront un abri approprié. La planète dispose de ressources caloriques, suffisamment pour tenir le temps de votre mission. Je mets en place un planning de deux semaines pour le lancement du pack stratégique.”*

Une fille assise à la console s’est raidie. “Deux semaines ?” elle a demandé en se tournant vers le garçon qui avait pris la tête des opérations. Il a levé la main en hochant la tête avant de regarder autour de lui, vers le reste d’entre nous. Il a écarquillé les yeux, comme surpris de la rapidité à laquelle l’assistance avait augmenté. Je me suis écarté du mur pour jeter un coup d’œil dans le couloir. Une autre dizaine de colons se pressaient à l'intérieur du module pour se mettre à l'abri de la pluie, ou peut-être simplement pour dresser le bilan du nombre de camarades survivants et de la situation.

"Deux semaines, cela paraît un peu court pour lancer quelque chose en orbite", a dit le garçon en nous regardant plutôt que l'écran. Il paraissait jauger le groupe. Nous évaluer. "Il nous faudra quelques jours pour tout nettoyer, organiser les provisions et…

— *Tout ça devra attendre. Le pack stratégique passe en premier. La viabilité de cette colonie est toujours à l'étude.*

— À l'étude ? a demandé quelqu'un. Quinze ans, et notre viabilité est à l'étude ?"

Le garçon dans le fauteuil a levé la main, paume ouverte, hochant malgré tout la tête en direction de celui qui venait de s'exprimer. Le front plissé et les lèvres pincées, il arborait une expression de totale empathie. Ce type m'a tout de suite plu, je me suis étrangement senti prêt, impatient même, à le suivre n'importe où, avec une entière confiance en ses qualités de leader. Ou j'étais peut-être encore un petit garçon apeuré, un oisillon en quête de quelqu'un ou de quelque chose qui puisse me protéger.

Il s'est tourné vers la console et a baissé la voix, faisant taire les murmures au fond du module tandis que ceux regroupés là tendaient l'oreille pour entendre. "Colony, que s'est-il passé ? Il reste – je ne sais pas – peut-être soixante survivants ici ? Aucun de nous n'a reçu plus de la moitié de ses programmes de formation. Les modules sont en feu…

— Demande à Colony si elle a tenté de nous avorter", a demandé un des gamins assis.

Le garçon a encore agité la main, plus impatiemment cette fois. "Les modules sont en train de brûler complètement et tu me demandes de construire une fusée ?

On a besoin de plus d'informations. On a besoin d'aide pour organiser la base…

— Pour *nous* organiser", a lancé quelqu'un dans le fond.

Le garçon dans le siège a soupiré en secouant la tête. "Qu'est-ce que tu entends par notre viabilité ? Est-ce que…

— Ça suffit !"

On a tous tourné la tête vers la source de cet emportement. Un grand garçon – plus grand que Kelvin – se frayait un chemin à travers l'enclave d'ados tremblants. Il avait des cheveux courts et foncés, des yeux encore plus sombres. Il avait noué du câble électrique autour de sa taille. Un carré de toile y était suspendu, couvrant son entrejambe.

"Bouge de ce siège", il a ordonné à celui qui parlait, tout en agitant le pouce.

Le garçon s'est levé mais ne s'est pas éloigné. Debout, entièrement nu, il respirait la confiance. J'aurais dû, moi aussi, me lever, pour les exhorter tous les deux au calme, mais j'étais aussi paralysé que les autres. Nous regardions la scène se dérouler sous nos yeux tels des spectateurs prisonniers de cages de verre.

"Je m'appelle Stevens, a déclaré le garçon plus petit en tendant la main. Contremaître mécanicien, troisième groupe. Je suis le colon 4-2-2.

— Ne me fais pas le coup du grade", a rétorqué le plus grand. Il s'est avancé, il se trouvait juste en face de nous trois. De la boue séchée s'est décollée de ses énormes cuisses avant d'atterrir près de mes pieds. J'ai tendu la main pour saisir celle de Tarsi, entremêlant ses doigts aux miens. Kelvin avait fait de même de l'autre côté.

"Je m'appelle Hickson, a dit le grand colon en s'exprimant d'une voix assez forte, comme s'il s'adressait à toute l'assemblée. Troisième équipe de la sécurité de la mine, il a poursuivi. En attendant qu'un officier de rang supérieur se propose, c'est moi qui commande.

— C'est *Colony* qui commande", a dit Tarsi.

Sa voix, si proche et si assurée, m'a surpris. J'ai ressenti un pincement de colère envers elle pour avoir attiré l'attention sur nous, puis de la honte pour avoir éprouvé cette colère.

Hickson, levant une grande main, a désigné chacun d'entre nous du doigt, comme si nous avions tous parlé. "C'est vrai, il a dit. Colony commande. Et mon boulot est de m'assurer qu'on reste concentrés." Il s'est tourné pour pointer Stevens du doigt. "J'ai l'impression que tu as envie de tout contester.

— *Ça suffit*, a dit Colony et tout le monde s'est tu. *Hickson, en tant que 4-4-7, tu n'es pas le mieux classé, mais j'apprécie ton enthousiasme. Chacun de vous va jouer un rôle capital dans les semaines à venir. Si inhabituelles que soient les circonstances, chaque installation de colonie comporte ses défis singuliers. Je vous assure que nous vous serons reconnaissants pour vos services et que cette colonie sera mise en avant dans les futurs modules de formation. J'en suis certain.*

"Là, vous êtes tous transis de froid et perdus, je peux le comprendre. La centrale électrique, le module relais et le module de commande sont tous les trois sous contrôle. Je fais rentrer les véhicules de construction restants au camp. Il devrait y avoir suffisamment de place pour que tout le monde puisse se reposer au sec. Demain, on se mettra au travail. Pour la gloire de la colonie.

— Pour la gloire de la colonie", on a tous répété, y compris moi.

Et aucun doute concernant cette réaction, sur le fait qu'elle soit innée ou acquise.

Aucun doute.

3

EN DEUIL

Cette première nuit, j'ai fait des rêves horribles et pourtant rassurants. Leur contenu était horrible, mais leur manière de m'arriver était rassurante. Ils me sont venus dans le désordre. Au hasard. Et le sentiment de familiarité m'a soulagé, comme si j'étais retourné en rampant dans ma jeunesse simulée. Seulement ces visions fragmentées m'ont tourmenté : j'y ai vu des colons brûlant vifs ; des gamins se noyant dans l'air, incapables de respirer ; moi qui tapais des poings contre une colonne de verre emplie de fluides chauds, porteurs de vie, sans parvenir à entrer dedans.

Je me suis réveillé d'un coup, de retour à la réalité, ébranlé par sa consistance. Mon premier matin a presque été aussi irréel que ma naissance la veille.

Je me suis assis en me frottant les yeux. Nous étions quatre à avoir fini par dormir dans l'habitacle d'un tracteur agricole. Oliver, un autre gamin et moi-même, nous étions portés volontaires pour dormir par terre pendant que Kelvin et Tarsi s'allongeraient sur l'unique banquette, derrière nous. Je me suis levé en silence et ai ramassé le petit bout de bâche qu'on m'avait donné la veille au soir. Je l'ai drapé sur mes épaules, ai ouvert la portière de la cabine et je suis sorti dans la lueur faible de l'aube.

La grille métallique de la plateforme du tracteur d'extraction minière faisait mal à mes pieds nus, et je me suis déplacé vers le capot avant, plus lisse, qui n'était rien de plus qu'une grande boîte métallique protégeant le moteur du véhicule. Sa surface était encore mouillée par la pluie, et le métal fin a émis un bruit sec en s'affaissant sous mon poids. Depuis mon nouveau point de vue – à presque cinq mètres du sol –, je pouvais observer une grande partie de la colonie.

C'était un spectacle déprimant.

Des modules se consumant lentement parsemaient une large clairière. De fines volutes de fumée s'élevaient encore de plusieurs structures, dont les contours d'origine étaient tout juste discernables. J'ai retracé le chemin de nos pas depuis le tracteur jusqu'au module de commande et, de là, jusqu'au module des cuves, et j'en ai eu le souffle coupé. Le toit de l'énorme unité s'était effondré sur un côté et avait fondu à l'intérieur. On avait une estimation grossière du nombre de survivants et, en soustrayant ce chiffre désolant aux cinq cents colons d'origine, on en arrivait à une perte de vies abyssale.

La veille, en écoutant l'IA nous dire ce que nous devions faire, j'avais imaginé que sa voix apaisante nous sortirait des ennuis. Mais devant ce qui restait de la base – et soupçonnant que Tarsi avait eu raison concernant la tentative d'avortement –, j'ai chancelé sous le coup d'une prise de conscience encore plus terrible : l'IA avait quasiment commis un génocide. Elle nous avait presque tous fait disparaître à la suite d'un calcul inconnu.

Rejetant la tête en arrière, j'ai levé les yeux vers le ciel. Je l'avais beaucoup vu dans mes modules de formation, mais ce qui planait au-dessus était différent. Un entrelacs de feuillage formant une canopée quasi solide au-dessus de notre vaste clairière. Des résidus de la pluie de la nuit passée s'écoulaient au travers, mais quasiment aucune lumière directe du soleil ne parvenait jusqu'au sol de la forêt. De part et d'autre de la base, au loin, d'énormes arbres se dressaient telles des falaises, leur tronc plus large que le complexe tout entier de la colonie. J'ai dû me rappeler qu'il ne s'agissait pas vraiment d'arbres, mais plutôt de quelque équivalent extraterrestre.

La portière du tracteur s'est ouverte derrière moi. Je me suis tourné, Oliver est sorti de la cabine et m'a rejoint sur le capot. Il était même plus petit et mince que moi et, là où je me tenais, le métal affaissé n'a pas émis le moindre bruit quand il a absorbé son poids. Enroulé dans un morceau de bâche, il ressemblait à un bout de câble isolé. Son cou maigrichon était surmonté d'une tête arrondie et d'une tignasse auburn cuivré striée de boue rouge.

"Matin béni, il a dit en hochant la tête vers moi, un sourire aux lèvres.

— J'espère que je ne t'ai pas réveillé", j'ai répondu, un peu surpris de le trouver aussi gai que la veille.

Il s'est déplacé vers le bout du capot en secouant la tête. Le visage levé, les yeux clos, il a laissé dépasser ses orteils au bord. Son sourire s'est épanoui ; ses épaules se sont soulevées tandis qu'il aspirait profondément l'air.

La veille au soir, nous avions trouvé Oliver debout sous la pluie, bras ouverts, paumes vers le ciel. Il tremblait – il frôlait l'hypothermie – mais on ne pouvait être visiblement plus heureux. Tarsi a pensé qu'il était en état de choc ; Kelvin a piétiné mes platebandes professionnelles en le diagnostiquant "complètement à la ramasse". La vérité avait été beaucoup moins glorieuse qu'aucune de ces deux hypothèses, mais bien plus troublante.

Oliver était le philosophe de la colonie, une des positions les plus basses dans notre hiérarchie. D'une certaine façon, j'avais le sentiment qu'il était une âme sœur. Nos professions, toutes les deux en lien avec les sciences humaines, étaient destinées à aider les autres disciplines à passer d'une rive d'une théorie à une autre, traversant à gué l'incertitude qui les séparait. D'après sa position à l'extrémité du module des cuves (et en conséquence, occupant un des rangs les plus bas), la profession d'Oliver avait dû être une de celles rajoutées afin de parvenir à un chiffre arbitrairement rond. Cinq cents colons, c'était ce qui avait été décidé, même si nous n'étions pas tous nécessaires.

Oliver a parcouru du regard la base à moitié démolie, sans que son sourire ne faiblisse. Puis il s'est assis en tailleur. Son comportement inhabituel a mis en relief un problème sérieux que notre colonie allait devoir affronter, un problème dont j'allais même devoir être conscient me concernant. Notre formation avait été interrompue. Écourtée. Un peu comme si Tarsi enseignait à la prochaine génération pendant neuf ans avant de les chasser de leur salle de classe. Mes propres études avaient été interrompues au moment traitant du passage de la psychologie comportementaliste à la psychologie évolutive, à la fin du XXe siècle. Quels miracles de la santé mentale avais-je manqués dans mon apprentissage ? Aurais-je pu faire plus, la nuit dernière ? Y avait-il quelque chose que j'aurais dû faire en ce moment même ? Ne pas savoir m'emplissait de terreur, comme s'il me manquait un membre dont je n'avais jamais eu conscience et dont, par conséquent, j'étais incapable d'évaluer l'absence.

“Cette météo est sans aucun doute une bénédiction des dieux”, a déclaré Oliver en jetant un regard vers moi.

Je lui ai retourné un sourire forcé, bien que sa perpétuelle béatitude me fasse pitié. Oliver n'avait achevé que la moitié de sa formation philosophique ; il paraissait coincé dans d'anciennes considérations religieuses. La veille, il nous avait bercés de ses paroles jusqu'au sommeil, ne cessant de s'extasier sur les merveilles des créations divines. Pour lui, c'était un miracle que la pluie nous tombe dessus alors que nous avions besoin que les feux soient éteints.

Kelvin avait tenté d'expliquer le phénomène atmosphérique d'après ses cours d'agriculteur, comment les feux chimiques étaient en réalité aggravés par l'eau, mais il n'est pas parvenu à démystifier l'expérience d'Oliver.

Pendant ce temps, Tarsi lui avait demandé quels dieux avaient lancé les feux – ou tout du moins lesquels n'étaient pas parvenus à les empêcher. J'étais tout à fait sûr que ses commentaires ne provenaient d'aucune de ses leçons d'enseignante et, quoi qu'il en soit, ils ne menaçaient aucunement l'enthousiasme d'Oliver.

“Bonjour”, a lancé quelqu'un derrière moi.

Je me suis tourné, Tarsi se trouvait sur la plateforme, le visage encore strié de boue. Elle avait passé un morceau de bâche sur ses épaules et l'avait sanglé autour de la taille à l'aide de câble électrique. Je me suis reculé et lui ai tendu la main pour l'aider à monter sur le capot du tracteur, qui était devenu une sorte de porche sans rambarde. Elle a frémi en parcourant les alentours du regard. Moi aussi, j'ai regardé et j'ai repéré les premiers colons qui sortaient des modules intacts. Apparemment, nous nous levions tous à la même heure – c'était peut-être un trait issu des pouls partagés à l'intérieur de nos matrices voisines.

“Comment ça va ? je lui ai demandé en libérant un de mes bras de sous la bâche pour le passer autour de ses épaules.

— J'ai fait des rêves dingues, elle a répondu en secouant la tête. Je me suis réveillée ce matin en ne… en espérant que la nuit dernière faisait partie d'une de ces étranges sessions de formation."

J'ai pressé son épaule à travers le tissu de fortune, je comprenais tout à fait ce qu'elle éprouvait. "Je sens la différence maintenant, j'ai dit. La différence entre être éveillé et l'état dans lequel nous étions avant.

— Comment cela est-il arrivé ? elle a murmuré.

— Je n'en sais rien, j'ai avoué.

— Les voies des dieux sont impénétrables", a déclaré Oliver en levant son visage souriant vers nous.

Nous nous sommes tous retrouvés – comme nous en étions convenus la veille – juste devant le module de commande. Barbouillés de boue, moroses, nous sommes arrivés de toutes parts en traînant les pieds, tels des réfugiés déplacés par la guerre. La mode de la bâche déchirée paraissait quasiment universelle, mais de nombreux colons avaient découpé des entailles dans leur morceau, pour y passer la tête et ainsi libérer leurs bras. Quelques-uns étaient vêtus de combinaisons Hazmat qu'ils avaient sorties des kits d'urgence intacts. On aurait dit que des extraterrestres, brillants, tout neufs, se trouvaient parmi nous.

Aux regards que ces colons recevaient des autres – et reconnaissant les signes précoces d'appartenance aux groupes –, je ne leur enviais pas du tout leur costume. Je ne m'attendais pas non plus à ce que cette tenue dure longtemps, en dépit des avantages évidents. L'embarras social que ces combinaisons généraient devait être pire que les désagréments physiques de la toile rêche.

Notre groupe de la nuit s'est mêlé à une autre petite équipe d'un tracteur voisin. Tous ensemble, nous nous sommes mélangés à l'attroupement qui s'était formé autour de la porte de l'unité de commande. Stevens – le garçon qui avait discuté avec Colony, la veille –, debout juste devant le module, échangeait avec quelques colons. En parcourant la foule du regard, j'ai reconnu plusieurs visages, y compris celui d'Hickson, le grand type de la sécurité de la mine. Il n'arrêtait pas de se balancer d'un pied sur l'autre en se mordillant la lèvre inférieure.

"Écoutez tous, a dit Stevens en levant les mains. Si vous voulez bien ne pas bouger, Myra va nous compter. Au fur et à mesure que les retardataires arrivent, laissez-les se regrouper de ce côté afin qu'on ne les oublie pas."

La fille qui était assise dans un des sièges de la console, la veille, s'est avancée et a commencé à poignarder l'air du doigt. Elle remuait les lèvres en comptant ceux qui n'étaient pas morts. Stevens a passé les mains dans ses cheveux avant de les joindre dans son dos. Il nous observait avec une expression sombre, les lèvres pincées.

"Ce sont des circonstances inhabituelles qui vont requérir une mobilisation de volonté et de coopération inhabituelle. Colony nous a réveillés quinze ans trop tôt, après avoir brièvement conclu que notre campement n'était pas viable…"

Un murmure, enflant en un grommellement, a parcouru la foule. Stevens, les coudes collés à la taille, a tendu les mains. "Je comprends, il a dit. Personne n'était aussi proche du feu que moi." Il a secoué la tête. Même à une dizaine de pas de lui, j'ai vu ses joues frémir. J'ai ressenti l'envie soudaine de courir vers lui, mais il a recouvré son masque stoïque.

"Si vous avez eu droit à votre module de formation en orientation, vous savez comment ça marche. Colony hésite entre viabilité et avortement depuis la première année. Notre nouvelle terre a beaucoup à nous offrir mais elle comporte également de nombreux risques. Je vous promets qu'on va tout faire pour que ça fonctionne.

— Ce n'est pas ce que Colony a dit, a lâché Hickson en se tournant vers la foule rassemblée. Colony a déclaré de manière catégorique hier soir que l'installation n'était pas viable. Je l'ai entendu."

Encore des grommellements, certains colons se sont agités, mal à l'aise. J'ai été distrait par Myra qui s'est mise à jurer à cause des mouvements de la foule, puis elle a entrepris de reprendre le compte de notre côté.

"Écoutez-moi, a repris Stevens. Hickson ne connaît que la moitié de l'histoire, et je sais qu'il est plus facile de croire au pire, mais nous devons rester forts dans cette épreuve. On a été réveillés pour une raison…

— Pour le pack stratégique, est intervenu Hickson. Nous avons une tâche très importante à accomplir, l'ordre vient de Colony en personne."

Stevens a tapé bruyamment dans ses mains, mais les colons échangeaient entre eux, générant un rugissement sourd de discussions impossibles à suivre. Kelvin m'a frôlé et je l'ai regardé s'avancer entre notre groupe et le module de commande.

"Écoutez !" il a crié, sa voix retentissant au-dessus du vacarme. Il avait drapé sa bâche autour de la taille, exposant son large torse maculé de saleté. Je me suis surpris à être étrangement fasciné par son cou épais descendant jusqu'à ces larges épaules rondes. Son ventre, parsemé de nœuds de muscles, a ondulé quand il a crié pour attirer l'attention de la foule. Sa présence puissante a réveillé quelque chose en moi, quelque chose qui méritait probablement mon attention professionnelle.

Kelvin absent, Tarsi s'est rapprochée pendant que la foule se calmait. J'ai passé mon bras autour de ses épaules, me sentant alors aussi protecteur qu'une mère. Kelvin a hoché la tête en direction de Stevens avant de nous rejoindre, fronçant les sourcils comme s'il était déçu par le comportement du reste des colons, ses yeux passant rapidement de Tarsi à moi.

"Levez la main si vous tenez à mourir dans les jours qui viennent, a dit Stevens qui s'est écarté du module de commande pour nous dévisager. Si l'un d'entre vous veut mourir, s'il ressent la pulsion irrationnelle de ne pas vivre avec nous, je le prie d'emporter ses chamailleries ailleurs. Je n'ai pas fermé l'œil de la nuit, j'ai veillé pour discuter avec Colony en défendant notre survie à long terme. Si certains d'entre vous tiennent à se contenter de demi-vérités et de sous-entendus, allez voir ailleurs." Il a plongé son regard dans celui d'Hickson en prononçant ces mots.

"Nous avons en effet une mission importante, mais nous allons également consacrer du temps à peupler ce monde. L'étoile locale – il a désigné le ciel bien que les rayons de l'étoile filtrent à peine à travers la canopée – a autrefois été baptisée par des astronomes terriens. Nous allons la rebaptiser. Nous allons rebaptiser cette planète, mais pas avant d'y avoir creusé une prise pour nous y appuyer. Si vous avez confiance en moi, je vous promets que nous relèverons nos défis. Colony était à mi-chemin de la phase de construction, ce qui veut dire que nous n'avons ni générateur de protéines ni champs défrichés."

Il a levé une main puis, de l'autre, il a relevé trois doigts de celle brandie. "Nourriture, toit et vêtements. Voilà nos priorités pour survivre. On a récupéré suffisamment d'eau de pluie à filtrer et elle nous durera au moins une semaine ou deux. Il est censé pleuvoir fréquemment ici, alors on ne manquera pas d'eau pour se laver et boire."

Stevens a hoché la tête en direction de Myra qui avait rejoint le groupe de commandement, près de la porte du module. “Tu arrives à combien ?

— Cinquante-neuf”, elle a chuchoté, mais nous avons tous entendu le résultat du comptage.

Un gémissement a glissé dans la foule ; j'y ai même contribué. Je ne m'attendais pas à un résultat plus élevé, mais le caractère définitif de ce chiffre a vidé tout l'air de mes poumons. Ce ne pouvait pas être soixante ou soixante-cinq. Nos espoirs avaient des limites mathématiques. Nos attentes confuses s'étaient écroulées pour laisser place à une terreur palpable.

“Je veux toutes les sciences de ce côté”, a déclaré Stevens en désignant notre moitié de foule. J'ai regardé Tarsi et Kelvin en me demandant lequel d'entre nous rentrait dans cette catégorie. Toute l'assemblée était perplexe. Nous changions de place en discutant de nos professions avec des inconnus et en débattant les uns avec les autres.

“Ça inclut tous ceux ayant des aptitudes en mécanique ou électricité. Tous les ouvriers de la construction, y compris les mineurs et les agriculteurs, merci d'avancer. Tous ceux ayant des métiers de soutien, rangez-vous de l'autre côté.

— Je crois que je dois aller là-bas, a dit Kelvin en levant les bras, les sourcils froncés.

— Je vais aller du côté du soutien, a répondu Tarsi en lui pressant le bras. J'ai l'intuition que c'est nous qui allons devoir nettoyer ce bazar.

— Je reste ici, j'ai dit. Je suppose qu'on se retrouvera ce soir ?” Ils ont acquiescé et je les ai brièvement serrés dans mes bras.

Oliver s'est glissé près de moi une fois les deux autres partis. Nous avons bientôt été rejoints par presque une douzaine d'autres colons ; nous nous sommes présentés chacun notre tour, nom et profession. Certains – comme Mica, une géologue – savaient qu'ils faisaient partie des scientifiques. D'autres, comme Karl, un électricien, ne savaient pas s'ils devaient être avec nous ou rejoindre l'équipe de construction.

Plusieurs colons bidonnaient manifestement l'intitulé de leur métier afin de rester ensemble. J'ai regardé Tarsi se présenter à certaines personnes de son groupe et j'ai commencé à me penser davantage comme un professionnel de santé, clairement dans le secteur du soutien. Mais avant que je puisse m'extraire de mon groupe, Stevens s'est approché de nous.

"J'ai entendu qu'il y avait un ingénieur électricien ici ?"

Karl a levé la main. "Je suis plutôt électricien, monsieur. Je m'appelle Karl.

— Où en étais-tu dans ta formation ? a demandé Stevens.

— Au milieu du dépannage des circuits intégrés. Je n'ai pas reçu de formation de conception, sauf en réseau de base.

— Ça ira, a déclaré Stevens avant de parcourir le groupe du regard. Il y a des chimistes ou des ingénieurs en chimie parmi vous ?

— Qu'est-ce qu'on doit construire ? j'ai demandé à Stevens. Ce serait bien qu'on le sache pour que chacun puisse voir ce qu'il peut apporter."

Le sourire qu'il m'a adressé a provoqué une vague de chair de poule sur tout mon corps tremblant. J'ai frotté mes mains sur mes bras en faisant mine d'avoir froid, tout en ayant la sensation du contraire.

"Bien vu, a dit Stevens. Comment tu t'appelles ?

— Porter, j'ai répondu en tendant la main. Psychologue."

Il m'a serré fermement la main. "C'est une science ? il a demandé, en étrécissant les yeux.

— La science du comportement humain. Je suis un ingénieur de personnes."

Je me suis aussitôt senti ridicule d'avoir dit ça.

"Hmmm. J'aimerais te parler en privé une minute, a-t-il dit avant de se tourner vers les autres. Porter a raison. Je vais vous expliquer ce qu'on doit construire et vous me ferez savoir de quelle manière vous pouvez aider. Soyez créatifs. Si vous pouvez apporter de l'aide dans n'importe quel domaine, dites-le-moi."

Il a marqué une pause. "On va construire une fusée. Bon, ce sont surtout les types de la construction qui vont fabriquer la fusée – là où j'ai besoin de vous, c'est pour la *charge utile*. Colony élabore la plupart des plans, alors ce sera essentiellement un défi de fabrication, pas de conception. J'ai besoin de personnes qui savent souder, dépanner et vérifier tous les joints et les connexions au cours du montage.

— Pourquoi une fusée ? a demandé quelqu'un. En quoi consiste la charge utile ?

— C'est de l'information, a répondu Stevens avant de lever aussitôt les mains. Non, je ne sais pas de quelle information il s'agit et on ne le saura probablement jamais. Quoi qu'elle puisse concerner, Colony ne se fiera même pas aux satellites de communication pour transmettre cette information à la Terre. Il doit s'agir d'une version imprimée, alors vous comprenez à quel point ce peut être sensible.

— Tu plaisantes ? a lancé un des garçons du groupe.

— Je suis très sérieux. Colony l'est, en tout cas. Je ne sais pas de quoi il s'agit, mais l'IA est en boule. J'ai eu de la chance, j'ai réussi à la convaincre de nous laisser nous répartir en trois groupes, afin qu'au moins un puisse travailler à notre survie à long terme. Tout ce qui importe pour l'IA, c'est que ces données quittent le sol et repartent vers la Terre, ce qui implique qu'il faut que cela devienne notre priorité, sinon on n'obtiendra aucune aide de la part de Colony pour faire de cet endroit notre chez-nous. C'est clair pour tout le monde ?"

Nous avons tous hoché la tête, échangeant des regards à l'affût du moindre signe de désaccord.

"Karl, je veux que tu rejoignes le groupe près du module de commande pour examiner ces schémas de réseau électrique. Les autres : aujourd'hui, on doit récupérer des provisions et installer les espaces de travail. Vous allez utiliser le module générateur, mais arrangez-vous pour qu'il reste de la place afin que les gens puissent y dormir. Le groupe d'approvisionnement s'occupera des vêtements et de la nourriture, alors ne faites pas attention aux grondements de vos ventres pendant quelques heures et concentrez-vous sur ce que vous avez à faire. Si certains d'entre vous ont une formation en chimie, mettez-vous en relation avec l'équipe de construction – il nous faut fabriquer de l'agent propulseur, c'est une mission importante. Colony rapatrie les tracteurs de la mine pour qu'ils soient à notre disposition, mais il va nous falloir un endroit pour le raffinement, probablement le dépôt de carburant." Stevens nous a souri. "OK, bonne chance pour aujourd'hui. Je viendrai vous voir avant le dîner."

Il m'a conduit à l'écart tout en hochant la tête vers les autres qui commençaient à se disperser. "Alors quel est ton pronostic ? il a demandé. Concernant les colons, je veux dire."

Nous nous sommes éloignés des scientifiques jusqu'à la petite clairière qui s'était formée entre les trois groupes. Tarsi, en discussion avec deux autres colons, secouait la tête. Je me suis demandé si, à la fin de la journée, elle se sentirait plus liée à eux qu'à moi.

"Je ne suis sûr de rien", j'ai répondu. J'ai secoué la tête en m'efforçant de me concentrer sur sa question, puis j'ai plongé mes yeux dans ceux de Stevens. "Je ne suis même pas certain de savoir comment je me sens, pour être honnête. Je pense que tu t'en sors très bien pour tout organiser, tu nous donnes le sentiment de tendre vers un but. C'est vraiment important, pour le moment.

— Ouais", a dit Stevens, l'air soudain fatigué. Rejetant son poncho en arrière, il a sorti un couteau d'un fourreau attaché à sa taille. Il a fait un geste vers ma bâche et je l'ai lâchée, essayant de ne pas être gêné par ma nudité.

"J'imagine qu'il faut occuper les gens pour éviter que leur esprit ne divague, il a déclaré en insérant la lame au milieu de la toile qu'il a découpée d'un geste rapide. Pour dire vrai, je regrette malgré tout que la séquence avortement ne se soit pas déroulée dans le sens inverse de la séquence naissance."

J'ai acquiescé, j'avais eu la même pensée morbide. Les colons des rangs les plus bas étaient réveillés les derniers, mais cela signifiait également que nous étions les derniers à être avortés. Ce qui laissait les moins qualifiés aux commandes de notre colonie à moitié dévastée.

Stevens m'a tendu le poncho qu'il venait de fabriquer et je me suis légèrement courbé pour qu'il me le passe par la tête.

"Je ne pense pas qu'ils avaient même prévu que la séquence avortement aille jusqu'au bout, j'ai dit.

— Avorter l'avortement ?"

J'ai souri, plus par devoir que par une quelconque envie de rire. "Est-ce que Colony a expliqué ce qui s'était passé ?" j'ai demandé.

Stevens a secoué la tête, mais quelque chose a traversé son visage. Une information qu'il gardait pour lui, un petit tressaillement que j'avais été formé à reconnaître.

"Non, mais cela a dû se passer vite. Colony a changé d'avis en pleine séquence."

J'ai jeté un regard vers le module de commande. "Elle pense comme nous ? Je n'avais aucune idée qu'on avait maîtrisé le cerveau humain à ce point.

— Je ne crois pas que nous l'ayons maîtrisé, a répondu Stevens. Colony a peut-être découvert quelque chose après le début de la séquence, ou un calcul complexe a peut-être fini par cracher des résultats contradictoires. Il se peut qu'on n'en sache jamais rien."

Il m'a tapoté l'épaule. "Je veux que tu me tiennes au courant de tous les problèmes que tu vois. Si tu as des idées sur ce qu'il faut faire avec Hickson, je serai ravi de les entendre.

— Tu devrais lui trouver quelque chose à tuer.

— Quoi ? a fait Stevens en écarquillant les yeux.

— Des prédateurs. N'importe quoi menaçant le groupe. Ce type est programmé pour assurer la sécurité et, pour le moment, c'est toi, la menace. Tu dois trouver quelque chose d'extérieur à notre groupe et lâcher Hickson dessus."

Stevens a acquiescé, le front plissé par la réflexion.

"Tu as raison. Tu as parfaitement raison. Mais j'espère vraiment qu'on ne trouvera rien de ce genre ici. Colony est assez silencieuse concernant ce à quoi nous devons nous attendre. Elle est très secrète. J'ai essayé toute la nuit de lui soutirer des informations." Il a secoué la tête, visiblement épuisé.

J'ai serré l'épaule de Stevens tandis qu'il regardait les autres groupes autour. "On va trouver, j'ai dit. Par nous-mêmes.

— Ouais", il a répondu en hochant la tête, mais les commissures de sa bouche se sont baissées au lieu de se relever. Un autre de ces petits signes qu'on m'avait enseigné à relever.

"Tout pour la gloire de la colonie", il a marmonné.

J'ai acquiescé sans éprouver la moindre envie de répondre.

4

SAUVER

Quelques heures après ma discussion avec Stevens, je me suis retrouvé sur le lieu de ma naissance : dans les restes calcinés du module des cuves. Je travaillais là-bas, je tirais des câbles des conduits sous le sol, quand il est mort. Au début, je n'ai pas compris qu'il s'était passé quelque chose. La base était prise d'une frénésie d'activité depuis le début de la matinée – les gens criaient par-dessus les rugissements des tracteurs, ceux qui fouillaient les débris couraient dans tous les sens avec des trouvailles spéciales.

Quand l'accident a eu lieu, son bruit a dû se mélanger au reste.

Terri, une autre des quasi-scientifiques, travaillait au bout de la rangée des cuves avec moi. Elle arrachait les panneaux de plaquage du sol et je la suivais, ouvrant les conduits, les découpant pour récupérer le câble intact. Nous le roulions en bobines avant qu'un de nos coéquipiers ne les sorte et range les chutes.

Plus loin dans l'allée des cuves, des membres de l'équipe d'assistance se chargeaient du boulot désagréable de gérer ce qui restait des morts, principalement des os, de la cendre et de la boue. Ils balayaient et pelletaient les tas sur des bâches avant de les transporter par les coins en dehors du module en passant par les nouvelles issues percées dans les flancs de la structure.

Ces ouvertures laissaient filtrer un peu de lumière et un mince filet d'air. Elles permettaient également aux deux groupes de travailler en même temps, en offrant de multiples issues par où transporter ce qui était utile ou mort.

C'est Tarsi qui nous a appris la nouvelle concernant Stevens. Je l'ai entendue crier mon nom à l'extérieur du module, et je m'attendais à moitié à ce qu'elle m'apporte un semblant de déjeuner. Mais elle s'est précipitée sur le sol démonté que nous avions déjà fouillé, son poncho battant derrière elle, le visage rougi et gercé. Elle était à bout de souffle quand elle est arrivée à côté de moi, et elle m'a attrapé par le bras pour me tirer vers la sortie.

“Qu'est-ce qu'il se passe ? j'ai demandé.

— Stevens, elle a haleté. Il… il est mort.”

J'ai secoué la tête tout en essayant de libérer mon bras, mon corps se rebellait. “Impossible, j'ai dit. J'étais avec lui il y a trois ou quatre heures de ça.” J'ai regardé Terri, espérant qu'elle confirmerait mes dires, mais elle se tenait près de la grille qu'elle venait d'ouvrir, le visage détendu, les yeux dans le vide.

Tarsi m'a tiré et nous sommes passés devant nos anciennes cuves voisines avant de franchir la porte. Je la suivais en titubant, le cerveau sous le choc : quelqu'un que je venais juste de rencontrer avait peut-être disparu pour toujours.

Tout en courant à côté de Tarsi, j'ai remarqué que d'autres couraient également dans la même direction. Plusieurs groupes de colons marchaient quant à eux en sens opposé, les mains sur la bouche ou dans les cheveux. Tous ceux qui couraient – y compris nous – affichaient la même expression de choc et de doute. Les autres – ceux qui marchaient – arboraient une grimace horrifiée, exempte de toute incrédulité.

Derrière Tarsi, j'ai contourné une grande flaque marron formée par la pluie de la veille et j'ai traversé une zone de terre tassée. Nous avons gravi une montée avant d'atteindre une large clairière, l'endroit choisi pour la plateforme de lancement. Plusieurs tracteurs et bulldozers tournaient au ralenti, soufflant de la fumée vers le ciel, telles des bouffées d'énergie anxieuse. Près d'un des tracteurs, un petit groupe de colons entourait une bâche recouvrant… quelque chose.

En descendant la pente, j'ai arrêté une fille qui remontait d'un pas lent. "Que s'est-il passé ? j'ai demandé.

— Un des tracteurs a fait une embardée. Il est tombé et il a été pris sous les pneus…"

Tarsi m'a tiré loin de la fille, vers la scène.

"On est censés se remettre au travail !" nous a lancé la fille.

Je me suis arrêté à la lisière d'un petit groupe qui s'était formé près de la bâche. Myra, assise de l'autre côté de la forme recouverte, sanglotait dans ses mains, ses épaules prises de secousses. Une main à demi ouverte dépassait de sous la toile. Les doigts recourbés vers le haut et parfaitement immobiles.

"Comment ?" j'ai demandé. Quelqu'un de si vivant, tellement maître de lui, et il n'était plus. Il ne bougerait jamais plus de sa propre volonté. Il ne s'adresserait plus à nous de sa voix calme. Il ne nous conduirait plus vers tous ces futurs pleins d'espoir vers lesquels il semblait avoir l'intention de nous emporter. Je me suis surpris à traverser la phase de déni tout en en étant pleinement conscient.

"Ce n'était pas un accident", a déclaré quelqu'un dans le groupe.

D'autres sont arrivés en courant, pendant que certains, choqués, s'éloignaient en traînant les pieds. J'étais pétrifié, je subissais la transformation.

“C’était une pure coïncidence, a dit une autre personne. Il est tombé. J’ai vu quand c’est arrivé.

— Hickson se trouvait sur le tracteur avec lui, a ajouté le premier garçon. Impossible que ce soit un accident.”

Je me suis tourné pour dire aux deux types de laisser tomber, puis j’ai vu Oliver. Nos regards se sont croisés, et il s’est approché de moi ; il s’est accroché des deux mains à mon coude, le poids de ses bras minces me tirant vers le bas.

“Les dieux ont davantage besoin de lui que nous, il a déclaré avec un infime sourire sur les lèvres.

— Pas maintenant”, je lui ai dit. Je me suis approché des deux colons qui se disputaient. Deux garçons – gaillards, comme des membres de la classe ouvrière. “Lequel d’entre vous a vu ce qui s’est passé ? j’ai demandé.

— Je suppose qu’on a vu tous les deux.

— J’étais dans la montée, a expliqué l’un d’eux. J’étais là-bas, je dérivais l’eau. Il y a eu des grincements mécaniques et j’ai levé les yeux. Stevens était dans le vide. Hickson se penchait depuis la plateforme en tendant les bras. Le tracteur avançait et…

— Ça s’est passé *après*, est intervenu l’autre garçon en secouant la tête. J’ai tout vu. Hickson tendait la main pour rattraper Stevens, pour l’aider. Le tracteur a simplement fait une embardée. Je suis prêt à jurer que ce n’était qu’un accident.

— Impossible, ce n’était pas un accident, a insisté le premier garçon. Tu as vu ces deux-là, ce matin. À ton avis, qui va prendre les commandes maintenant ?

— Tu ne peux pas colporter ces rumeurs, a contré l’autre garçon, en haussant le ton. Surtout si tu n’as pas vu…

— Calmez-vous, je leur ai dit. Rien de tout ça ne va nous aider. On n’a pas besoin de répandre des rumeurs qui risquent de diviser, d’accord ?”

Un des garçons a acquiescé. L'autre a secoué la tête, apparemment plus par réticence à accepter la coïncidence. Puis ce dernier a laissé tomber et les deux se sont détournés pour repartir vers leurs obligations, probablement avec l'idée de propager leur version personnelle des événements auprès d'autres colons.

Quand je me suis retourné, Tarsi et Kelvin, agrippés l'un à l'autre, regardaient le cadavre. On avait déjà commencé à enterrer les quatre cents morts et plus de la veille, mais celui-ci serait différent. C'était quelqu'un que nous avions connu, même brièvement. Plus effrayant encore, avec la mort de Stevens, notre nombre se réduisait davantage.

Et nous allions enterrer avec lui un peu de notre espoir.

5

ENTERREMENT

Oliver a affirmé que sa profession faisait de lui un expert des enterrements, mais je n'ai rien compris des paroles qu'il a prononcées pendant le service. Il a récité de mémoire des passages à la syntaxe étrange, haussant puis baissant la voix de manière théâtrale. Il a beaucoup remercié, il s'est beaucoup réjoui et il a évoqué Stevens vivant dans un autre endroit. La scène était assez gênante, surtout que la plupart d'entre nous gigotions dans nos nouvelles tenues.

Le groupe d'approvisionnement avait cousu des pantalons et des hauts dans les revêtements de toit des tracteurs et le tissu d'isolant phonique agrafé aux compartiments du moteur. Même si le tissu était plus souple que la toile, il démangeait et frottait. Je me suis gratté la cuisse pendant qu'une pelleteuse poussait la terre dans la tombe dans laquelle nous avions descendu le corps de Stevens, un trou à l'écart des fosses voisines remplies de cendres et d'os. La machine rugissait bien plus fort que la veille – puisque nous étions désormais habillés du tissu doublant son capot –, presque assez fort pour noyer les reniflements de la foule et les sanglots bouleversants de Myra.

J'ai observé Hickson tandis que le trou se transformait progressivement en monticule. Il paraissait tout à fait désemparé jusqu'à ce que je suive son regard et que je comprenne que son expression sombre était destinée à Myra qui pleurait, et pas à la tombe devant elle.

Après l'enterrement, nous avons mangé la même chose qu'au déjeuner : une pâte faite à partir d'un fruit vert qui tombait de la canopée au-dessus de nous, et que nous avons fait passer avec des bols d'eau bouillie. Il m'était difficile de juger du goût de ce fruit, puisque je n'avais jamais vraiment mangé quoi que ce soit d'autre dans ma vie, mais le fait que j'avais simplement hâte de satisfaire le grognement de mon ventre signifiait certainement quelque chose. Nous mangions plus par nécessité que par désir, ce qui n'était pas ce que je savais de la faim.

On a parlé de s'aventurer au-dehors, les jours prochains, pour rapporter de la viande, mais Colony était extrêmement secrète concernant ce que nous étions susceptibles de trouver. Et comme le module des cuves était à moitié détruit et son équipement pillé pour servir de matériau de fabrication, il faudrait attendre très longtemps avant qu'on puisse exploiter le peu de blastocystes d'animaux terrestres ayant survécu à l'incendie.

"Je ne pense pas que Myra veuille nous commander", j'ai entendu Tarsi dire à Kelvin entre deux bouchées de pâte. J'ai repoussé ma ration et ai bu à l'un des nombreux bols en or que l'équipe de construction avait façonnés. Nous étions installés en plusieurs groupes, assis autour de feuilles d'alliage d'or soulevées faisant office de tables.

"Je ne pense pas qu'elle devrait être obligée de nous commander, a dit Kelvin. Pas si elle ne veut pas.

— On devrait voter, a proposé un autre de notre table.

— C'est Colony qui décide, nous a rappelé quelqu'un. Laissons-la choisir qui est le prochain."

Kelvin a tendu la main, frottant ses jointures sur la surface brillante devant moi. Quand j'ai levé les yeux, il m'a demandé tranquillement : "Quelles sont nos chances ?
— De quoi ?"

Il a regardé autour de lui. La tablée était silencieuse. Tout le monde nous dévisageait l'un après l'autre. Au milieu des plaisanteries bruyantes, un murmure était parvenu à capter toute l'attention.

"Nos chances de survie, a dit Kelvin. De vivre à long terme. De ne pas finir comme Stevens."

On finit tous comme Stevens, j'ai pensé. J'ai regardé les personnes autour de la table et envisagé de boire une autre gorgée d'eau, mais je savais que mon geste leur paraîtrait hésitant.

"Cela dépend de nous, j'ai répondu. Cela dépend surtout de notre capacité à travailler ensemble. Nous formons un groupe suffisamment varié pour que je puisse imaginer qu'on s'en sorte, que ce soit en termes de compétences mais aussi de potentiel à donner une descendance."

J'ai essayé de paraître convaincu mais, en vérité, seule Colony était en mesure de savoir. La preuve la plus accablante en était les restes à moitié fondus d'une grande partie de nos modules, certains d'entre eux fumant encore. L'IA n'aurait pas pris cette décision à la légère. Au fond de moi, je ne pouvais pas m'empêcher d'avoir l'impression que nous jouions simplement à un jeu, espérant survivre assez longtemps pour découvrir pour quelle raison cette planète avait été déclarée non viable et pour transmettre cette information.

"Ce sont les minéraux", a dit Mica du bout de la table, comme si elle lisait dans mes pensées.

Je l'ai dévisagée, au-delà de toutes ces figures sinistres. Elle a soutenu mon regard alors que les bavardages reprenaient autour de la table, se couvrant les uns les autres. Elle a baissé les yeux sur ses mains.

“Qu’est-ce que tu entends par là ?” je lui ai demandé en haussant la voix afin qu’elle m’entende.

Elle a levé les yeux vers moi avant de plonger le regard dans son bol qu’elle a pris doucement entre ses mains. “Ce métal est trop mou, elle a dit en tenant toujours le bol pour souligner son propos. On ne construit rien avec ça, à moins qu’il n’y ait rien d’autre.”

Nous avons échangé un long regard pendant que ceux attablés entre nous continuaient de débattre de nos chances de survie.

“Deux semaines maximum”, j’ai entendu quelqu’un déclarer.

Mica et moi avons continué de nous regarder. Son visage était sans expression, rien du front plissé, inquiet, que tous les autres arboraient. Elle paraissait très détachée.

J’ai essayé de me rappeler sa profession ; elle l’avait mentionnée plus tôt dans la matinée.

“Je donne encore moins cher de la fusée”, a pronostiqué quelqu’un.

Mica a froncé les sourcils. Alors je me suis rappelé : elle était géologue.

6

LA FUSÉE

La fusée a grandi sur la plateforme de lancement, comme si elle poussait d'une graine. Un cylindre géant d'acier au milieu d'une dentelle d'échafaudages. Des réservoirs du dépôt de carburant avaient été reconvertis pour former le corps de l'appareil. Ils avaient été ouverts, certaines de leurs plaques enlevées, puis le reste avait été refondu en un cylindre plus compact. Plusieurs autres réservoirs avaient été transformés afin d'y stocker l'oxygène et l'hydrogène liquides qui propulseraient la fusée en orbite. Ces réservoirs d'agent propulseur, qui avaient été enterrés afin de les isoler, étaient doublés de tuyaux réfrigérants.

La semaine suivante, au cours de nos repas de pâte verte, j'ai appris davantage en science d'ingénierie que ce qu'on aurait certainement pu me fourrer dans le crâne en un mois de modules de formation. Malgré tout, alors que je regardais les étincelles s'envoler des chalumeaux et la colonne s'élever toujours plus haut, rien en moi ne pensait que cette chose allait pouvoir voler. Comment aurait-elle pu ? Elle était fabriquée par des réfugiés adolescents.

De plus, notre enthousiasme pour ce projet a progressivement diminué après la mort de Stevens. Hickson avait pris le relais pour faire appliquer la volonté de

Colony d'une manière encore plus exigeante – et, en conséquence, qui obtenait moins de résultats. Je constatais déjà que certains fuyaient leurs obligations pour voler un moment de sieste ou bien paresser. C'était un défaut psychologique que je reconnaissais bien grâce à mes études et que je commençais même à reconnaître chez moi. Un soir, allongés sur le capot du tracteur qui était devenu notre foyer officiel, Kelvin, Tarsi, Oliver et moi en avons parlé.

"C'est le problème du *passager clandestin*, j'ai dit à Tarsi qui ne comprenait pas comment les efforts mobilisés pour la survie pouvaient diminuer alors même que le besoin s'en faisait plus fort.

— Le *quoi* ? a demandé Oliver.

— Le *passager clandestin*, j'ai répondu en me tournant vers lui. C'est un problème dans la théorie des jeux, une des dernières choses qu'on m'a enseignées pour ma profession."

Kelvin a éclaté de rire. "De ce qu'on en sait, tu aurais découvert dans un an qu'une autre théorie contredisait celle-ci."

Tarsi lui a assené une claque taquine pour me défendre, puisqu'Oliver et elle se trouvaient entre nous. J'ai laissé tomber le sujet, supposant que tout le monde s'en fichait, et j'ai essayé de profiter de la chaleur du moteur qui avait été trop sollicité alors qu'elle filtrait à travers mon dos.

"Tu comptes finir ton explication ?" a demandé Tarsi.

Je me suis éclairci la voix. "Eh bien, le problème apparaît quand les gens imaginent qu'ils peuvent retirer d'une situation plus qu'ils n'y investissent sans que qui que ce soit s'en rende compte. C'est logique, de fait, que tout individu pense ça, mais quand tout le monde le fait, ça pose problème.

— Comment tu mets fin à ça ? a demandé Tarsi.

— Hypnothérapie”, a répondu Kelvin.

On a tous éclaté de rire, excepté Oliver, qui s'était tourné sur le côté en attendant une vraie réponse de ma part.

“Je n'en ai aucune idée, j'ai avoué. Je pense qu'un des types de mon groupe a suivi des cours d'économie. Il saurait peut-être. Tout ce que je connais, c'est la théorie du ressentiment, qui parle des gens comme nous.

— Ceux qui travaillent trop et qui se plaignent ? a demandé Kelvin.

— En gros, oui.”

Tarsi s'est assise pour s'étirer en grognant d'épuisement. Elle portait son pantalon mais s'était servie de son haut comme oreiller. J'ai regardé son corps s'allonger et se tendre vers le ciel, dos cambré. Ses côtes étaient de plus en plus apparentes. Nous perdions tous du poids, mais certains d'entre nous étaient partis avec moins de kilos.

“Je passe aux toilettes puis je vais me coucher, elle a dit. Quelqu'un a besoin d'y aller ?”

Oliver s'est levé sans un mot et ils sont partis tous les deux. Une des choses étranges que j'avais remarquées concernant Oliver au cours des derniers jours, c'étaient ses sautes d'humeur assez tranchées. Un instant, les pires événements le poussaient à nous apaiser en nous assurant que c'était la volonté des dieux et que cela faisait partie d'un plan qui nous dépassait. D'autres fois – quand la tragédie s'était retirée au fond de nos esprits –, il devenait maussade et j'aurais presque pu le diagnostiquer comme dépressif. J'avais l'intention de prendre du temps pour parler avec lui, lui demander comment il allait, mais il était difficile de trouver un moment de liberté, même pour des bribes de discussion. Chaque heure de nos journées était soigneusement planifiée.

Après leur départ, Kelvin s'est glissé près de moi. Il a croisé les mains derrière la tête, les coudes pointant vers la canopée.

"Qu'est-ce qu'il y a entre Tarsi et toi ? il a demandé.

— Qu'est-ce qu'il y a ?

— C'est quoi, l'histoire ? Est-ce que vous… est-ce qu'il y a quelque chose entre vous ?"

Me redressant sur le côté, j'ai abaissé son coude afin de pouvoir le voir. La lumière de la cabine se répandait par la vitre derrière nous, illuminant son visage d'une lueur terne. Les surfaces planes de son crâne et de son front puissant étaient rehaussées d'ombres dures et de rayons lumineux obliques.

"De quoi tu parles ? j'ai demandé. C'est toi qui dors près d'elle toutes les nuits.

— Je te demande juste ça parce que – eh bien, je vois bien comment vous vous comportez tous les deux. Je voulais juste savoir, avant qu'il se passe quoi que ce soit et que l'un de nous soit blessé. Et écoute, je suis pragmatique également. On a une année devant nous avant que notre effectif commence à augmenter, tu vois ce que je veux dire ?"

Je me suis laissé tomber sur le dos, cherchant à travers la canopée à apercevoir une étoile. Quelque part au loin, un des fruits locaux est tombé en sifflant avant de frapper quelque chose de métallique dans un craquement sonore. On avait déjà commencé à les appeler les fruits-bombes à cause du bruit qu'ils produisaient en chutant d'une telle hauteur. Comme si l'un d'entre nous avait jamais entendu une véritable bombe…

"Ce n'est pas ce que je ressens pour elle", j'ai enfin répondu. Et en le disant, j'ai compris que je le pensais vraiment. Je ne ressentais pas ce genre de chose pour Tarsi. Elle était plutôt comme la famille, rien de plus.

Eh bien, pouvait-il y avoir quelque chose de plus que la famille ? Elle était plutôt comme la famille, pas moins.

Quant à Stevens… Par contre, c'était peut-être ce que j'avais éprouvé pour lui. Les yeux fermés, je me suis efforcé de ressentir différemment, certain que j'avais manqué un module de formation. Dans toutes mes séances de thérapie conjugale, le couple simulé était composé d'un homme et d'une femme. Je n'avais jamais rien vu d'autre. Et pourtant…

"Mica est plus ton genre, c'est ça ? a demandé Kelvin en me décochant un coup de coude dans les côtes en gloussant.

— Ouais, j'ai menti. Elle est plus mon genre." Je me suis assis, la chaleur du compartiment du moteur n'était plus apaisante contre mon dos. "À demain", j'ai lancé en me dépêchant d'aller me coucher.

Pour une raison inconnue, tout mon corps brûlait, et j'avais le visage en feu.

7

COLONY

Quelques matins plus tard, j'ai commis ma première erreur majeure, une erreur qui allait modifier le cours de notre colonie, et en pire. Nous avions veillé tard tous les quatre, nous lamentant sur le progrès de la construction de la fusée, du pack stratégique de mission, et de l'infrastructure requise pour une survie à long terme. Nous en étions arrivés à la conclusion que tout avait changé dès l'instant où Stevens était mort. Tarsi nous a raconté qu'Hickson ordonnait au groupe d'approvisionnement de récupérer davantage de pièces à destination de la fusée que de nourriture. Kelvin a souligné le fait que le décès de Stevens avait correspondu au moment où le groupe de construction avait été retiré des tâches agricoles pour se concentrer uniquement sur la fabrication des agents propulseurs.

Hickson avait commencé à mal répartir notre énergie – pompant par là même le peu qu'il en restait. J'étais moi-même devenu plus paresseux, je me préoccupais davantage de savoir si mon voisin travaillait dur ou de ce que mangeait au dîner la personne en face de moi, plutôt que de me concentrer sur mon propre travail et mon assiette. C'était peut-être dû à ma formation. On m'avait extrait à la fin du XXe siècle sur Terre – et j'y étais en conséquence coincé de manière permanente. Au vu des expérimentations de cette époque, je savais que nous serions tous morts avant que la fusée soit achevée si nous poursuivions dans la même direction.

Alors j'ai décidé d'agir. Plus tard ce matin-là, je suis allé parler à Colony.

Myra se tenait à la porte du module de commande. Elle et quelques autres de la première nuit avaient établi résidence dans la structure. Hickson y avait emménagé après la mort de Stevens : la rumeur disait même que ses quelques affaires étaient apparues dans le module *avant* l'enterrement.

En approchant, j'ai remarqué que Myra avait l'air fatigué. Je savais peu de chose d'elle, mais j'avais du mal à imaginer comment elle pouvait cohabiter avec le type qui menait actuellement notre colonie à sa perte. Elle s'est efforcée de m'accueillir d'un sourire, sans vraiment y parvenir.

"Comment tu vas ? je lui ai demandé.

— Ça va, elle a répondu en hochant la tête. Hickson n'est pas là, si c'est lui que tu veux voir.

— Hickson ? Je n'ai rien à lui dire. Pourquoi crois-tu que je viendrais pour lui ?

— Oh. Il m'a dit qu'il fallait vraiment qu'il te parle, elle a répondu en regardant derrière moi, en direction du groupe de modules et de tracteurs stationnés. Vous avez dû vous croiser.

— Je suis venu voir comment tu allais, et te demander si tu voulais venir passer une nuit avec nous. Notre petit groupe dort dans un tracteur de construction." Je me suis tourné pour le lui désigner. Au loin, je voyais Tarsi et Kelvin, toujours sur le capot. "On parle toute la nuit et j'ai juste pensé…

— Je sais où vous dormez", a dit Myra. Quand je me suis retourné, elle secouait la tête. "Je ne peux pas. Ce ne serait pas bien…

— Quoi ? Non !" J'ai éclaté de rire en agitant la tête. "Non, pas comme ça. Je suis psychologue. Si tu as besoin de parler, eh bien, oublie ma profession, si tu as besoin d'amis…

— J'ai mon groupe ici, elle a répondu. Je suis la copine d'Hickson maintenant."

On fait rarement l'expérience du mutisme. Je ne parle pas du fait de ne pas savoir quoi dire, de ne pas trouver les bons mots, mais du moment où on est véritablement rendu au silence. La gorge serrée, les poumons hors service, la bouche sèche, la mâchoire détraquée. J'étais vraiment incapable de parler, même en sachant ce que je voulais dire. Ou crier.

Myra a paru entendre tout ça. Elle a haussé les épaules. "Je me sens en sécurité, elle a dit. Et ça impliquait aussi que je n'aurais pas à apprendre à dormir ailleurs. De toute façon, je commence à considérer ces quelques premiers jours comme un programme d'entraînement. Mon dernier. C'était la vie – le chagrin et le choc en moins – vers laquelle j'étais censée cheminer. Que je finirai par avoir. Alors c'est ce que je fais. J'essaie de retrouver ce sentiment.

— Est-ce que… Stevens et toi, vous étiez ensemble pendant ces premiers jours ?"

Myra a acquiescé en s'essuyant les yeux. "C'était juste un entraînement", elle a murmuré.

Je l'ai saisie par les épaules pour l'attirer contre moi et l'étreindre. Mais je sentais ses bras entre nous, les os du coude au poignet à la verticale contre sa poitrine tels les barreaux d'une clôture protectrice. Ou peut-être d'une cage contraignante. Je l'ai tenue contre moi, je voulais la réconforter, mais j'ai fini par me dégoûter. Si une étreinte pouvait être ressentie comme une agression sexuelle, c'était le cas de celle-ci. J'enlaçais une personne qui ne souhaitait pas être touchée, alors je l'ai libérée.

"Il faut que je parle à Colony", j'ai dit. J'ai dépassé Myra et je suis entré dans le module de commande, en secouant la tête de honte après cette rencontre.

Elle a essayé de protester derrière moi – je n'étais pas autorisé –, mais sa voix lui a fait défaut et j'ai senti sa résistance s'effondrer avant même qu'elle puisse l'ériger, sa voix suraiguë pareille au dernier gémissement d'une chose qui mourait en elle.

Et le temps de ces quelques instants embarrassants et tragiques, Myra avait été l'illustration parfaite de la raison pour laquelle j'étais décidé à m'entretenir avec Colony. Myra se détériorait, le désir de vie la quittait en suintant par ses pores. Elle était arrivée aux dernières étapes d'une chaîne de désassemblage sur laquelle nous voyagions tous sans être capables de nous en échapper.

Quand je me suis assis sur le siège central, en face de l'écran principal, je me suis souvenu de Stevens, et j'ai été traversé par la peur de souiller l'endroit avant de me rappeler qui, désormais, y passait probablement une bonne partie de son temps. Encore une fois, j'ai pensé à Myra et j'ai senti la chaîne imaginaire se déplacer sous nous de quelques mètres, m'emportant encore plus vers son extrémité.

"Colony ?

— *Bonjour, Porter*", a répondu l'ordinateur. C'était la même voix calme de ma formation, de mon enfance simulée – la même voix qui m'avait apaisé ce premier soir dans le module de commande. Désormais cette voix calme me mettait en colère. L'absence d'urgence m'apparaissait comme une absence d'émotion, plutôt que comme la preuve d'une quelconque force intérieure.

Agrippé au bord de la console pour garder l'équilibre, je me suis rappelé la raison de ma venue. "Colony, nous avons des problèmes sur la base.

— *Je suis tout à fait au courant, Porter, et je travaille avec acharnement à les corriger. Nous devrions être en mesure de reprendre la production à l'atelier des réservoirs, cet après-midi. Un planning révisé sera diffusé par ton coordinateur de groupe.*

— Je n'en doute pas, Colony, mais je voulais te parler de la raison pour laquelle on doit revoir la production tous les jours. Et cela n'a rien à voir avec la ressource limitée en minerai de cette planète.

— *Si tu as une théorie, je serai ravi de l'entendre.*

— Bien sûr, c'est pour ça que je suis venu. Je pense que… nous pensons, certains colons et moi, que plus nous nous concentrons sur la construction de la fusée, moins nous nous préoccupons de nos besoins fondamentaux, et plus nous prenons du retard dans les deux domaines.

— *Tu crois que c'est une question d'état d'esprit.*

— Je… eh bien, oui ! J'ai préparé plusieurs arguments psychologiques, si tu veux bien les écouter.

— *Porter.*" Colony a marqué une pause, laissant mon prénom planer dans l'air. *"Qui t'a appris ce que tu sais en psychologie ?"*

Je suis resté abasourdi un moment avant de baisser la tête pour fixer le clavier devant moi. Des stries de retardateur de feu étaient encore coincées entre chaque touche et il y avait des taches de saleté sur le bureau là où quelqu'un avait appuyé ses paumes.

"C'est toi, j'ai murmuré avec l'impression d'être complètement stupide.

— Je te sens humilié, ce n'était pas mon intention. Je voulais simplement te faire gagner du temps en t'épargnant d'énoncer tes arguments, ce temps pourrait être mieux utilisé dans la production."

J'ai acquiescé. Je comprenais sa logique mais j'avais néanmoins le sentiment d'être minable. De fait, je sentais mon énergie de travail sapée au fur et à mesure que la dépression enflait en moi, alimentée par l'impression de ne rien valoir.

"*J'apprécie que tu sois passé, Porter. Tu es un membre précieux de cette colonie.*

— Merci", j'ai répondu d'une voix aussi peu vivante et sincère que celle de l'ordinateur.

Je me suis levé et j'ai commencé à m'éloigner quand l'ordinateur a appelé : "*Porter.*

— Oui ? j'ai fait en me tournant.

— Je vais procéder à des changements. À partir d'aujourd'hui.

— Merci", j'ai répondu, reconnaissant.

Quoique prématurément.

J'ai emprunté de nouveau l'étroit passage entre les serveurs pour rejoindre l'espace plus large empli de sacs de couchage. Quelqu'un montait la rampe extérieure à pas lourds, et je réfléchissais à ce que je voulais dire à Myra quand Hickson a franchi la porte en trombe, manquant de me percuter.

"Bon sang mais qu'est-ce que tu fiches ici ? il a demandé.

— Je suis venu parler à Colony", j'ai répondu, en jetant un regard derrière moi pour souligner mon propos. Avant que j'aie le temps de me retourner, Hickson a posé ses deux mains sur mes épaules, puis m'a plaqué contre le mur en piétinant le sac de couchage de quelqu'un.

"Personne ne parle à Colony à part moi, tu comprends ?"

J'ai essayé de me concentrer sur son visage, mais il était trop proche du mien. Le mur de chair en colère emplissait ma vision. J'ai hoché légèrement la tête, craignant que nos nez se cognent. "J'essayais juste de…

— Je me fiche de ce que tu essayais de faire", a dit Hickson en me lâchant avant de reculer. Il s'est placé entre les serveurs et moi. "Sors de là."

Avec plaisir, j'ai pensé en me dirigeant vers la porte. Parvenu à la sortie, j'ai vu Myra assise au bout de la rampe, le menton dans les mains. Ça m'a rappelé quelque chose. J'ai repassé la porte en appelant Hickson déjà parti vers les serveurs.

"Hé, tu voulais me voir au sujet de quelque chose ?"

Hickson s'est à moitié tourné. Il s'est appuyé sur le serveur devant lui avant de poser son front contre le dos de sa main. Il est resté comme ça pendant une minute et j'allais répéter ma question quand il a enfin répondu.

"Non, il a dit. Ce n'est rien. Oublie ça."

C'est peu probable, j'ai pensé. J'ai contourné Myra et me suis dirigé vers la clairière en pensant que je n'oublierais jamais cet échange.

8

SECOUSSES

J'ai quitté le module de commande pour me diriger vers la tente de la cantine, où j'espérais trouver au petit-déjeuner n'importe quoi d'autre que de la pâte verte. C'est à ce moment-là que les secousses ont commencé.

Au début, j'ai pensé que c'était mon ventre qui grondait. Ces gargouillements se transformaient habituellement en une douleur superficielle, une sorte de crampe silencieuse, comme si mes intestins se nouaient. Mais cette fois-ci, le bruit n'a cessé de s'amplifier. Puis le sol a bougé sous mes pieds, et j'ai été pris d'une sensation nauséeuse quand mon oreille interne et mes jambes se sont opposées sur la manière de rester debout.

Agitant les bras dans tous les sens, je me suis retrouvé, jambes fléchies largement écartées, comme nombre d'autres colons sur le chemin du petit-déjeuner. Dans la partie de mon cerveau qui connaissait des mots de vocabulaire sans réel contexte, j'ai compris que nous étions en train de vivre un tremblement de terre. Je l'ai su comme je savais ce qu'étaient l'air ou les arbres, sans que ma compréhension dépasse le simple concept. J'ai pensé que si on ne bougeait pas, ça finirait par s'en aller et tout se passerait bien.

Puis j'ai entendu le sifflement.

Le premier fruit-bombe a frappé le sol à moins de trois mètres devant moi. Le sifflement est devenu plus fort et plus menaçant au fur et à mesure que les bruits paraissaient parvenir de partout à la fois. Une dizaine de fruits supplémentaires, de la taille d'un crâne, ont frappé la terre tout autour de moi, certains explosant en une douche de fragments d'écorce et de projections de graines et de chair de fruit.

Je me suis rué vers la tente de la cantine en slalomant sur le sol qui continuait de vibrer sous moi. Quand un des fruits-bombes a carrément entaillé le tissu de la tente pour exploser sur une des tables en métal, j'ai changé de trajectoire et me suis plutôt précipité vers l'ancien module des cuves.

Une douzaine d'autres colons ont eu la même idée. Une fille devant moi a failli être emportée par un fruit ; il a explosé devant elle et la fille est tombée en glissant dans la chair. Je me suis arrêté pour l'aider à se relever et nous avons manqué de nous effondrer tous les deux quand une grosse secousse s'est propagée dans la roche. Nous avons filé, tentant de rejoindre les autres à l'intérieur du module dont nous avons enfin franchi l'entrée en marchant sur ceux qui s'y trouvaient déjà.

On se frayait tous un chemin vers le fond pour faire de la place à ceux qui arrivaient derrière. C'était une étrange reconstitution du jour de notre naissance, mais jouée à l'envers – entassés au milieu des cuves, nous cherchions la sécurité dans l'endroit que nous avions autrefois fui.

De nombreux impacts ont résonné suffisamment fort sur le toit pour qu'on en ait mal aux oreilles. Nous nous recroquevillions chaque fois tous ensemble, mais l'attente entre chaque coup était encore pire. L'appréhension transformait nos nerfs en câbles très fins que le fruit-bombe suivant pinçait telles des cordes.

Notre petit groupe s'est posé, nous nous accrochions les uns aux autres, jambes repliées contre le buste. Nous nous demandions combien de temps cela allait durer, comme si la moindre de nos hypothèses valait quelque chose. Nous espérions à voix haute que les autres colons avaient également trouvé un refuge.

Pendant une accalmie des secousses, j'ai abandonné la fille que j'avais aidée pour retourner vers la porte, j'avais besoin de voir ce qui se passait dehors. Avant que j'atteigne la sortie, Kelvin l'a franchie en titubant, le bras passé autour de Tarsi, mes deux amis couverts de sang.

Je me suis rué vers eux en jurant, sans savoir lequel des deux soutenir. Tarsi a levé ses yeux écarquillés de peur. "À l'aide", elle a prononcé sans que le son de sa voix me parvienne, noyée par un nouvel impact.

Kelvin m'est quasiment tombé dans les bras. Je l'ai allongé par terre aussi doucement que possible. Il avait la moitié du visage couverte de sang. Me rappelant les gestes de premiers secours, j'ai posé la main sur son cou, marmonnant pour moi-même, car je ne me souvenais plus s'il fallait plutôt hausser sa tête ou ses pieds.

"Assieds-le", a dit une autre colon en s'approchant pour nous aider. J'étais sûr qu'elle avait raison. On a bataillé avec les bras de Kelvin et on l'a traîné contre une cuve. Il paraissait peser une tonne. J'ai passé mes mains sur sa tête à la recherche d'une blessure avant d'examiner mes paumes collantes de chair de fruit et de sang.

Kelvin a brièvement ouvert les yeux, paupières battantes, avant de les écarquiller tout à fait. Ils ont roulé dans leur orbite, dans le vague, pendant qu'il clignait rapidement. "Où suis-je ?" il a demandé.

Quelqu'un m'a donné son haut et j'ai entrepris de l'enrouler autour du crâne de Kelvin. "Ça va, j'ai dit. Repose-toi.

— Je sens que je tremble.

— C'est le sol, a expliqué Tarsi qui m'a attrapé le bras pour se rapprocher de nous deux. Qu'est-ce qui se passe ? C'est un tremblement de terre ?

— Je pense", j'ai répondu en hochant la tête.

Alors même que nous discutions, les grondements paraissaient s'atténuer, comme s'ils s'éloignaient. Les sifflements et les impacts ont continué quelques minutes encore, mais aucun de nous ne s'est aventuré dehors avant qu'ils aient complètement cessé.

Au bout de ce qui nous a semblé être une demi-heure sans sifflements, nous sommes sortis du module retrouver le reste des colons qui quittaient en chancelant les abris qu'ils avaient choisis, nous émerveillant tous devant l'état de destruction et la quantité de chair verte de fruit jonchant le sol.

Par habitude, ou peut-être en raison de l'heure de la journée, ou encore à la vue de tant de nourriture, nous nous sommes réunis autour de la tente de la cantine – ou de ce qu'il en restait. J'étais allé prendre de l'eau dans un des tonneaux en or où l'on récupérait la pluie, afin de laver la blessure de Kelvin, quand Oliver est arrivé en courant, un vrai méli-mélo excité à chevelure rousse.

"Tu as vu ? il a demandé.

— Vu quoi ? Cette putain de tempête de fruits-bombes ? Tout le monde l'a vue.

— C'était un miracle, a déclaré Oliver, tout à fait sérieux. Un miracle."

J'ai plongé le bol dans le tonneau plein d'eau ; le niveau avait baissé après l'impact direct d'un fruit-bombe qui reposait, intact, au fond. "Je dois m'occuper de Kelvin, j'ai dit à Oliver. Je n'ai pas le temps pour ça.

— Mais tu ne vois donc pas ? il a insisté en me tirant par le bras. Tu es allé voir Colony parce que les gens avaient faim et qu'est-ce qu'il s'est passé ?" Il a ouvert les bras. "La manne divine, il a murmuré.

— Ouais, eh bien, les dieux visent bien. Vois si tu peux me trouver des chiffons propres parce que Kelvin a le crâne quasiment ouvert."

Oliver a frappé dans ses mains avant de filer. Je l'ai suivi des yeux en retournant vers mes amis, mais il n'est pas parti chercher des chiffons ou autre chose qui puisse servir. Non, je l'ai vu agripper d'autres personnes par le bras en désignant le module de commande puis le ciel, répandant la parole de Dieu et de notre salut.

9

LA BALLE EN OR

Le restant de la journée, le sol et mon estomac sont heureusement restés calmes. Les plaintes des colons, cependant, ne paraissaient pas diminuer. Les calories des fruits-bombes étaient brûlées en récriminations plutôt qu'en se concentrant sur ce que nous avions à faire. J'ai entendu plus d'une personne se demander pourquoi elle perdait son temps à construire une fusée alors qu'il y avait des choses plus importantes à faire, et je me suis rendu compte que j'allais encore devoir parler à Colony.

Avant que je puisse trouver un moyen de contourner Hickson, Kelvin est venu me voir au moment du dîner avec un autre problème, bien plus grave. Il s'est laissé tomber par terre en face de moi, baissant sa tête bandée. Je m'apprêtais à lui demander comment il se sentait, quand sa main a glissé vers moi sur le plateau.

Au moment où je baissais les yeux, la main s'est retirée, laissant derrière elle une balle en or.

"Où as-tu eu ça ?" j'ai demandé. J'ai su immédiatement de quoi il s'agissait – tout comme j'avais su pour le tremblement de terre.

"Je l'ai fabriquée, il a déclaré d'une voix neutre.

— *Pourquoi ?*" J'ai levé les yeux vers lui en me demandant quelles procédures j'avais bien pu omettre pendant les tests de commotion cérébrale que je lui avais fait passer au cours du déjeuner.

"Hickson m'a sorti du détachement agricole. Il nous a tous sortis, d'ailleurs. On ne peut plus utiliser les tracteurs pour quoi que ce soit. En tout cas, deux autres types de la construction se trouvent, dans le module d'outillage, dans une pièce qu'on a transformée. Je n'ai pas vu ce qu'ils font, mais j'ai vu les tuyaux qu'on y a fait entrer, et quelqu'un m'a posé des questions sur les canons d'armes à feu.

— Ils fabriquent des *armes* ?" j'ai demandé, aussi bas que possible.

Kelvin a hoché la tête.

Oliver et Tarsi sont arrivés avec deux personnes du groupe de soutien que j'ai reconnues sans vraiment les connaître. J'ai aussitôt couvert la balle de ma main. Je l'ai fait glisser de la table à mes cuisses, en me rappelant pour la troisième ou quatrième fois de la journée qu'il fallait que je couse des poches sur mes nouveaux vêtements.

"Vous avez l'air sérieux, a dit Tarsi en agitant la tête dans ma direction. Si tu envisages de modifier ton premier diagnostic, je dois te prévenir qu'il n'était déjà pas très intelligent avant."

Elle a souri à Kelvin, qui lui a adressé un rictus grimaçant pour plus d'effet. "En fait, on discutait juste pour décider qui allait devoir dormir par terre ce soir, il a répondu.

— C'est *notre* nuit, elle a dit en se servant de pâte de fruits verte à l'aide d'une des cuillères jaune vif.

— Ouais, a renchéri Oliver. Mon dos ne peut pas supporter deux nuits de suite par terre.

— Non, a dit Kelvin, le visage toujours plissé par le sarcasme et la susceptibilité feinte. Je disais précisément à Porter qu'il n'est pas juste que je doive dormir avec toi toutes les nuits et qu'il devait lui aussi s'y coller."

Tarsi a posé sa cuillère avant de se tourner vers moi.

“Il te fait juste tourner en bourrique, l’ai-je rassurée. Je n’ai jamais rien dit de tel.

— Je vais prendre mon tour”, a décrété Oliver en creusant dans sa pâte tout en zyeutant Tarsi.

Elle m’a lancé un regard noir, ses yeux réduits à deux fentes furieuses.

“Quoi ? j’ai demandé. Je te jure, il se venge juste parce que tu l’as traité d’imbécile il y a deux minutes.

— On en reparlera plus tard, elle a rétorqué, de nouveau concentrée sur son bol.

— Ouais.” Regardant Kelvin en face de moi, j’ai levé mon poing dans lequel je serrais le cylindre d’or frais. “On en reparlera plus tard”, j’ai murmuré.

Ce soir-là, nous nous prélassions tous les trois sur le capot de notre tracteur afin de récupérer après une nouvelle journée d’échéances impossibles à tenir. Pour la première fois, la surface métallique était aussi fraîche que la nuit, puisqu’aucun travail n’avait été effectué de la journée dans les fermes. C’était également notre première nuit sans Oliver.

Son absence nous donnait l’impression qu’on avait enlevé une roue à notre maison, notre petite famille était désormais déséquilibrée et incomplète. Il était passé plus tôt prendre quelques affaires et nous exprimer son désir de dormir plus près du module de commande. Ça avait été un moment embarrassant, aucun de nous ne sachant quoi dire. On aurait même pu croire qu’on n’allait plus jamais se revoir, bien que l’unique fenêtre du module de commande soit visible depuis notre capot, et qu’il nous ait promis de se joindre à nous à chaque repas.

C'est pourquoi nous étions tous les trois allongés dans un silence inhabituellement froid. Kelvin et Tarsi faisaient toujours mine d'être remontés l'un contre l'autre : plus tôt dans la journée, une série de petits coups dans les côtes et de plaisanteries avait tourné à la dispute. J'avais la place de celui qui tenait la chandelle, même quand Tarsi m'a poussé pour que je m'allonge au milieu. Elle s'est blottie contre moi, mais je sentais bien que cela tenait plus d'une attaque envers Kelvin que d'un véritable geste d'affection envers moi.

Un bref moment, j'ai imaginé Kelvin se lover contre mon autre flanc pour retourner le coup de Tarsi, et cette image m'a excité… sexuellement. Puis j'ai eu honte. Je me suis concentré pour faire disparaître mon excitation, ce qui l'a fait pulser encore plus fort. Baissant les yeux sur mon corps, j'ai vu la bosse de mon pantalon éclairée par la lumière provenant de la cabine du tracteur. J'avais l'impression que mes deux amis pouvaient également la voir, mais je craignais que tenter de la couvrir ne fasse qu'attirer leur attention. Plus j'y pensais, plus mon érection grossissait, et j'ai eu le sentiment que j'allais mourir d'humiliation.

"Tu veux parler de quelque chose ? m'a demandé Kelvin.

— Quoi ?" J'ai senti mes joues s'embraser. "Je… De quoi est-ce que tu crois que je voudrais parler ?

— Tu sais, il a dit en me donnant un coup de coude.

— Non." Je me sentais devenir cramoisi, mais au moins l'afflux de sang a mis un terme à la raison de mon embarras. "Je ne sais pas à quoi tu fais allusion, j'ai dit.

— La balle", il a chuchoté.

Oh. J'ai expiré. "Ouais.

— Quelle balle ?" a demandé Tarsi d'une voix forte. Elle a roulé sur le côté, passant un de ses genoux sur ma jambe, appuyant son menton sur mon torse.

“Chut, a sifflé Kelvin. Les voix portent.”

Il ne plaisantait pas. Quelques nuits plus tôt, nous avions passé notre temps sur le capot à glousser, tous les quatre pris de crises de rires hystériques tandis que deux autres colons, assis sur le module générateur, se disaient combien ils étaient fous amoureux l’un de l’autre.

De mille manières différentes, au moins.

Et pas toutes verbales.

Tarsi a grimpé plus haut sur mon corps, son genou pressant contre ma cuisse, ses lèvres planant à quelques centimètres de ma joue.

“Quelle balle ?” elle a murmuré, l’air de ses poumons chatouillant les petits poils à l’intérieur de mon oreille.

Je l’ai repoussée en gloussant, plongeant un doigt dans mon oreille après sa question pour faire cesser la démangeaison. “Raconte-lui”, j’ai dit à Kelvin.

Il lui a calmement rapporté ses activités de la journée, nous exposant ce à quoi le reste de son groupe avait été occupé. Je me suis redressé, jambes croisées, et me suis tourné pour lui faire face. Quand il a eu fini, nous étions tous les trois assis l’un contre l’autre, la tête penchée sur nos cuisses. Tarsi nous a dévisagés l’un après l’autre, les sourcils froncés d’inquiétude.

“Vous n’êtes pas un peu paranos tous les deux ? elle a chuchoté.

— Paranos ? a demandé Kelvin. Ils fabriquent des *armes*.

— Peut-être pour aller chasser. Ou pour se défendre, a suggéré Tarsi.

— Alors pourquoi les fabriquer en secret ? je lui ai demandé.

— Ce n’est pas ce qu’ils font. *C’est nous* qui les fabriquons.

— Je ne sais pas, a dit Kelvin en secouant la tête. Vous devriez voir comment ça se passe. Tout le monde est tenu à l'écart et personne n'en parle.

— *Nous* sommes en train d'en parler, a fait remarquer Tarsi. Et tout est fait de la même manière. Construire la fusée, nous réveiller, préparer l'avenir. Je pense que vous vous prenez trop la tête." Elle a désigné Kelvin. "Toi, je comprends." Puis elle a enfoncé un doigt dans mon flanc. "Mais toi, quand est-ce que tu as reçu un coup sur la tête ?

— Je pense qu'il a raison, je lui ai répondu. Et je pense que tout ça est peut-être ma faute.

— *Ta faute ?* Comment ça ?" a demandé Tarsi.

Kelvin me fixait lui aussi. J'ai essayé de mettre au clair dans ma tête ce que j'allais leur exposer, mais ma théorie avait tout juste commencé à se former alors que j'écoutais Tarsi formuler ses doutes.

"Je pense que c'est peut-être lié à la conversation que j'ai eue avec Colony ce matin."

Kelvin a froncé les sourcils. "Je croyais que tu avais dit que ça s'était bien passé.

— Ouais, a surenchéri Tarsi. D'après Oliver, ça a même provoqué un miracle."

Je lui ai jeté un regard noir. "Colony a dit qu'elle allait procéder à quelques changements. J'ai pensé qu'elle sous-entendait qu'on allait recommencer à planifier l'avenir et lâcher sur les délais de la fusée, peut-être donner un coup de fouet au moral.

— Et en quoi la fabrication d'armes peut aider ? a demandé Tarsi.

— En rien, j'ai répondu avant de les dévisager l'un après l'autre. À moins que tu t'en foutes du moral des troupes."

Nous nous sommes regardés en silence jusqu'à ce que le sifflement d'un fruit-bombe tombant de la canopée nous interrompe, et nous oblige à nous tendre, préoccupés par l'impact à venir. C'était comme ça qu'on réagissait à ce bruit depuis les secousses. C'était peut-être le signe que nous intégrions un sentiment grandissant d'impuissance.

10

ORDRE

Cette nuit-là, j'ai fait d'autres cauchemars – les pires jusque-là. Dans l'un d'eux, ce n'était pas des fruits-bombes qui tombaient des arbres, mais les têtes des quatre cents colons et quelques qui n'étaient pas parvenus à s'extraire du module des cuves. Elles pleuvaient sur nous, ruisselantes de feu, et atterrissaient calcinées et noires mais hurlant toujours. On les ramassait et on les mangeait crues, lapant la matière se déversant de ces crânes fendus, plus préoccupés par notre survie que par le goût infect. Et dans le rêve, je savais qu'il ne passerait pas longtemps avant qu'on manque de têtes et que les survivants se retournent les uns contre les autres.

Quelques jours plus tard, des ombres de ces rêves se sont infiltrées dans le monde réel quand un nouveau groupe s'est formé. Le premier que j'ai vu avec une arme au côté n'était pas Hickson, comme je m'y étais attendu – mais Oliver. Il n'était pourtant pas le premier à avoir reçu une arme ; c'était juste que je ne l'évitais pas activement comme j'évitais Hickson ou quelques autres.

Je suis passé devant lui en me rendant au module générateur, où j'aidais à la construction du pack stratégique. L'objet doré et brillant qui luisait sur sa hanche a attiré mon attention. Oliver m'a salué, mais je n'ai pas entendu ce qu'il m'a dit. J'étais distrait par le fait de le voir porter quelque chose que je savais être très dangereux, même si ce savoir ne me venait pas des modules de formation.

"Je t'ai dit bonjour", a répété Oliver.

J'ai hoché la tête, levé les yeux et fait de mon mieux pour lui retourner son sourire. "Tu nous as manqué au repas, j'ai dit. Et le sol du tracteur est plutôt froid sans toi."

Oliver a froncé les sourcils. "Ouais, c'est bizarre, dormir comme ça me manque. Mais j'ai emménagé à plein temps dans le module de commande. Hickson m'a nommé exécuteur. Finie la corvée de fruits-bombes pour moi, à gratter tout ce bazar vert.

— Un exécuteur ? j'ai demandé. Qu'est-ce que c'est ?

— On prend de plus en plus de retard sur le planning. Les exécuteurs s'assurent qu'on se remette au boulot." Levant un doigt, il a dessiné un large cercle au-dessus de sa tête. "On va monter des projecteurs aujourd'hui afin de pouvoir travailler plus tard dans la soirée. Et avec la manne qui est tombée l'autre jour, personne ne devrait avoir faim le temps qu'on achève ce projet.

— Qu'on l'achève ? j'ai demandé. Il ne faudrait pas qu'on réfléchisse au long terme ? D'où va venir l'électricité qui va alimenter ces projecteurs ? On rationne l'électricité ici, dans le module même qui est supposé la générer.

— On prend du courant du périmètre de sécurité. On n'a eu aucun signe de prédateurs." Oliver a marqué une pause pour me considérer de haut en bas. "Bon sang, Porter, tu as l'air sacrément tendu. Tout va bien ? Tu as besoin d'un accompagnement spirituel pour traverser ces heures sombres ?"

J'ai éclaté de rire et m'en suis aussitôt voulu quand j'ai relevé le spasme douloureux sur les joues d'Oliver.

"Non, j'ai répondu. Je vais bien. C'est juste... Je suppose que certains trouvent difficile de sacrifier autant pour un projet dont on ne nous a pas vraiment entretenus."

Oliver a hoché la tête. "Je comprends. Vous, les scientifiques, vous êtes toujours les premiers à douter.

— Ce n'est pas ça, c'est juste que..."

Oliver a levé la main. "Je suis là pour parler, pour t'aider, mais pas pour écouter. Je ne veux pas que tu me bourres le crâne avec... *n'importe quoi.*" Il a commencé à s'éloigner.

"Oliver, attends. Je n'avais pas l'intention de..."

Il s'est tourné, le visage tordu en une expression de pure rage qui m'a pétrifié sur place. "Colony t'a donné la *vie*, a-t-il craché. Tu ne comprends pas ça ? Elle t'a appris tout ce que tu sais. Aucun de nous ne serait là sans Colony. Si tout s'était parfaitement bien déroulé, si nous étions cinq cents personnes à défricher ces terres et à nous reproduire comme des animaux, est-ce que tu questionnerais ton existence ? Est-ce que tu maudirais la personne qui t'a façonné et appris à mener ta vie ? Ou bien est-ce que tu continuerais à te bâtir un monde meilleur au service de Colony et du pays ?

— Je ne vois pas...

— Je sais que tu ne vois pas, Porter. Tu ne vois pas ce qui se passe. Peu importe ce qui se passe ici, certains d'entre nous ont à cœur d'obéir, et d'autres éprouvent la pulsion de la rébellion. Je parie que si je te demandais de travailler ces terres, tu serais en train de te construire une fusée. On devrait peut-être utiliser un peu de cette... comment tu appelles ça ?

— Psychologie inversée ?

— Ouais, un peu de ça, a repris Oliver en pointant le doigt vers moi. Tu sais, tu es malheureux depuis le jour où on est nés et c'est probablement ton destin, mais ce n'est pas le mien. Je connais la gloire des dieux et, pour ma part, je vais œuvrer à leur service. J'exécute leur volonté depuis le premier jour, avec ou sans ça, a-t-il dit en donnant une claque sur l'arme à son côté. Il faut que tu sondes ton cœur. Que tu découvres ce vers quoi tu avances. Que tu te réconcilies avec les dieux."

Il s'est tourné, en colère, puis est parti.

Je l'ai observé tandis qu'il s'éloignait tout en éprouvant de la pitié pour lui. Puis je l'ai maudit pour m'avoir agressé de cette manière. Pour avoir planté la graine du doute…

Ce soir-là, nous avons eu le premier aperçu de notre nouvelle vie, dans la lumière violente des ampoules de dix mille watts. Après le dîner, on nous a donné l'ordre de retourner à nos postes et de travailler jusqu'à ce que nous ayons atteint le quota de la journée. Pour notre groupe, cela signifiait finir les trois volets de lancement de la fusée rattachés à l'extrémité du corps de la charge utile. Afin d'envoyer le package vers sa destination prévue, trois bonbonnes distinctes, remplies de gaz propulseur à deux composants, devaient s'embraser avant d'être larguées. Ceux d'entre nous pas vraiment qualifiés pour se considérer comme "scientifiques" y étaient assignés, pendant qu'un autre groupe soudait les circuits constituant le tableau de navigation.

Pendant qu'on travaillait, un ancien membre du groupe de construction – un grand gars avec qui Kelvin parlait au moment des repas – était posté près de la porte, une main posée sur son arme. C'est étrange comme nous nous sommes rapidement habitués à sa présence, la plupart d'entre nous acceptant les nouvelles règles en public d'un haussement d'épaules, puis se plaignant ou geignant ensuite une fois qu'on ne pouvait plus les entendre. Muriel, la fille qui m'aidait à sonder les vannes de mélange de chacun des trois réservoirs, dormait dans le même module que le type qui nous surveillait. Elle a tenté plusieurs fois de lancer la conversation en lui demandant s'il appréciait son nouveau boulot, mais il n'a jamais répondu. Le peu de joie dans notre groupe assigné à la charge utile – les plaisanteries et le commérage qui faisait office de mélodie de fond à notre travail – avait été aspirée du module générateur, pompée comme cette énergie qui avait été détournée de la clôture du périmètre afin d'alimenter les projecteurs qui consommaient beaucoup.

On travaillait donc dans un silence ponctué d'un occasionnel grognement de frustration. De temps à autre, un fruit-bombe sifflait au-dehors et nous nous crispions tous de peur. Même si nous avions un toit sur nos têtes pour nous protéger.

11

LA RUPTURE

C'est fou comme on s'habitue vite aux choses. Ma tête était remplie d'informations sur la manière d'aider des cerveaux sur le point de craquer, mais j'étais plutôt entouré de cerveaux qui pliaient de plus en plus sous une pression grandissante, en parvenant malgré tout à préserver leur intégrité. En dépit de tout ce que j'avais appris sur la fragilité d'une chose, je me retrouvais à la fois le témoin et l'exemple de son incroyable persévérance.

J'avais également remarqué la rapidité à laquelle le cerveau humain associait les événements en un rapport de causalité. "A" conduit à "B". On aime faire ce lien, bien qu'il soit fragile. À l'image de Tarsi qui aime donner des tapes aux gens quand elle blague. Dès qu'elle assène une petite claque à quelqu'un, on peut s'attendre à ce que son petit rire étrange suive. Un événement suit l'autre, c'est réglé comme du papier à musique. Kelvin et moi, nous nous moquons de cette habitude en la prévenant qu'on ne rira plus jamais sur commande. On pense que c'est pour cette raison qu'elle fait ça, c'est comme une petite menace de violence si on ne trouve pas sa dernière réplique marrante.

Pourtant, plus on essayait de ne pas rire, plus les chances étaient grandes qu'on finisse par le faire. Plus fort et de plus en plus souvent, à ce moment-là, apparemment, malgré les journées plus longues et le peu de temps que nous passions ensemble. Encore une preuve de notre capacité à plier sans rompre.

Le sifflement du fruit-bombe était une autre de ces associations de causalité. Le sifflement était généralement suivi d'un boum. Souvent, c'était le bruit sourd de l'écorce du fruit explosant en percutant la boue, la terre se mélangeant à notre prochain repas. Mais parfois, c'était le boum retentissant d'un plus gros fruit-bombe frappant une surface métallique. Le lendemain, au moment de manger, un groupe découvrait une nouvelle bosse dans sa table en or, et toute une variété d'asticots s'occupant soigneusement du petit-déjeuner déjà servi.

Un sifflement suivi d'une explosion. C'était réglé. Le premier avertissait avant le boum du second. Entre les deux, l'attente et la tension.

Mes nerfs n'étaient donc pas préparés à l'inversion de ces sons. Il était tard, le soir, et mon groupe peinait à atteindre son quota. Plusieurs d'entre nous assemblaient des tuyaux dehors – pas seulement pour épargner aux autres les vapeurs de nos fers à souder, mais à cause de l'ironie de notre éclairage. Les ampoules à l'extérieur éclairaient davantage que la faible lueur vacillante à l'intérieur du module générateur, qui peinait à satisfaire la demande.

L'explosion s'est produite sans aucun avertissement. Un boum fort. Mon corps tout entier s'est contracté, et j'ai laissé tomber mon fer à souder. Nous nous sommes tous regardés en nous demandant ce qui se passait. Puis les hurlements stridents ont commencé. Les deux bruits s'étaient succédé dans le mauvais ordre.

Laissant mon fer à souder par terre, j'ai couru vers l'origine du bruit en m'efforçant de ne pas me faire semer par Muriel qui s'était aussitôt mise à courir.

Les hurlements provenaient des alentours de la plateforme de lancement. D'autres colons convergeaient également vers l'endroit, malgré les exécuteurs qui nous criaient de retourner à nos postes. L'un d'entre eux, levant son arme, a tiré un coup en l'air.

J'ai eu un mouvement de recul, puis j'ai pris conscience que le bruit provenant de l'arme était le même que celui entendu plus tôt. Les sifflements étaient en fait des cris au loin, qui s'amplifiaient au fur et à mesure que nous descendions en titubant la pente vers le site de la fusée.

Plusieurs exécuteurs, arme dégainée, étaient rassemblés là. Hickson les a rejoints en courant et en leur criant des questions. Stephany, une des filles que je connaissais par l'intermédiaire de Kelvin, assise dans la boue, hurlait. Elle tenait quelqu'un sur ses cuisses – une étrange reconstitution de la scène sur laquelle j'étais tombé, le jour de la mort de Stevens. C'était un grand garçon, inerte et, une seconde, j'ai pensé qu'il s'agissait de Kelvin, mais c'est alors que j'ai vu mon ami se laisser tomber de l'échafaudage.

"Qu'est-ce que vous avez fait ?" hurlait Stephany en se balançant d'avant en arrière. Je me suis précipité vers elle, m'arrêtant près de Julie – une infirmière devenue, par défaut, le médecin de la base.

Le garçon, les deux mains pressées sur son ventre, tentait vainement de stopper le flot de sang. Sa poitrine se soulevait et s'abaissait rapidement ; les seules autres choses mobiles étaient ses yeux, qui ne cessaient de passer de l'une à l'autre des personnes autour de lui.

"Laisse-moi regarder", a dit Julie en lui écartant les mains avant de repousser le fin tissu de son haut sur son torse. Le sang a afflué, épais et sombre ; plaçant aussitôt ses mains sur la blessure, elle s'est mise à aboyer des ordres : de l'eau, des serviettes propres, du coagulant.

Je n'ai pas entendu le reste. Quelqu'un m'a tiré avec force en arrière.

"Laisse-leur de la place", a dit Hickson.

J'ai reculé en chancelant, la fureur montait en moi. Un des exécuteurs s'est approché, son arme entre nous, mais sans vraiment me menacer. Il l'a alors laissée pendre à son côté, en ayant l'air de ne pas savoir comment elle était arrivée là.

"Je ne voulais pas… il a dit en me regardant, les yeux larmoyants. Il essayait de prendre une pause supplémentaire. Je ne voulais pas…"

Je me suis assuré que le canon de l'arme reste détourné de moi avant de chercher Kelvin du regard. Il se tenait à côté de l'échafaudage, les poings serrés devant lui, ses yeux lançaient des poignards en direction d'Hickson.

Je me suis écarté de l'exécuteur, le laissant se débrouiller seul avec sa culpabilité, et j'ai couru jusqu'à mon ami pour l'empêcher de commettre une énorme erreur.

Plus tard, ce soir-là, nous étions assis tous les trois dans la cabine de notre tracteur, le plafonnier nous éclairant suffisamment pour qu'on ne se cogne pas. Il faisait peut-être chaud et étouffant à l'intérieur, mais aucun de nous ne se sentait en sécurité sur le capot. En partie parce que nous craignions d'être entendus, et aussi à cause des bombes qui nous menaçaient.

"Il faut qu'on se tire d'ici, a déclaré Kelvin en nous regardant l'un après l'autre, Tarsi et moi.

— Pour aller où ? a demandé Tarsi. Pour errer dans la nature sur une planète pour laquelle on n'a pas été correctement orientés ? Colony refuse même de montrer les cartes satellites à qui que ce soit. On n'a aucune idée de ce qu'il y a là-bas.

— On sait ce qu'il y a ici, a rétorqué Kelvin.

— Tarsi a raison, j'ai dit à Kelvin. De plus, on abandonnerait tous les autres.

— Ceux qui veulent venir le peuvent. Plus on est de fous, plus on rit. Il pleut suffisamment, non ? Et il doit y avoir des tonnes de fruits-bombes ailleurs, surtout depuis les secousses. Cela nous permettra de tenir avant qu'on commence…

— Qu'on commence à quoi faire ? j'ai demandé. À frotter des bouts de bois l'un contre l'autre ? Tu as une idée du temps que ça nous prendrait de reconstruire ne serait-ce qu'une fraction de tout ça ?"

Kelvin a redressé les épaules en me toisant puis il a haussé le ton. "Tu as une idée du temps qu'on va pouvoir survivre ici si on continue à s'entretuer ?

— Calmez-vous, est intervenue Tarsi. Calmez-vous tous les deux.

— Je suis désolé, a dit Kelvin. Ce qui s'est passé aujourd'hui me met tellement en colère. Je savais que cet exécuteur allait déraper. On n'a pas arrêté d'en parler à voix basse sur l'échafaudage aujourd'hui. Bon sang, j'aurais dû intervenir plus tôt.

— Et ce serait alors toi qui aurais droit à une transfusion sanguine", a dit Tarsi en s'accrochant des deux mains au bras de Kelvin.

Il a reniflé, la bouche en biais, nous dévisageant l'un après l'autre. "Vous pouvez rester ici si vous voulez, mais moi je m'en vais. Je vais prendre un morceau de magnésium dans la réserve et une machette, pour pouvoir faire du feu. Peut-être quelques bandes de toile pour transporter de l'eau ou pour me fabriquer un abri. Pas grand-chose. Je me fiche de ne tenir qu'une semaine. Mais je ne vais pas rester assis là à nous regarder nous entredéchirer."

Avant que je puisse protester, Tarsi m'a époustouflé avec sa réaction.

“Je viens avec toi, elle a décrété. Je peux prendre quelques sachets de graines du groupe de soutien dans la matinée. Mais je crois qu'on devrait faire passer le message, donner une chance aux autres de se joindre à nous.”

J'ai secoué la tête, discutant tactique alors que j'aurais dû rejeter leur plan. “Parles-en et vous vous ferez arrêter. Par la force.

— Alors tu restes, a dit Kelvin.

— Je ne pense pas pouvoir partir, leur ai-je répondu en comprenant aussitôt, à l'expression de Tarsi, qu'elle était blessée. Je suis désolé, ça me paraît tout bonnement suicidaire. Et je crois que vous devriez laisser passer la nuit et reconsidérer tout cela demain matin. Accordez-vous une journée au moins. Une fois que vous serez partis et qu'Hickson comprendra ce qui s'est passé, je ne crois pas que vous serez en mesure de revenir…”

Mes paroles les ont confortés dans la gravité de leur plan. Je me suis imaginé en train de dormir la nuit dans le tracteur. Seul. Je me suis détourné pour faire semblant de regarder par la vitre, mais elle était brouillée par notre inquiétude condensée en un milliard de gouttelettes.

“Je ne veux pas que vous partiez, j'ai murmuré. On n'a aucune idée de ce qui se trouve au-delà du périmètre.

— On va prendre une journée pour réfléchir, a dit Tarsi que j'ai sentie se détourner de moi pour faire face à Kelvin. Est-ce que ça te va ? On pourrait en profiter pour rassembler quelques affaires. Une autre journée comme aujourd'hui et je ne crois pas qu'on sera les seuls à partir.

— Une autre journée comme aujourd'hui et je ne suis pas sûr d'être encore sain d'esprit, a renchéri Kelvin.

Et dans ce cas-là, le psy ici présent devra nous accompagner."

Tarsi lui a asséné une claque pour me défendre – ce qui nous a aussitôt fait rire. C'était bon, même si on ne savait pas vraiment pourquoi on le faisait.

Et je ne sais pas si on aurait ri ainsi tous les trois si l'on avait su que c'était la dernière fois qu'on profitait d'un moment pareil dans notre petit chez-nous. Parce que même si Tarsi et Kelvin avaient accepté d'attendre une journée, on allait vite découvrir que cette journée n'attendrait pas après nous.

12

DISPARUS

Pour la seconde nuit d'affilée, j'ai à peine fermé l'œil. Et quand je me suis enfin endormi, j'ai été assailli par de nouveaux cauchemars dans lesquels je me réveillais et me retrouvais seul. À plusieurs reprises, je me suis faufilé dehors pour aller m'asseoir sur le capot, cherchant à apercevoir une étoile à travers l'épaisse canopée, écoutant l'occasionnel sifflement signalant la chute d'un fruit-bombe, tendu par l'attente, dans la crainte qu'un projectile me percute comme c'était arrivé à Kelvin.

Quand les autres se sont réveillés, nous nous sommes pliés à notre routine matinale, utilisant chacun notre tour la douche solaire suspendue à la cabine. La lumière du soleil filtrée chauffait à peine l'eau, et le peu de chaleur que le liquide absorbait avait tendance à s'envoler au cours des soirées fraîches. J'ai encore une fois décidé de prendre ma douche le soir, même en sachant que je serais trop épuisé et trop pressé de passer du temps avec mes amis pour me tenir à ma décision.

Après la douche, le fait de changer de vêtement à l'écart m'a fait aussitôt perdre le sentiment de fraîcheur durement gagnée. Le seul changement dans notre routine ce matin-là, c'est qu'on n'a pas plaisanté entre nous, ruminant chacun de notre côté des décisions qu'il serait impossible de défaire une fois prises. On pratiquait les sciences *molles*, la physique confuse, chacun de nous redoutant de basculer dans la sécurité.

Nous sommes allés petit-déjeuner dans un silence plus pesant encore, emportant nos maigres portions de pâte de fruits à table où nous nous sommes assis, les yeux baissés sur notre nourriture et sur la surface bosselée et éraflée. On se regardait rarement pendant la demi-heure consacrée aux repas. Quand nous nous sommes séparés – chacun de nous prenant la direction de son poste de travail –, j'ai entendu des grommellements provenant d'une autre table : Mica et Peter n'étaient pas venus au petit-déjeuner. Je n'en ai rien pensé sur le moment.

C'est au déjeuner qu'on a appris qu'ils avaient disparu. Myra est venue transmettre un message à notre exécuteur, juste avant la pause. Que ce soit en raison de ma profession ou de quelque infime lien que nous avions formé au cours de nos quelques rencontres tendues, Myra est venue me chercher après avoir transmis son message.

"Il faut qu'on parle", elle a dit en s'arrêtant au bout de mon poste de travail.

J'ai fini de fileter un bouchon sur l'un des étages d'alimentation avant de me lever. "Bien sûr. Tu vas bien ?"

Elle m'a fait signe de traverser le module en silence. Dehors, j'ai remarqué que beaucoup de monde circulait. Soit l'horloge de notre module s'était arrêtée ou bien les gens prenaient leur pause plus tôt.

"Qu'y a-t-il ? j'ai demandé à Myra. Ça va ?

— Ce n'est pas moi. C'est Mica et Peter. On ne les a pas vus depuis le dîner.

— Hier soir ? Et ils ne sont pas sur le site de la ferme ?" J'ai regardé dans cette vague direction bien que les parcelles de terre se trouvent de l'autre côté d'une côte et hors de vue.

“Ça fait des jours qu’ils ne travaillent pas là-bas. Ils étaient supposés aider le groupe de soutien pour le projet de taille de la canopée.

— Les petites fusées ?

— Oui, ils auraient dû se présenter au module d’outillage pour le raffinement de la poudre noire, mais ils ne sont même pas venus au petit-déjeuner.”

J’ai scruté au-delà de Myra, vers l’activité qui se déployait dans le camp. Le type de mouvement est devenu plus intelligible. Les gens se dispersaient. *Ils cherchaient.*

Myra a repoussé sa frange. “Tu as eu beaucoup de contacts avec eux ? Tu as remarqué quelque chose d’inhabituel ?

— Non, mais on est tous épuisés, j’ai répondu en secouant la tête. Ils prennent peut-être un jour de repos.” Je me suis efforcé de paraître rationnel mais, moi-même, j’avais du mal à y croire. “Où dorment-ils habituellement ?

— Dans le module des communications. Mais l’approvisionnement travaille là-bas pendant la journée. Ils n’y sont pas.

— Allons y jeter un coup d’œil, j’ai dit avant de prendre la direction de ce module sans attendre son accord.

— À quoi penses-tu ? a demandé Myra en se dépêchant pour me rattraper.

— Je pense qu’il se peut qu’on découvre qu’il n’y a pas qu’eux qui ont disparu.”

Une seule personne travaillait dans le module à notre arrivée. Il régnait dans l’endroit une forte odeur chimique, des fioles de liquides pétillants dégageaient des volutes de fumée au parfum dangereux. Kayla, une fille avec qui j’avais parlé plusieurs fois, s’est détournée d’un établi de fortune, une visière sommaire en plastique sur le visage.

“Tu les as trouvés ? elle a demandé à Myra. Oh, salut, Porter.

— Salut. Tu dors ici ?”

Kayla a secoué la tête. “Je dors dans le module générateur. Tu te rappelles ? Tu as fait couler de la soudure sur mon sac de couchage, l’autre jour. J’en ai retrouvé dans mes cheveux au petit-déjeuner.” Son sourire s’est rapidement effacé quand son regard est passé de Myra à moi. “Il leur est arrivé quelque chose ?

— Je n’en sais rien. J’ai besoin de voir où ils rangent leurs affaires.

— Oh.” Kayla s’est levée et a ôté sa visière, la déposant avec soin sur l’établi. “Mica est ici tout le temps. Je sais où elle met ses affaires.”

Nous l’avons suivie au fond du module où un mur d’étagères avait été érigé par un membre du groupe de construction. La plupart des cases étaient remplies de boîtes dorées étiquetées, mais l’étagère du haut était surchargée de sacs de couchage et de poches cousues dans de la toile. Kayla, sur la pointe des pieds, a écarté quelques sacs.

“C’est bizarre, elle a dit. Elle vient toujours dans ce coin.” Elle a longé la rangée d’étagères en tendant le cou, mais je connaissais déjà la réponse.

“Ce n’est pas là”, a décrété Kayla.

J’ai acquiescé en me tournant vers Myra.

“Tu le savais, elle a dit.

— Je le soupçonnais.

— Qu’est-ce qu’il y a ?” a demandé Kayla, mais Myra me tirait déjà vers la porte pour sortir du module. J’ai lancé un merci derrière moi à Kayla pour son aide.

Une fois dehors, Myra s’est tournée vers moi. “Tu crois qu’ils sont partis, n’est-ce pas ?

— Oui. Je crois que…

— Est-ce que tu l'avais vu venir ? Pourquoi tu ne nous as pas alertés ? Ce n'est pas ce que tu es censé faire dans ton métier ?"

Son accusation m'a fait rougir de colère et j'ai désigné le module générateur. "Je construis des satellites, j'ai répondu bien plus fort qu'à mon habitude. Je soude des tuyaux et je fabrique des étages de propulsion. Je fais des trucs que je n'aurais même pas été capable d'épeler il y a deux semaines."

Myra s'est passé les mains sur le visage avant de baisser les yeux par terre. "Je sais. Je suis désolée. Je... La semaine dernière a été dingue. Mais si tu pensais que c'était une possibilité...

— Ça ne m'est pas venu à l'esprit avant hier soir, j'ai répondu, ce qui était la vérité. C'était juste une idée fugace, vraiment. Je me demandais combien de temps les gens allaient tenir avant de craquer, de se mutiner ou de s'enfuir.

— De se mutiner ?" Myra a penché la tête sur le côté. Elle a levé la main pour la poser sur son arme, et je me suis rappelé avec qui elle dormait, ces derniers temps. "Qu'est-ce que tu as entendu ? C'est Kelvin ?

— Quoi ? Non ! Je n'ai rien entendu du tout." J'ai essayé de la convaincre du regard, mais elle ne m'observait plus – ses yeux parcouraient la foule qui se dispersait pour chercher le couple disparu. "Je crains seulement qu'on pousse les gens à bout, j'ai repris. C'est juste une question de temps avant que certains craquent."

Myra a étréci les yeux pour concentrer de nouveau son regard sur moi. "On est des colons, Porter. On a été formés pour ça."

Quel ramassis de conneries, j'ai eu envie de lui répondre, mais je me suis retenu. Je commençais à soupçonner Myra de ne pas être dans le même camp que moi. Puis j'ai eu une révélation – une série de prises de conscience écœurantes : si Mica et Peter ne s'étaient pas enfuis, si la conversation dans le tracteur la nuit dernière avait pris une autre tournure, les conversations de la base auraient pu concerner mes amis, Kelvin et Tarsi. Je comprenais Mica et Peter, mais Myra envisageait probablement de les pendre pour trahison.

"Il faut que j'aille informer Hickson, a dit Myra. Va manger vite fait puis rejoins-nous au module de commande. Il faut qu'on commence les recherches dans le périmètre, pour voir s'ils ont réussi à passer la clôture."

J'ai acquiescé, heureux que la discussion prenne fin.

La clôture du périmètre se dressait au sommet d'une large berme entourant toute la base. La terre avait été repoussée de chaque côté, quinze ans plus tôt, créant des fossés de part et d'autre, ce qui rendait la clôture électrifiée haute de trois mètres encore plus intimidante pour les prédateurs du dehors.

Et pour les prisonniers du dedans.

Je me tenais dans le fossé intérieur avec Scott, un ouvrier de la construction à qui on m'avait associé pour les recherches. Nous admirions l'ouvrage de Mica. Cinq des barres horizontales avaient été coupées – ou plus probablement, une fois que je les ai examinées de plus près, elles avaient été fondues à l'acide ou à l'aide d'un chalumeau. Leurs bords pendaient et les extrémités irrégulières avaient un aspect mousseux. Cinq câbles isolés avaient été rattachés à chaque barreau ; leurs boucles serpentaient dans le fossé, ménageant suffisamment de place pour que quelqu'un puisse ramper à travers.

De toute évidence, la nouvelle formation en électricité de Mica lui avait plus servi à elle qu'à la colonie.

“Pas mal, a lâché Scott.

— Ouais, j’ai fait en me demandant s’il prenait lui aussi des notes dans sa tête. Encore une fois, ces trucs n’ont pas été conçus pour tenir à distance une vie intelligente. S’il y en avait eu une trace quelconque sur cette planète, on aurait été avortés à un moment qui aurait été beaucoup moins salissant.

— C’est dégueu, Porter, a dit Scott, les sourcils froncés, en m’assénant une claque dans le dos. Allons raconter ça aux autres.

— Épargnons-nous la marche.” J’ai attrapé un des câbles isolés que j’ai arraché. Le bourdonnement de la clôture électrifiée a changé de fréquence, s’agitant telle une ruche pleine d’abeilles surprises. Au loin, une sirène a résonné, son volume alternant entre cri et gémissement. J’ai frissonné, mais ce petit test m’a satisfait.

Scott m’a décoché un coup de poing dans le bras. Je me suis tourné pour justifier mon geste mais il était là, tout sourire.

“Vous les scientifiques, vous êtes carrément des génies.”

13

À COUVERT

Tarsi et moi étions assis dans la cabine de notre tracteur, seuls. Kelvin devait travailler tard à la plateforme de lancement, puisque les premiers missiles chargés d'éclaircir la canopée avaient été placés en priorité dans le planning et devaient être lancés le soir même. On avait demandé l'autorisation de regarder depuis l'abri de la plateforme, mais on s'inquiétait de la quantité de fruits-bombes qui tomberaient après l'explosion.

La nourriture, bien sûr, serait un bonus bienvenu, même si la majeure partie serait gâchée. Après les secousses, on avait découvert que la chair des fruits-bombes ne restait pas fraîche longtemps, même en la réfrigérant. Des asticots velus apparaissaient à l'intérieur au bout d'un moment et, même si on savait qu'une tonne de fruits pourrissait par terre au-delà de la clôture, personne n'était autorisé à sortir. Maintenant que le travail agricole était sur pause, la colonie nourrissait l'espoir que les missiles feraient bien plus que dégager un trou pour la fusée – et que cela nous permettrait de survivre une semaine de plus.

“Qu'est-ce que tu crois que Mica et Peter sont en train de faire, en ce moment ? m'a demandé Tarsi.

— Je n'en sais rien mais j'espère qu'ils ont pu trouver où s'abriter.

— Moi aussi. Et j'espère qu'ils ont trouvé autre chose à manger.

— Ce serait chouette." Je me suis penché pour regarder par la vitre dans l'obscurité absolue, au-dessus de nos têtes. "Ça doit pousser très vite pour s'être refermé sur nous de la sorte.

— La canopée ?

— Ouais. Tu ne penses pas que le vaisseau a dû brûler un passage dans les arbres ?

— Ça fait quinze ans, a dit Tarsi. Personnellement, je pense qu'on devrait attendre et dégager la canopée une fois que la fusée sera presque achevée.

— Hickson est énervé. Il faut qu'il fasse exploser quelque chose.

— En parlant de ça, je t'en prie, ne t'énerve pas.

— Pourquoi ? je lui ai demandé en me tournant vers elle.

— J'ai parlé à Kelvin après le dîner. Il est déterminé à s'en aller. Peut-être ce soir.

— Et tu pars avec lui ?

— Non, a répondu Tarsi en secouant la tête. Je lui ai dit que je restais avec toi. Je l'ai supplié de réfléchir encore et il m'a répondu qu'il ne s'en irait pas sans passer avant pour nous voir et prendre ses affaires, mais je crois qu'il espérait qu'on l'accompagnerait tous les deux.

— Et tu as changé d'avis ? Tu es sûre ?"

Tarsi a pris ma main entre les deux siennes. Elle l'a posée sur ses cuisses. "Je veux être avec toi."

J'ai hoché la tête en songeant que je savais ce qu'elle voulait me dire.

Elle s'est penchée en avant pour presser ses lèvres contre les miennes – me démontrant ainsi que je n'avais eu absolument aucune idée de ce qu'elle avait voulu me dire.

Nous nous sommes embrassés. J'avais vu quelques autres couples le faire dans la base, et je savais en quoi cela consistait comme je savais ce qu'étaient les tremblements de terre, les armes et les ruches. Mais une fois encore, le concept ne me donnait qu'un simple aperçu de la réalité. Les choses réelles ne cessaient d'exister de manière plus forte et plus dangereuse que l'idée que j'avais d'elles.

Nos lèvres ont remué ensemble et c'était électrique, mais seulement un moment. Puis soudain, ça ne m'a pas semblé bien. C'était incestueux. J'ai pensé à Kelvin et je me suis écarté. J'ai tenu Tarsi éloignée, mes mains posées sur ses épaules.

"Je faisais mal ?" elle a demandé, son visage un masque grave dans la faible lumière de la cabine.

J'ai éclaté de rire. "Comment je pourrais savoir ? Je ne l'ai jamais fait avant.

— Mais tu n'as pas aimé.

— Non. J'ai adoré. Et je t'aime." Je me suis tourné sur le côté pour l'attirer contre moi, sa tête sur mon épaule. "C'est Kelvin, j'ai repris.

— Il n'y a rien entre nous. Je préfère dormir avec lui parce que je peux me faire confiance près de lui.

— Il t'aime vraiment beaucoup", j'ai dit en me rendant compte qu'elle n'avait pas compris où je voulais en venir.

Je me suis demandé où j'avais voulu en venir.

"Je sais." Elle m'a caressé le bras depuis l'épaule jusqu'au coude. C'était presque meilleur que le baiser. Le réconfort et l'intimité. La nouveauté et la familiarité. "Mais je dois prendre une décision pour moi, elle a ajouté. Et je te choisis, toi."

Je l'ai serrée fort en essayant de nous imaginer tous les deux. Comme un couple. Et dans mon cerveau, ça ne collait pas. Il n'y avait pas de place pour ça. Des doutes familiers ont alors émergé, expliquant pourquoi la pensée de Kelvin rendait impossible le fait que je sois avec Tarsi. Ce n'était pas parce que je m'inquiétais de lui voler Tarsi – c'était parce qu'*elle* n'était pas *lui*.

"Je ne veux pas gâcher ce que nous avons déjà. Nous trois, j'ai déclaré.

— Il n'y a plus de nous trois s'il part ce soir, et si toi et moi restons ici.

— Tu veux partir ?

— Oui, mais je veux encore plus rester avec toi."

Ces paroles m'ont poignardé le cœur, m'entaillant par leur douceur et leur sincérité – j'étais accablé et confus. Comment lui expliquer combien je l'aimais, elle, mais différemment ? Comment expliquer que cela ne pourrait probablement jamais être possible entre nous ?

"Et si je décidais de partir moi aussi ? j'ai demandé.

— Ce serait encore mieux.

— Qu'est-ce qu'on ferait ? On errerait dans la nature ?

— On s'éloignerait de la base. On construirait un abri, on rassemblerait de la nourriture et on ferait pousser des trucs terriens. On serait libres.

— Libres, j'ai répété. On dirait que ça demande beaucoup d'efforts, d'être libre.

— Probablement plus d'efforts que ce qu'on fait en ce moment, mais ce serait uniquement pour nous."

Elle avait raison et je le savais. C'était ce qui avait été au cœur de ma conversation avec Colony, la discussion qui nous avait apporté des armes au lieu de concessions pour notre bien-être.

"On pourrait peut-être retrouver Mica et Peter", j'ai dit en réfléchissant à voix haute.

Tarsi m'a secoué par le bras, vibrant presque sur son siège. "Alors tu vas venir ! elle a crié.

— Ouais", j'ai répondu en prenant ma décision, à voix haute et de manière définitive. Je me demandais malgré tout comment j'en étais arrivé là, si mon état émotionnel actuel pouvait me faire passer pour temporairement fou.

"Il faut qu'on rassemble quelques affaires, je lui ai dit.

— Kelvin a un kit avec de l'équipement et j'ai mis des graines de côté aujourd'hui. Plus quelques trucs.

— Est-ce que tu t'attendais à ce que j'accepte ? je lui ai demandé.

— Non, je te jure. J'avais déjà prévu de le faire hier soir, juste au cas où. J'ai dit à Kelvin qu'il pouvait les emporter."

Je suis descendu du siège pour m'approcher de la portière ; j'ai jeté un regard sur la base illuminée, en direction du module générateur. "Il y a quelques petites choses qu'il faudrait que je prenne…"

Un éclair de lumière orange dans le ciel a interrompu mes pensées. Une traînée de plasma s'est élevée haut au-dessus de la base avant d'exploser en un grondement lointain. Tarsi m'a rejoint à la vitre et nous avons levé les yeux vers la boule de feu au-dessus. Un moment plus tard, les sifflements ont commencé, suivis par les impacts sourds des fruits-bombes.

Pas autant pourtant que pendant les secousses. Beaucoup moins même. Nous avons écouté, enlacés, les impacts aléatoires.

"Il y en a si peu, a dit Tarsi.

— Les arbres sont grands, mais combien de fruits chacun peut-il produire ? Et en combien de temps ?"

Elle a appuyé sa tête sur mon épaule pendant que la canopée s'embrasait au-dessus de nous. Les flammes du missile incendiaire se propageaient, formant un large cercle de destruction, et il pleuvait des braises dorées qui s'affaiblissaient et se changeaient en cendres bien avant de nous atteindre, ce qui ressemblait beaucoup à ce que je pouvais m'imaginer d'une pluie de météores.

"Il faut qu'on parte d'ici", a déclaré Tarsi avec tristesse.

Je ne pouvais qu'être d'accord.

14

DÉGAGER

Kelvin est rentré tard, techniquement à une heure correspondant à très tôt le lendemain matin. Il sentait la cordite et la fumée, et il paraissait épuisé. Quand Tarsi lui a annoncé que nous partions avec lui, ça lui a aussitôt remonté le moral. Me serrant l'épaule, il a tenté de m'exprimer son soulagement en une série de marmonnements et de sursauts surexcités.

Une fois qu'il s'est calmé, on s'est assis tous les trois sur la banquette pour examiner son stock de matériel de survie. Il s'était arrêté pour prendre les graines de Tarsi ainsi que quelques autres trucs. Tout ce que je pouvais apporter, c'était une lampe torche usée dont je me servais pour me déplacer dans le module générateur pendant les coupures de courant. Je l'ai ajoutée à mon petit sac pendant que Kelvin répartissait l'équipement – partager nos possessions scellait, d'une certaine façon, notre détermination à rester tous les trois.

Dans l'ensemble, nous aurions aimé emporter bien plus que ce avec quoi nous étions censés survivre mais, si nous prenions davantage, notre sentiment de culpabilité aurait raison de nous. Parmi ceux que nous laisserions derrière nous, personne ne trouverait à redire au fait que nous ayons pris si peu.

Nous avions prévu de partir dès que les projecteurs seraient éteints mais, au bout d'une heure d'agitation nerveuse, ils illuminaient toujours l'endroit, bien qu'on les coupe habituellement à la fin du travail de la dernière équipe de la journée.

"Qu'est-ce qu'ils fichent ? a demandé Kelvin en regardant par un rond qu'il avait essuyé sur la vitre embuée.

— Ils craignent peut-être quelque chose de notre part, j'ai dit.

— Comment pourrait-on suspecter l'un d'entre nous ? a demandé Tarsi.

— Pas nous précisément. Je veux dire, tout le monde. Hickson doit bien savoir ce qui se passe, ce que tout le monde pense après que Mica et Peter ont déguerpi.

— Bientôt il leur faudra un exécuteur par ouvrier, a grogné Kelvin. J'aimerais bien voir les plannings une fois qu'ils en seront rendus là.

— On aurait dû partir hier soir, a déclaré Tarsi. Et pourquoi Peter ne m'a pas prévenu qu'il s'en allait ? Je veux dire, on était suffisamment proches pour que je puisse espérer qu'il me dise au revoir ou bien qu'il me fasse signe – sans que je pense pour autant qu'il aurait pu nous demander de nous joindre à eux.

— Pour la même raison qu'on ne l'a dit à personne", j'ai expliqué.

Tarsi s'est mordu la langue en haussant les sourcils. "Je suppose que tu es dans le vrai.

— Alors c'est quoi, le plan ? a demandé Kelvin en se détournant de la vitre. Moi je dis, on s'en va, quoi qu'il arrive. Je ne vois personne monter la garde. Bon sang, je me demande bien qui dans ce camp serait encore capable de tenir debout si on lui demandait de travailler en équipe ce soir ?"

J'ai ouvert mon propre regard sur la vitre embuée, ma main produisant un couinement en dessinant un cercle sur le verre. J'ai scruté au-dehors avant de me tourner vers les autres. "D'après moi, on devrait sortir de la cabine et attendre quelques minutes sur la plateforme, pour voir si on repère quelqu'un. Personne ne peut s'en prendre à nous juste parce qu'on est debout à cette heure.

— Bon plan, a dit Kelvin. Et quand on se mettra en route, on repassera devant le module du serveur. C'est le chemin le plus rapide pour rejoindre l'obscurité. Une fois qu'on ne sera plus dans la lumière, on pourra faire demi-tour et passer la clôture à l'endroit où Mica et Peter se sont échappés."

Nous avons tous hoché la tête. J'ai essayé d'afficher une expression aussi déterminée et calme que les autres.

Une partie de moi se demandait s'ils ressentaient eux aussi la même chose.

Après ce qui nous a paru une éternité passée sur la plateforme du tracteur sans qu'on détecte le moindre bruit – pas même une chute de fruit-bombe –, j'ai descendu en premier l'échelle métallique.

Dès que mes pieds ont touché le sol, j'ai plongé sous le corps de l'énorme engin de terrassement pour me cacher dans l'ombre d'un de ses pneus massifs. Tarsi est descendue ensuite, aussi silencieuse qu'un soupir, et s'est agrippée à mon bras quand elle m'a rejoint. Kelvin s'est laissé tomber depuis l'avant-dernière marche, fléchissant les genoux dans la chute pour atterrir tel un animal primitif prêt à frapper. Alors que nous avancions, pieds nus et à pas feutrés, vers le module du serveur et que j'admirais les mouvements souples de mes deux compagnons, j'ai pensé que, de nous trois, il était probable que ce soit moi qui nous fasse tous prendre.

Les premières dizaines de mètres ont été les pires. Nous avancions en terrain découvert et éclairé, et j'avais l'impression que nos propres ombres essayaient de nous dénoncer. Alors que nous nous éloignions en courant des faisceaux bas des projecteurs, les sombres traîtresses grandissaient depuis nos pieds, cherchant à atteindre de lointains modules, menaçant de grimper le long de murs ou de traverser des fenêtres. Kelvin a agité la main dans notre direction et nous nous sommes mis à courir, courbés, pour moins nous exposer.

Quand nous avons atteint le module du serveur, j'ai eu l'intuition que notre épreuve avait pris fin. C'était l'obscurité relative au-delà. Nous pourrions rejoindre ce qu'il restait du dépôt de carburant, contourner les fermes laissées à l'abandon puis dépasser la décharge où on avait fourré les décombres des incendies datant du jour de notre naissance. Nous nous sommes reposés à l'arrière du module, le temps de reprendre notre souffle et de nous assurer que nos sacs se trouvaient toujours sur notre dos et que nous n'avions pas perdu notre équipement de survie.

La tête appuyée contre la paroi extérieure du bâtiment, je percevais le bruit des machines qui pensaient à l'intérieur. Les serveurs cliquetaient et bourdonnaient, le module tout entier vrombissait d'activité. Kelvin nous a rappelé une nouvelle fois notre chemin dans un chuchotement, mais je ne l'ai pas entendu. Mon esprit se perdait dans les sons émis par les serveurs, les pop des courroies des enregistreurs et le bourdonnement des ventilateurs. On aurait dit une machine qui palpitait et respirait.

Kelvin a hoché la tête, s'assurant que nous étions prêts. Se repoussant du mur, il s'est dirigé en silence vers le dépôt de carburant. Tarsi a suivi, moi sur ses talons.

Nous n'étions qu'à quatre mètres environ du module quand les klaxons se sont mis à retentir. Le bruit était si fort et inattendu que j'ai failli m'écrouler, paralysé par la peur. Tarsi et moi, à l'arrêt, avons regardé derrière nous, vers le module des serveurs, comme si nous ne savions plus dans quelle direction courir. Kelvin nous a sifflés, et mon cerveau – totalement indécis – s'est laissé convaincre par l'urgence de sa voix.

Nous nous sommes mis à courir. J'ai basculé mon sac sur mon ventre afin de l'empêcher de se balancer dans tous les sens, je voulais me concentrer sur le fait d'activer mes jambes le plus vite possible. Par deux fois, j'ai jeté un regard par-dessus mon épaule sans relever aucun signe que nous étions poursuivis. Je me suis engouffré à la suite de Tarsi dans l'obscurité du dépôt de carburant pillé, où il ne restait qu'une seule soute derrière laquelle nous cacher. Kelvin nous a agrippés avant qu'on le dépasse pour nous attirer vers la seule citerne d'or.

“Même chemin ? a demandé Kelvin. Ou bien on découpe une nouvelle ouverture ?”

Le klaxon retentissait si bruyamment qu'on devait chuchoter fort pour s'entendre. C'était étrange d'envisager de couper une clôture qui était censée nous protéger, étrange également que notre initiative soit trahie de manière sonore par une sirène supposée nous alerter en cas de danger.

Tarsi s'est exprimée pour qu'on s'en tienne au chemin initial. Nous avions apporté quelques outils, mais aucun de nous n'était très à l'aise avec notre plan de secours consistant à découper nous-mêmes la clôture.

Kelvin, après avoir lancé un nouveau regard vers la série des modules, a lâché un juron. Tarsi et moi avons alors remarqué les silhouettes qui se déplaçaient et dont les ombres s'étiraient sur plusieurs mètres à même le sol éclairé.

"Ils ont juste été réveillés par l'alarme", a dit Tarsi.

Elle avait raison. Les gens circulaient comme s'ils étaient désorientés, ils ne couraient pas, ils ne paraissaient pas être organisés. Malgré tout, j'ai senti gonfler en moi un sentiment d'urgence, menaçant de se transformer en véritable panique.

"On y va", a lancé Kelvin. Il est parti en direction des fermes. Tarsi et moi lui avons emboîté le pas et j'ai commencé à me demander qui nous avait repérés et avait lancé l'alarme. Et pourquoi ne nous avait-on pas ordonné de nous arrêter ou bien n'y avait-il pas eu de coups tirés en guise d'avertissement ?

Nous étions à mi-chemin des fermes quand j'ai compris – ou, tout du moins, j'ai cru comprendre. Oliver y aurait vu un signe divin : un éclair de lumière est tombé des cieux, explosant en une pluie d'étincelles. Une branche de la canopée était en feu, des débris dégringolaient encore suite au lancement du missile, plus tôt dans la soirée. J'ai ralenti le pas et levé les yeux vers le petit anneau de flammes au-dessus de ma tête. À l'intérieur du cercle orange de braises se profilait un trou bien net de nuit profonde, saupoudrée d'étoiles clignotantes.

Et de satellites, j'ai pensé.

Puis j'ai eu une révélation – la synchronisation du déboisement de la canopée après l'évasion des colons. J'ai continué de trottiner, les yeux levés vers les trous d'épingle scintillants, et j'ai fini par me cogner contre Tarsi, qui s'était arrêtée pour fouiller du regard les cieux découverts, guettant d'éventuelles chutes de débris.

"C'est si beau", elle a déclaré.

Je l'ai entraînée avec moi, plissant des yeux dans le noir, à la recherche de Kelvin.

Tarsi a trébuché et s'est raccrochée à mon haut. "Je ne peux pas m'empêcher de regarder ça.

— Ouais, j'ai soufflé en essayant de reprendre ma respiration. Le problème, c'est que je pense que *ça* nous regarde aussi."

15

DEHORS

Alors que nous traversions les champs inexploités en direction de la décharge, le klaxon s'est tu. Que son hurlement cesse ne nous a cependant pas beaucoup soulagés. Car on pouvait désormais entendre nos poursuivants crier dans toute la base pour organiser notre capture. J'ai jeté un regard dans leur direction tout en courant, je m'attendais à ce qu'ils tirent des coups de feu. Les projecteurs se sont éteints et, un moment, je me suis demandé si cette tactique leur permettrait de nous localiser plus facilement. Mais c'est alors que, par-dessus les cris et les ordres aboyés, j'ai perçu le vrombissement plus fort du périmètre électrifié. La totalité du précieux courant avait été redirigée vers la clôture – encore une trahison émanant de ce qui était précisément destiné à nous protéger.

Et ce n'était pas fini : en entendant les tracteurs démarrer en rugissant, j'ai compris qu'ils allaient se servir de notre propre dortoir pour nous pourchasser.

Nous avons marqué une pause près de la décharge afin de reprendre notre souffle. Tarsi s'est accrochée à moi – elle tremblait. On s'était tous physiquement détériorés depuis qu'on avait quitté les cuves, maigrissant à vue d'œil en raison d'un sommeil de pauvre qualité et d'un régime qui l'était encore plus. Et même si nous parvenions à échapper à la capture, nous avions entamé notre périple en brûlant de précieuses calories, avant même de dépasser la clôture et de commencer à essayer de vivoter par nous-mêmes.

Un des tracteurs a lancé un vrombissement furieux. Sa cabine éclairée s'est écartée des modules pour se diriger vers l'ouverture dans la clôture.

"Il faut qu'on se dépêche", a chuchoté Tarsi, le souffle court.

Nous nous sommes précipités vers l'endroit par où Mica et Peter étaient sortis. Sur le côté, je voyais les deux tracteurs traverser la clairière en grondant, l'un d'eux se dirigeant clairement vers l'ancienne ouverture. Kelvin, creusant son avance sur nous, a disparu dans le noir alors que nous approchions du fossé intérieur, de la berme et de la haute clôture bourdonnante.

Tarsi et moi sommes descendus dans l'ornière escarpée avant d'escalader le talus. Kelvin jurait en fouillant dans son sac. La clôture vrombissait intensément au-dessus de nous ; j'ai rampé à côté de Kelvin pour comprendre ce qui lui prenait autant de temps.

La clôture avait été réparée.

De solides barreaux de remplacement avaient été soudés en travers de la brèche. Aucun de nous n'avait entendu parler de réparations opérées dans la journée, et rien de tout cela n'avait figuré sur les plannings. Nous avions apporté des cutters isolés et du câble au cas où nous aurions besoin de découper notre propre ouverture, mais nous n'avions apparemment pas beaucoup de temps car le groupe de recherche était déjà à nos trousses. J'ai regardé derrière moi, vers la base ; le tracteur, déjà à mi-chemin de la clôture, progressait pesamment dans un rugissement menaçant.

"Qu'est-ce qu'on fait ?" a demandé Tarsi.

Je m'apprêtais à suggérer qu'on suive le fossé pour retourner discrètement dans le camp et nous mêler au groupe de recherche en faisant mine qu'on n'essayait pas de s'enfuir, quand des silhouettes se sont matérialisées, émergeant de l'obscurité pour se diriger vers nous en longeant la fosse. J'ai alors compris qu'il était trop tard.

"Porter ? Tarsi ?" Jorge a grimpé à toute vitesse la berme pour nous rejoindre – son regard apeuré le rangeant aussitôt du côté du camarade d'évasion, plutôt que de l'exécuteur en chasse. Plusieurs autres silhouettes sont apparues dans la fosse, d'autres colons convergeant vers la sortie ouverte la veille.

"Coupe !" j'ai hurlé à Kelvin qui s'était déjà mis au travail. J'ai dévalé au bas de la berme afin d'aider d'autres compagnons à grimper, tout en observant le tracteur et les colons à pied qui se dirigeaient vers nous. Des cônes de lumière s'écartaient devant quelques-uns des marcheurs alors qu'ils parcouraient le sol du faisceau de leurs lampes.

Le klaxon s'est de nouveau tu, et j'ai espéré que ce soit le signe que Kelvin avait procédé à la première entaille, sans se soucier des câbles. Trois autres personnes me sont passées devant en trottant. En regardant derrière moi, j'ai découvert un attroupement pathétique et tremblant, amassé près de la clôture, et qui attendait qu'une issue soit ouverte. Mais le tracteur et les hommes allaient nous rejoindre avant que nous ayons pu sortir. Les phares de l'engin illuminaient le sol à seulement trente mètres de nous, et cette distance paraissait diminuer.

Ce sont mes pieds qui ont décidé pour moi. Ils m'ont sorti du fossé, m'ont porté vers les phares – ma détermination bataillant pour ne pas rester à la traîne. Et une fois qu'elle a rattrapé son retard, je me suis mis à courir à la rencontre du tracteur et des marcheurs tout en guettant leurs silhouettes. Par-dessus le bourdonnement de la clôture et le vrombissement du moteur, j'ai entendu Tarsi m'appeler, mais même sa voix ne m'a pas ramené à la raison.

Parvenu à la lisière des faisceaux des phares, des cris ont retenti devant moi, nos poursuivants aboyant d'excitation de m'avoir repéré.

J'ai tourné et me suis mis à courir parallèlement à la clôture, en espérant attirer la lumière au loin.

Mais ce sont les coups de feu que j'ai attirés vers moi.

Une forte détonation a explosé par-dessus le ronronnement du tracteur, et quelque chose a sifflé dans l'air au-dessus de ma tête, une nouvelle inversion des bruits des fruits-bombes.

Encore. Détonation puis sifflement.

J'ai baissé instinctivement la tête pour courir à toutes jambes. Après l'explosion suivante, un jet de poussière s'est élevé devant moi. Je me suis forcé à ne pas ralentir, gardant en tête qu'une cible mouvante serait plus difficile à toucher. Alors que j'approchais de la lisière du cône projeté par les phares du tracteur – j'allais presque retrouver l'obscurité –, j'ai entendu d'autres cris. On hurlait des ordres. La lumière a changé de direction pour ne pas me perdre de vue, nous écartant tous les deux de l'ouverture dans la clôture.

Les détonations ont alors éclaté de manière groupée, le bourdonnement et les jets de poussière explosant tout autour de moi. J'avais pris trop de risques. J'ai viré vers le périmètre, me ruant vers le fossé tandis que les phares du tracteur éclairaient la haute clôture au-delà. Plongeant vers le bord, j'ai dégringolé dans la fosse, mon petit sac d'équipement s'envolant et se vidant par terre.

Comme un idiot, je me suis cramponné à quelques-uns des précieux objets. J'ai rattrapé ma lampe torche qui roulait sur le sol. J'ai cherché d'autres choses à tâtons, puis le bruit sourd de pieds qui couraient m'a ramené d'un coup au danger derrière moi.

Toujours tête baissée, j'ai fait demi-tour vers l'ouverture dans la clôture en me demandant si j'avais gagné assez de temps pour Kelvin. J'étais presque sorti de la lumière des phares du tracteur quand j'ai perçu des grognements dans mon dos – des exécuteurs descendaient dans la fosse. Une autre détonation, et la berme a explosé en projections de terre. Je n'aurais su dire si j'avais de la chance ou s'ils tiraient tout simplement très mal. Je ne savais pas s'il était difficile de se servir d'une arme en se déplaçant.

N'ayant plus besoin de me cacher, j'ai relevé la tête pour pouvoir courir plus vite et j'ai vu, au-delà du bord du fossé, que le premier tracteur reculait et tournait lentement pour me suivre. Le second engin fonçait vers la brèche dans la clôture. Les poursuivants convergeaient vers l'issue la plus logique pour s'évader – cette nuit-là, nous avons tous eu la même mauvaise idée.

Après un nouveau déluge de détonations derrière moi, j'ai senti un pincement à la cuisse. J'ai boitillé sur quelques mètres, pensant que j'étais touché, mais la douleur n'était pas aussi intense que ce que j'aurais imaginé. Devant moi, les silhouettes sombres de mes compagnons d'évasion sont apparues, puis les phares du second tracteur ont projeté sur les fuyards ce que j'imaginais ressembler à la lumière, brute et sans filtre, du jour.

Des coups de feu encore, suivis du sifflement du métal sur le métal. Le groupe s'était réduit depuis que je l'avais quitté, et j'ai espéré que cela signifie que le passage était ouvert. Courant aussi vite que possible, les poumons embrasés par l'effort, j'ai constaté, d'un regard jeté derrière moi vers les exécuteurs, qu'ils ne se déplaçaient pas très vite. Ils étaient tout aussi essoufflés que moi.

J'ai grimpé sur la berme, crapahutant vers l'ouverture tandis que le groupe au sommet paraissait dorénavant se réduire à peu d'individus. Je me suis relevé derrière quelqu'un, le pressant pour qu'il avance tandis que la terre se soulevait en petites explosions autour de nous. Un autre coup de feu a ricoché dans un sifflement sonore sur la clôture au-dessus de nos têtes. Les jambes devant moi se sont envolées, échappant à mon regard, et je me suis lancé en avant, m'aplatissant contre la terre, jetant mes bras par l'ouverture. Le bourdonnement fort d'une mort rapide résonnait tout autour de moi. Un contact, et mon corps cuirait, fumant et brûlant telles les têtes chutant dans mes cauchemars, comme tous mes compagnons de cuves qui ne s'en étaient pas sortis…

Plusieurs paires de mains m'ont saisi depuis l'extérieur. Je ne pouvais même pas battre des jambes pour les aider ; mes compagnons se sont contentés de me tirer d'un coup sec pour me faire franchir l'ouverture, et nous avons tous valdingué de l'autre côté de la berme, où nous avons roulé par terre, le souffle court et sonore.

Sans prendre le temps de faire le point ni de jouir du moindre frisson de joie, nous nous sommes remis à courir, vigilants car on pouvait nous poursuivre encore, submergés par l'étrange sensation d'un horizon sans clôture alors que nous trébuchions dans le noir en nous enfonçant dans le périlleux inconnu.

DEUXIÈME PARTIE

DANS L'INCONNU

16

VIEUX AMIS

Le matin est venu, ses faibles rayons traversant en biais la dense canopée et s'enroulant autour des arbres qui se dressaient telles d'immenses falaises de bois. Nous étions allongés en groupe compact, la tête reposant sur le voisin. Au bout d'une heure de notre avancée dans le noir, l'épuisement avait eu raison de quelques-uns d'entre nous. Malgré les protestations, je n'avais pas voulu prendre le risque d'utiliser la lampe torche, de peur qu'on nous repère. Des trois lampes en notre possession, tous évadés confondus, la mienne était la seule à avoir survécu à la folle traversée de la clôture.

En m'asseyant, j'ai remarqué que d'autres s'étaient réveillés avant moi. Kelvin, Vincent et Britny – une fille que je connaissais à peine –, installés ensemble à quelques mètres de nous, discutaient en chuchotant pour permettre aux autres de profiter de leur sommeil. Je me suis désemmêlé de Tarsi et j'ai essayé de me lever, mais j'ai ressenti une douleur vive à l'arrière de la cuisse. Je me suis éloigné en clopinant des autres dormeurs pour rejoindre Kelvin, mais je me suis effondré à mi-chemin.

"Tu vas bien ? a murmuré Kelvin en venant près de moi.

— Je crois que j'ai été touché par une balle, cette nuit. J'avais complètement oublié. Ça ne me faisait pas mal avant de me lever.

— Roule sur le côté", il a dit en s'efforçant de parler bas, craignant que son inquiétude réveille les autres.

Je me suis allongé à plat ventre sur le sol moussu, pendant que Vincent et Britny me lançaient des regards confus. Je leur ai adressé un signe de la main – à moitié gêné – quand Kelvin a descendu mon pantalon pour examiner ma blessure. Ils m'ont tous les deux répondu en agitant la main, et la normalité de leur réaction m'a amusé. Nous étions des colons manqués fuyant nos semblables, au beau milieu d'une planète inexplorée, censée osciller entre viabilité et avortement. Et on était là, à nous adresser des signes de la main, avec des sourires penauds, faisant le point sur qui avait pu passer l'ouverture, qui en avait eu suffisamment marre de sa vie pour prendre le risque de la perdre.

"Oh", j'ai sifflé quand Kelvin a sondé ma blessure de la main. Il a levé quelque chose devant mes yeux.

"Une écharde de pierre, il a dit en tenant le caillou ensanglanté pour que je le voie. À peine une égratignure."

J'ai roulé sur le côté pour remonter mon pantalon. Kelvin m'a aidé à me relever, mais j'avais quand même l'impression que c'était plus qu'une égratignure, à l'arrière de ma jambe. J'ai boitillé jusqu'aux autres qui se sont décalés pour me laisser une place.

"Je n'ai pas l'impression que ce soit une éraflure, j'ai dit à Kelvin en appréciant qu'il me porte et m'escorte à moitié.

— Il se peut qu'il y ait aussi un hématome. Mais fais-moi confiance, tes petites jambes vont bien s'en sortir."

J'ai levé les yeux au ciel.

"Salut, Porter", a lancé Vincent quand je les ai rejoints dans le groupe.

Je les ai salués tous les deux en souriant. "Alors les désenchantés se font connaître, j'ai dit.

— Ouais et je suis certain qu'il y en aura d'autres, a ajouté Britny, les sourcils froncés.

— En parlant de ça, il faut qu'on trouve Mica et Peter. Je ne supporte pas l'idée qu'ils soient tout seuls, j'ai dit à Kelvin avant de jeter un regard par-dessus mon épaule. On est combien ? Presque dix ?

— Ça va peut-être changer le fonctionnement de la base, a déclaré Vincent. Avec tous ces gens partis – et une douzaine d'autres embauchés comme exécuteurs –, les plannings vont partir en vrille.

— Il est probable que les conditions de vie au campement se dégradent encore plus pour ceux qui restent, j'ai dit.

— Comment ? a demandé Britny.

— D'une dizaine de manières. Ils pourraient resserrer le périmètre maintenant que les fermes ont été abandonnées et que le dépôt de carburant a été démantelé. Il y a assez de clôture là-bas pour mettre en place deux plus petits circuits enchâssés, s'ils le veulent. Ou ils pourraient entasser tout le monde dans quelques modules et les enfermer tous les soirs. Et si je peux envisager ces possibilités, je suis certain qu'Hickson peut imaginer bien pire.

— Je ne sais pas si tout vient d'Hickson, a dit Vincent. Je crois qu'il est juste le bras armé de Colony.

— Impossible, a réagi Kelvin en secouant la tête. Tout a dégénéré quand Stevens est mort.

— Et je ne suis pas convaincu qu'Hickson ait tué Stevens, a renchéri Vincent.

— On doit commencer par se soucier de nous, est intervenue Britny. Comparées aux prochaines, les dernières semaines qu'on a passées vont ressembler à une nuit dans les cuves.

— Et Colony annonçait de la pluie pour ce soir. C'est Myra qui me l'a dit."

Quelqu'un derrière moi a serré mon épaule. Je me suis tourné et Tarsi s'est assise à côté de moi. Quand elle a posé sa tête sur mon épaule, j'ai levé à temps les yeux pour noter l'expression peinée de Kelvin, qu'il a aussitôt fait disparaître.

"Comment tu as dormi ? j'ai demandé à Tarsi.

— J'ai fait de mauvais rêves, mais sinon… pas mal. Comment tu te sens ?

— Il a un bobo sur sa petite gambette, a dit Kelvin, tout sourire en me montrant du doigt.

— Tu es blessé ?

— Ce n'est rien, j'ai répondu en haussant les épaules.

— Ce n'est pas ce que tu disais il y a une minute", a déclaré Kelvin en souriant.

Je lui ai lancé un regard noir. Son sourire s'est épanoui, mais il a levé les mains en signe de capitulation.

Britny s'est mise debout, les mains sur les hanches. "Quand vous aurez fini de faire les imbéciles, les gars, il faut qu'on prenne des décisions. Jusqu'où on va avant de commencer à organiser un campement. Tout le monde a apparemment emporté un truc ou deux, alors comment est-ce qu'on se répartit tout ça ? Et est-ce qu'on se les répartit ?"

Tarsi, Kelvin et moi avons échangé un regard. Nous n'avions rien prévu de tout ça. Nous formions une famille tous les trois, et nous ne nous posions pas la question de quoi appartenait à qui. Autant nous avions besoin les uns des autres et nous nous soutenions, autant l'idée de nous soumettre à un autre collectif alors que l'objectif de ce nouveau groupe pourrait, un jour, s'avérer aussi pertinent que construire des fusées – ça ne m'allait pas trop. Je pouvais lire une inquiétude similaire sur le visage de mes amis.

"On marche ensemble dans cette histoire, oui ou non ?" a demandé Britny.

On est restés silencieux un moment.

Plusieurs d'entre nous ont hoché légèrement la tête en considérant les autres. Je me suis retourné au bruit de mouvements derrière moi et ai constaté que certains dormeurs remuaient et s'étiraient, désignant le nouveau morceau de ciel dégagé au-dessus d'eux, ouvert par le missile de la nuit dernière.

"Ça va très vite se compliquer, j'ai marmonné.

— Non, a déclaré Jorge derrière nous. Je vais simplifier les choses. J'ai apporté une arme." Je me suis retourné, il a passé la main dans son dos, puis il l'a ressortie en pointant deux doigts vers nous avant d'éclater de rire.

Nous avons fini par nous joindre à lui.

Bien que, pour ma part, je n'aie jamais compris en quoi c'était drôle.

Un consensus simple et provisoire a été établi une fois tout le monde réveillé et toutes nos affaires mises en commun. On a décidé qu'on marcherait en direction des choses-arbres les plus proches, juste pour s'assurer qu'il s'agissait bien de vie végétale extraterrestre. Plusieurs d'entre nous étaient curieux de les examiner de près, après les avoir eus à portée de vue pendant des semaines. Ces choses étaient tellement différentes des arbres de nos programmes de formation qu'elles nous paraissaient tout à fait étrangères, bien qu'on n'ait jamais vraiment rien connu d'autre.

Depuis la colonie, ces arbres nous avaient semblé ininterrompus, telle une falaise dentelée d'écorce nous encerclant complètement. La circonférence de chaque tronc dépassait aisément le périmètre de la base tout entière. Entre les arbres les plus proches, on apercevait des troncs plus sombres se profilant dans les ombres lointaines. Ils se chevauchaient d'une manière qui empêchait tout le reste d'apparaître, créant l'impression d'un ensemble solide et impénétrable. En approchant, ils nous sont même apparus plus larges et plus plats, toute courbe aplanie par la courte distance.

Nous nous sommes mis en route vers le plus proche, imaginant que cela avait également dû être le plan de Mica et de Peter. Nous pourrions trouver refuge le long de la paroi de bois, fixer nos divers morceaux de toile afin de nous abriter de la pluie et peut-être utiliser nos machettes pour prélever du matériau de construction sur les troncs.

Malgré ma cuisse douloureuse, la marche a été agréable. La nuit passée, nous avions découvert que la surface de notre planète n'était pas seulement de terre tassée et de boue, ce qui était tout ce que nous avions vu dans l'enceinte de notre colonie. L'espace que Colony avait préparé pour nous, sur une centaine de mètres ou plus, avait été écrasé par le défilé incessant des tracteurs et des pelleteuses.

À présent que nous nous déplacions hors de portée de Colony, on voyait ce à quoi notre sol ressemblait habituellement : il était principalement constitué de mousse. Une demi-douzaine de variétés couvrait le sol sous la canopée. Certaines molles, d'autres raides, mais toutes valaient mieux que la terre tassée qui avait endurci nos pieds, ces dernières semaines. Nous avons vite appris que les mousses marron et celles vraiment vert foncé étaient les plus abrasives, si bien que notre file serpentait alors que nous choisissions le chemin le plus fourni.

Nous avons également rapidement découvert que l'évolution des fruits-bombes n'avait pas prévu qu'ils explosent au moment de l'impact. En dehors du périmètre de la colonie, ils parsemaient le sol telles des pierres – à demi enterrées, leur extrémité pointue incrustée dans la mousse. On aurait dit des graines à moitié enfoncées dans la terre par le pouce d'un géant. Aucun des fruits ne semblait germer, cependant, et la pénurie d'ensoleillement n'augurait rien de bon quant aux chances qu'ils donnent des arbres.

Kelvin, avec sa formation d'agriculteur, était ce que nous avions de plus proche d'un botaniste dans le groupe. Il paraissait fasciné par ces graines. Le reste d'entre nous se réjouissait juste de constater que nous ne mourrions pas plus vite de faim ici qu'à l'intérieur du campement.

La seule autre curiosité que nous avons rencontrée sur notre trajet vers l'arbre était une étrange formation géologique : un trou, presque parfaitement rond, assez gros pour avaler tout un tracteur, béant au beau milieu de la mousse. Notre chemin nous a presque conduits droit dedans, nous obligeant à nous arrêter et à y jeter un coup d'œil. Le puits paraissait s'enfoncer droit dans le sol, bien plus profondément que le faisceau de ma lampe torche. Karl, un électricien qui avait navigué entre l'équipe de construction et celle des charges explosives, a ramassé un fruit-bombe qu'il a jeté au centre de la cavité. Nous nous sommes tous tus en attendant de percevoir un lointain fracas, avant de nous ébahir de la profondeur probable du puits.

Abandonnant l'étrange trou, nous nous sommes résolus à ne plus courir comme des fous dans la nuit. Juste au cas où. Tarsi nous l'a bien fait entrer dans le crâne quand elle a repéré un autre de ces trous au loin. Personne n'a évoqué la possibilité qu'on ne trouve pas Mica et Peter, mais je n'étais sûrement pas le seul à y songer.

Il nous a fallu une demi-journée pour atteindre le tronc qui paraissait s'éloigner en glissant d'un pas chaque fois que nous en faisions deux vers lui. Sa base était encore plus massive que ce que nous avions imaginé. Alors que nous le contemplions, émerveillés, Kelvin s'est souvenu que l'équipe de la canopée avait dit avoir programmé le missile de la nuit passée pour une hauteur de six cents mètres. Difficile de croire qu'une chose vivante puisse atteindre de telles dimensions, mais la preuve se dressait devant nous.

Nous nous sommes arrêtés à plusieurs dizaines de mètres de là pour déjeuner d'un fruit-bombe cru, assaisonné d'une pincée d'épice que quelqu'un avait apportée. Objectivement, c'était moins bon que la pâte qu'on mangeait d'habitude, mais on est tous tombés d'accord : la nouveauté du mélange le rendait plus agréable. Ou c'était peut-être juste le fait que la nourriture et le temps passé à la consommer nous appartenaient.

Plusieurs se sont demandé à voix haute ce que le reste du camp pouvait être en train de faire, à part nous détester. Ceux qui connaissaient les plannings nous ont décrit précisément ce à quoi chaque groupe devait être occupé, et même ce que certains d'entre nous auraient été censés faire. Assis face au campement au loin, je distinguais tout juste le sommet des modules au-dessus de la berme. Le faisceau de lumière brute tombant de la nouvelle ouverture taillée dans la canopée faisait scintiller des choses que nous ne pouvions plus utiliser. Tout paraissait si petit. Si impossible. Comment pouvait-on attendre d'un grain d'humanité qu'il domestique toute une planète ? Et qu'est-ce que cela faisait de notre petit groupe ? Une particule éjectée du grain ?

Au milieu du repas, une succession rapide de détonations a retenti du côté de la colonie. Même s'il n'y avait pas eu la berme et la clôture, nous étions trop loin pour voir les individus se déplacer dans le camp, et nous ne pouvions que spéculer.

“L’agent propulseur ?

— Sabotage, a déclaré Jorge, presque avec une pointe d’espoir.

— C’est un avertissement.”

Une douleur à l’arrière de ma jambe – une soudaine décharge – m’a donné la réponse :

“Ils s’entraînent au tir”, j’ai dit.

Nous nous sommes tus, et les coups de feu aussi. Nous nous sommes tous regardés quand, une minute plus tard, les bruits ont repris. Ceux qui avaient été obsédés par les plannings au cours des deux semaines passées ont murmuré leur dégoût, songeant à toutes les heures de travail qu’il allait falloir pour réapprovisionner le stock de munitions.

En gros, on n’aurait pas pu avoir de repas plus bizarre. Plus bizarre encore que le premier que nous avions partagé, le matin suivant notre naissance. Celui-là avait tellement été rongé par la dépression et le désespoir qu’aucune autre émotion n’aurait pu avoir prise. Mais ce repas-ci était teinté d’une camaraderie accidentelle, puisque trois groupes complètement distincts avaient réussi à s’évader la même nuit – tous suivant l’exemple de Mica et de Peter. Pendant que nous mangions, Kelvin a avoué que nous avions rêvé de partir un jour plus tôt. Quatre autres, y compris Vincent et Britny, avaient même discuté de cette possibilité avant que les exécuteurs soient nommés.

Le psychologue à moitié formé que j’étais était fasciné par la rapidité à laquelle le groupe s’était constitué. Nombre des peurs que j’avais nourries concernant le partage de nos ressources se sont envolées alors que je parlais et plaisantais avec chacun. Des noms et des visages que je ne connaissais qu’en passant faisaient désormais partie de ma tribu et, en une matinée, je suis passé de la méfiance à leur égard à l’envie de prendre des risques pour eux. Et pas seulement comme la nuit précédente, où je m'étais soucié en priorité de Kelvin et de Tarsi. J'étais prêt à me mettre réellement en danger pour n'importe lequel d'entre eux. Quelle que soit la raison de cette transformation magique, c'était un sujet que je n'avais pas encore abordé dans mes études du comportement humain.

Après avoir mangé autant de fruit infect qu'il nous était possible d'ingérer et nous être passé nos rations d'eau, nous nous sommes levés d'un même élan pour nous approcher de l'arbre. L'organisme a paru nous adresser un salut – ou peut-être un avertissement – quand un seul fruit-bombe est tombé en sifflant de la canopée pour s'enterrer, avec un bruit sourd, dans une parcelle voisine de mousse vert clair. Cette coïncidence nous a fait rire, et nous avons contourné le fruit enfoncé comme s'il avait encore la faculté de s'animer. Puis nous nous sommes déployés pour explorer la plante montagneuse.

"C'est *mou*", a dit Samson.

C'était l'un des deux garçons ayant apporté des machettes. Je l'ai observé frotter la lame contre un bord d'écorce et en peler facilement un morceau.

La peau était peut-être molle, mais la surface de l'arbre était rugueuse, bien plus que ce qui nous était apparu de loin. L'écorce était si dentelée et les espaces entre les affleurements si réguliers qu'en pénétrant dans les larges crevasses, on se retrouvait entouré sur trois côtés par des murs de bois marron et frais. Vu d'en haut, cela me faisait penser à un engrenage mécanique, à des dents de rouage régulièrement espacées dépassant d'une base ronde en retrait.

Plusieurs d'entre nous, se glissant entre les dents, ont pénétré dans ce qui ressemblait à des grottes sans toit. Je me suis engagé jusqu'au fond d'un des plis et, levant les yeux, j'ai été hypnotisé par la manière dont l'écorce montait en ondulant vers la canopée. Ça ne ressemblait plus du tout à une grotte mais plutôt à une fosse carrée s'élevant à la verticale jusqu'à la surface de l'arbre, et dont les bords paraissaient converger dans le lointain.

M'adossant contre une des parois projetées du centre, j'ai essayé de placer mes mains sur le côté opposé, me demandant si une personne plus grande aurait été capable de grimper en se contorsionnant jusqu'aux branches et feuilles au-dessus. Une telle escalade nécessiterait une endurance monumentale.

"Donnez-moi des fruiiiiits", a hurlé quelqu'un, et nous avons tous éclaté de rire quand le canyon vertical s'est amusé avec sa voix. Sortant de mon renfoncement, je nous ai imaginés sculptant un petit village dans ce tronc, toutes nos grottes individuelles reliées entre elles. On pourrait creuser la mousse et planter nos graines terrestres dans le sol en dessous, pour voir si elles pouvaient pousser dans la lumière filtrée du soleil. On pourrait garder la toile pour récupérer et stocker l'eau. Me reculant, les yeux levés vers la cime de l'arbre, j'ai essayé d'imaginer comment on pourrait faire en sorte que ça marche.

Tarsi s'est approchée derrière moi et m'a enlacé. Je me suis tourné pour la serrer joyeusement contre moi. Sur le côté, Kelvin s'est écarté de l'arbre pour jeter un regard dans notre direction, encore avec cette expression que j'avais remarquée plus tôt. Je lui ai fait signe d'approcher, et il est venu se joindre à contrecœur à l'embrassade de notre petit groupe.

"Notre tracteur va me manquer, il a dit.

— Même les nuits où on dormait par terre ? a demandé Tarsi.

— Oui, même.

— J'aimerais qu'Oliver soit là, j'ai ajouté en brisant l'étreinte pour tourner mon regard vers la base.

— Ouais, a fait Kelvin. Je me demande ce que…

— Hé ! Regardez ça !" Vincent s'est écarté de l'arbre tout en le montrant du doigt. Il s'était éloigné de cinquante mètres environ, en suivant le tronc. Nous nous sommes précipités pour voir ce qu'il avait trouvé.

"C'est toi qui as gravé ça ? a demandé Samson en désignant un des affleurements de l'écorce avec sa machette.

— Avec quoi ?" a répondu Vincent en haussant les épaules et levant ses mains vides.

J'ai poussé ceux devant moi pour voir. Leila, juste à côté de l'arbre, frottait ses mains sur le tronc.

C'était une flèche. Gravée dans l'écorce.

Et qui pointait vers le haut.

17

PENCHANTS

“Aucun d’entre vous n’a gravé ça ? a demandé Leila.

— Comment on est censé monter ? a dit quelqu’un.

— Pourquoi on devrait monter ? a renchéri Kelvin. Je n’ai pas envie de grimper là-haut. Si c’est Mica ou Peter qui ont fait ça, laissons-les redescendre pour se joindre à nous.

— Je n’aime pas être de ce côté de l’arbre, a dit Vincent. Si on tient vraiment à survivre sur le long terme, installer un campement près des gens qu’on a abandonnés n’est peut-être pas le meilleur plan.

— Je suis d’accord, a réagi Britny. On devrait contourner un de ces grands machins et installer notre campement de l’autre côté. Peut-être même avancer plus loin, au fur et à mesure qu’on explore. On n’en sait rien, il y a peut-être des prairies de l’autre côté de ce truc.

— Impossible, est intervenu Jorge. Colony n’aurait pas percé son chemin à travers la canopée pour s’installer s’il y avait eu des espaces dégagés non loin d’ici. Ça me surprendrait qu’il y ait une clairière aussi grande à un autre endroit de la zone tempérée. Colony a dû choisir le meilleur emplacement. C’est un peu son boulot principal.

— Tu as été formé à quoi ? j’ai demandé à Jorge.

— Je suis mineur, mais ça ne fait pas de moi quelqu’un de moins intelligent que toi.

— Ouah, j'ai fait en levant les mains. J'étais juste curieux."

Il a secoué la tête et détourné le regard, et j'ai pris la décision de désormais faire attention avec lui.

"Hé, j'ai trouvé par où monter."

Nous nous sommes tournés pour regarder plus loin, le long du tronc, vers Mindy, qui se tenait à plusieurs pas de là, la main sur un affleurement d'écorce. Le groupe, curieux, s'est de nouveau déplacé.

"Bordel", a lâché un des gars en levant les yeux vers le tronc de l'arbre.

C'était un tunnel en spirale, s'élevant en s'enroulant sur le côté de la base. L'inclinaison n'était pas trop raide, et l'indentation sculptée courait derrière les affleurements de rouage, exposant le plan incliné à l'air libre avant de disparaître derrière l'affleurement suivant, et ainsi de suite. Kelvin, s'avançant entre deux saillies, a fait courir sa main le long du cœur visible de l'arbre.

"Quelque chose a créé ça, a dit Samson.

— Sans blague.

— Je veux dire, que ça a été creusé, comme mâchouillé.

— Il a raison, a confirmé Kelvin qui a plongé la tête dans le cylindre de bois manquant et a levé les yeux vers le sommet de la pente. Je me demande jusqu'où ça va.

— Tu n'envisages pas de l'explorer, n'est-ce pas ?

— On devrait peut-être, a répondu Vincent.

— Oubliez ça, a rétorqué Mindy.

— Et la flèche ?

— Mica et Peter voulaient probablement tromper leurs poursuivants.

— Ouais, pourquoi penseraient-ils que d'autres pourraient sortir de la base et les rejoindre ? a demandé Mindy. Ils pouvaient tout aussi bien essayer de tuer Hickson que de nous aider à les retrouver.

— Elle marque un point.

— Ça s'enroule vers le bas dans cette direction, a fait remarquer Kelvin en regardant dans le puits vers l'endroit d'où on venait. Je crois que ça ressort derrière la flèche."

Vincent est descendu en courant et s'est glissé entre les deux affleurements, près du signe gravé. "En effet, il a dit. Je suis toujours d'avis qu'on devrait explorer.

— Ça doit être biologique, a déclaré Tarsi en se tournant vers Mindy. La différence qui existe entre nous, je veux dire. Les garçons veulent grimper et les filles veulent contourner et installer le camp."

Je ne me suis pas exprimé, je me demandais ce que cela signifiait que je sois d'accord avec les filles sur ce point. Ma formation m'avait peut-être rendu plus sensible au risque.

"Il y a peut-être toutes sortes de passages creusés dans les arbres", a dit Vincent d'une voix étouffée. Il a sorti la tête près de l'endroit où se tenait Kelvin, après avoir gravi le tunnel depuis la flèche gravée. "Il y a peut-être tout un tas de grottes fraîches où on pourrait vivre, et on s'épargnerait de creuser.

— Hé, le génie, ce qui a creusé ces tunnels en mastiquant le bois est probablement encore dans les environs. Tu crois que ces trucs nous laisseraient tout simplement nous installer avec eux ?

— Ces bêtes ont peut-être bon goût", a déclaré quelqu'un, ce qui nous a tous réduits au silence. J'ai observé de quelle manière l'idée a fait son chemin dans le groupe, tous s'en léchaient littéralement les babines.

"De la viande, a lâché un des garçons.

— Tu n'as jamais mangé de viande de toute ta vie, a fait remarquer Leila.

— Ouais, mais je sais que c'est bon, a répondu Jorge. C'est *primitif.*

— C'est toi qui es primitif, a rétorqué Britny, ce qui a provoqué le rire de plusieurs d'entre nous.

— Je propose qu'on vote, a dit Kelvin en parcourant le groupe des yeux.

— Ce n'est pas juste, a réagi Tarsi. Vous êtes six garçons et on n'est que quatre filles.

— Et si on faisait *les deux* ? j'ai avancé en espérant ne pas passer pour une mauviette ou bien ne pas avoir à feindre une attitude machiste que je ne sentais pas. Certains d'entre nous peuvent installer le campement, préparer le feu, fabriquer des abris en cas de pluie. Pendant ce temps, un groupe d'éclaireurs peut escalader en partie l'arbre, regarder un peu aux alentours, peut-être trouver Mica et Peter s'ils sont là-haut.

— Ça me paraît bien", a dit Vincent. Levant la tête pour suivre sa voix, j'ai vu sa main surgir entre deux affleurements plus loin.

"Je n'aime pas l'idée qu'on se sépare, a déclaré Tarsi en me regardant droit dans les yeux.

— Je vais rester ici pour vous aider à monter le camp", j'ai répondu en haussant les épaules, comme si je pouvais tout aussi bien escalader un arbre mais que cela ne me dérangeait pas de rester pour lui faire plaisir.

Elle a souri. Je me suis tourné vers le tronc, et Kelvin nous a lancé un regard noir avant de faire disparaître encore une fois son émotion.

"Vous pouvez prendre la lampe torche, je lui ai dit. Juste au cas où la nuit tombe avant que vous ayez pu redescendre."

Il a hoché la tête avec un sourire forcé. Il devenait urgent de parler avec lui, j'en étais conscient, et je me suis demandé quand j'allais bien pouvoir trouver le temps.

Avant que les garçons partent en expédition, nous avons tous vidé nos sacs et disposé nos maigres provisions sur la mousse. Plus de la moitié de l'eau a été donnée aux grimpeurs. Nous avons gardé les toiles, une grande partie de la corde, une des machettes et tout l'équipement domestique. Ils ont emporté la petite réserve de produits médicaux et fourré plusieurs fruits-bombes dans leurs sacs. Nous sommes tombés d'accord sur le fait qu'ils grimperaient seulement jusqu'à la tombée de la nuit, puis qu'ils descendraient à la lumière de la lampe torche, mais Vincent et Kelvin ont protesté, ils pouvaient établir un campement sur l'inclinaison, derrière un des affleurements, et entamer leur descente le lendemain.

Une fois que les autres garçons se sont emballés pour cette idée, notre groupe a été obligé de céder. Nous avons également décidé que s'ils trouvaient quelque chose d'important ou découvraient des passages à l'intérieur de l'arbre, ils nous avertiraient en criant vers le bas ou enverraient un messager avant d'explorer plus avant.

On s'est serrés dans les bras en se souhaitant bonne chance. Je me sentais gêné, trop visible, j'étais le seul garçon à ne pas me joindre aux grimpeurs mais, dès qu'ils ont disparu, notre groupe de cinq s'est aussitôt mis au travail. Comme nous sommes tombés d'accord sur le fait que le tunnel était le meilleur endroit pour dormir, nous avons commencé à le dégager et à préparer un trou pour le feu de camp, creusant le bois combustible d'un des affleurements et ramassant des fruits-bombes.

Mindy et Tarsi, qui avaient travaillé ensemble dans le groupe d'approvisionnement, savaient comment ouvrir en deux les rares fruits encore intacts, dont les moitiés nous fourniraient des bols. Elles récupéraient les graines dorées et molles de l'intérieur du fruit que Britny et moi utilisions pour fabriquer les ustensiles. Nous avons ramassé une des grosses pierres qui dépassaient de la mousse avant d'en déterrer d'autres, plus petites. Nous servant d'une pour taper sur l'autre, nous avons donné aux graines des formes fonctionnelles pouvant faire office de cuillères et nous servir à mélanger.

Nous avons creusé, à la main et en nous aidant de pierres, le trou pour le feu que nous avons ensuite doublé de cailloux. Nous avons étalé des fibres de fruits-bombes afin qu'elles sèchent, et plusieurs d'entre nous ont pris à tour de rôle la machette pour s'adonner à la tâche ardue de découper, sur le tronc, des bandelettes de petit bois. On a vite compris que la meilleure méthode consistait à tenir le manche d'une main et à agripper de l'autre la partie non affûtée de la lame en s'aidant d'une poignée de mousse. Puis on abaissait la machette le long de l'affleurement afin de peler une couche de bois à chaque passage. C'était un travail laborieux, mais nous nous sommes tous efforcés d'en assumer notre part. Nous nous sommes aussi accordés sur le fait qu'il ne fallait pas gâcher le feu. On l'allumerait quand il ferait sombre pour profiter de sa chaleur avant de nous endormir.

Grâce au travail, l'après-midi a vite filé. Nous avons fait passer le temps et l'effort en bavardant pour mieux faire connaissance. Je me suis surpris à parler pour la première fois de choses d'avant le jour de notre naissance, comme plusieurs autres. Cette partie de notre vie s'était déroulée dans un monde virtuel dont personne ne savait rien. La formation professionnelle que nous considérions comme acquise – et dont la colonie s'était finalement très peu servie – avait enfin l'occasion d'apparaître.

Malheureusement, notre petit groupe avait appris très peu de choses susceptibles de se révéler utiles dans le lancement d'une culture agraire sur une planète lointaine, mais tout cela s'est avéré fascinant et nous a permis de comprendre nos différences de personnalité et de philosophie de vie. Les enseignants ne voient pas le monde de la même façon que les tailleurs, et vice versa.

Au coucher du soleil, une fois le feu allumé, nous nous sommes allongés sur la mousse, la tête posée sur le ventre de notre voisin ou voisine dans un enchevêtrement reposé. Je me suis rappelé la façon dont nous avions passé la nuit précédente. Allongés, en contact les uns avec les autres, nous avons essayé d'imaginer ce que les garçons découvraient. Nous avons également évoqué ceux que nous aurions aimé téléporter hors de la base pour nous rejoindre – si cela avait été possible. Nous avons même discuté du nouveau planning de la fusée, à quoi il devait ressembler, ne parvenant pas à nous défaire, aussi facilement que nous l'avions quitté, de l'habitude de notre projet partagé.

Cette soirée s'est déroulée assez simplement. Un petit groupe l'a passée étendu sur la mousse, à se contenter d'écouter la voix des autres, chacun faisant, de temps à autre, résonner la sienne. Et pourtant, de tout le temps passé jusqu'à présent sur notre planète sans nom, cette nuit a été une des meilleures, une des plus normales de toute mon existence éveillée.

Je regrette qu'il n'y en ait pas eu davantage.

18

VIANDE

Ce qui avait débuté comme une soirée agréable s'est rapidement transformé en une mauvaise nuit de sommeil. Nous avons tenté de nous installer confortablement dans le tunnel creusé, mais cela s'est avéré quasiment impossible. Nous devions nous allonger à même le bois brut – sur la toile mouillée, nous glissions vers nos pieds alors que nous essayions de nous endormir. Nous avons fini par retourner sur la mousse près du feu, profitant de la chaleur émanant encore des braises luisantes.

Mais il s'est alors mis à pleuvoir. Fort, comme le jour de notre naissance. Nous sommes retournés dans l'arbre où nous avons passé le reste de la nuit, nous efforçant de trouver une position confortable sans jamais vraiment y parvenir. On a beaucoup parlé des garçons, comment ils s'en sortaient, que ça n'avait aucun sens de partir explorer l'inconnu alors qu'on aurait dû travailler à subvenir à nos besoins futurs.

Malgré l'inconfort et une nuit passée à se retourner, chuchoter et se plaindre, je me suis réveillé le lendemain matin alors que la lumière du jour faisait scintiller le reste de la pluie sur la mousse. J'avais donc dû dormir. Et puisqu'il avait plu, nous avions de l'eau fraîche pour notre petit-déjeuner.

Je suis sorti du tunnel pour étirer mon dos douloureux. Britny, déjà debout, remplissait les poches d'eau aux toiles de récupération que nous avions installées, et dont le centre était disposé au-dessus de dépressions superficielles que nous avions creusées à la main, en relevant les bords de tas de mousse.

"Bonjour, j'ai lancé en attrapant mon thermos en toile aux bords cousus et collés, avant de le remplir d'une traite.

— Tu as dormi ? a demandé Britny.

— La dernière heure environ. Et toi ?"

Elle a secoué la tête. Je me suis tourné et ai levé les yeux vers le mur d'écorce ondulée, en me demandant jusqu'où les garçons étaient montés et s'ils étaient déjà en train de descendre.

"Tu as entendu la sirène cette nuit ? a demandé Britny.

— Le klaxon ? De la base ?"

Elle a acquiescé. "Juste avant le lever du soleil. Il n'a sonné qu'un quart d'heure environ.

— Je devais dormir", j'ai répondu. J'ai bu une gorgée d'eau et j'ai gardé le liquide en bouche pour l'absorber lentement. Avalant ce qui restait, je me suis essuyé les lèvres sur ma manche et j'ai tourné le regard vers la ligne noire, brouillée et lointaine, la haute clôture à peine discernable. "Tu crois qu'on devrait se rapprocher pour enquêter ?

— Je me posais la question", elle a répondu en haussant les épaules, lèvre inférieure avancée, le front plissé. Avec sa peau foncée et ses cheveux noir de jais, elle était à la fois ravissante et menaçante. Je me suis surpris à l'apprécier alors que je ne la connaissais pas aussi bien que d'autres.

Après un moment de concentration apparemment intense, elle a secoué la tête et entrepris de remplir une autre poche.

"Quoi ? j'ai demandé.

— Hmm ?

— À quoi tu étais en train de penser ?

— Oh, je me demandais juste si on devait retourner à la base ou pas. Pour voir si quelqu'un d'autre s'est échappé. Mais pourquoi quelqu'un s'évaderait tôt le matin ? Et est-ce qu'on peut nous trouver ici ? Est-ce qu'Hickson va envoyer des gens pour nous chercher ? Et puis je…"

J'ai contourné la toile de récupération et je lui ai pris la poche d'eau, repliant le rabat et nouant le goulot. "Tu quoi ? j'ai demandé.

— Je me demande si on n'a pas eu tort de partir, elle a repris. J'ai peut-être agi sous le coup de l'impulsion. J'avais peut-être juste besoin de me reposer une journée, et ensuite je me serais sentie mieux. Je sais que ça paraît bizarre, mais ça m'arrivait d'apprécier le travail. Et je voulais voir la fusée s'envoler, tu sais ? C'est juste que je ne voulais pas vivre dans la peur, et maintenant je me demande si on ne va pas vivre dans une forme différente de peur. À quoi ça va ressembler si on installe quelque chose de permanent et que les gens de la base s'en sortent bien ? Combien de temps avant qu'il y ait une sorte de conflit ?"

J'ai passé mon bras autour de ses épaules. On est restés à genoux devant la toile de récupération, sa tête inclinée contre moi.

"Quand tu as des doutes, rappelle-toi ce qui t'a donné envie de fuir, je lui ai dit. C'est ce que je fais. On a eu de bons moments, mais ils étaient bons parce que tout le reste était complètement merdique."

Britny a éclaté de rire en essuyant ses joues. "Tu as raison. Il faudrait peut-être qu'il nous arrive quelque chose de vraiment grave pour qu'on puisse apprécier les trucs moins pourris.

— Ne nous porte pas la poisse", j'ai répondu en regardant au-delà de la bâche, vers l'arbre. Par un trou dans l'écorce, je voyais quelques formes endormies remuer. Et Tarsi – qui se redressait – nous regardait en souriant.

De toutes les rudes journées que nous avions endurées jusque-là sur notre étrange planète – le nettoyage suivant notre naissance, les journées de dix-huit heures de travail sur le projet de la fusée, les nuits agitées et épuisées –, aucune n'avait été aussi longue que celle passée à attendre le retour des garçons. À attendre. Et à ne rien faire.

Plusieurs fois, nous avons regretté de ne pas avoir envoyé deux ou trois personnes de notre groupe comme éclaireurs jusqu'à l'ouverture dans la clôture, car elles seraient déjà revenues pour nous apprendre pourquoi la sirène avait retenti. Après le déjeuner – au cours duquel nous avons entendu une nouvelle série de tirs sur cible –, nous nous sommes inquiétés de l'éventualité que les garçons ne reviennent pas avant la tombée de la nuit. Au moment du dîner, on ne parlait plus que de ça. Alors que le jour s'assombrissait, allongés près du feu sur la mousse somptueuse, nous nous sommes reposés les uns sur les autres pour dormir aussi chichement que la nuit précédente, mais pour des raisons différentes.

Tarsi et moi, étendus, nos têtes toutes proches – la sienne sur mon bras –, nous efforcions de nous convaincre que Kelvin allait bien. Une grande partie de la nuit s'est passée ainsi, en murmures et gigotements, des gens se faufilant pour aller faire pipi. Même le faible scintillement des étoiles à travers la nouvelle percée, au loin, n'a pas réussi à apaiser mon esprit. Une fois encore, j'ai eu peur de ne pas m'endormir, pour me réveiller ensuite en ayant manqué le lever du jour.

Des voix et des rires bourrus se sont frayé un chemin dans mes rêves. Je me suis relevé d'un coup, réveillant dans le mouvement Tarsi qui s'était endormie sur mon ventre. Nous nous sommes tous les deux tournés vers les bruits. Une petite partie de moi craignait qu'il s'agisse d'un groupe venu de la base pour nous forcer à rentrer, mais les voix paraissaient provenir de l'arbre.

Me penchant en avant, j'ai lissé les cheveux de Tarsi, embrassé son front et lui ai dit que je revenais tout de suite.

J'ai couru vers l'arbre. Plusieurs filles ont remué quand j'ai quitté le groupe, les voix s'échappant du tronc à présent plus claires. Bondissant dans le tunnel en pente, je me suis mis à grimper à toute allure, mes pieds s'accrochant au bois brut exposé – j'avais oublié la douleur de ma cuisse.

À cause de la pente du tunnel et de la courbe quasi inexistante du grand arbre, ce sont les pieds et les pantalons ordinaires des garçons que j'ai vus en premier, de sorte que je ne savais pas de qui il s'agissait vraiment. J'ai cru reconnaître la voix de Kelvin dans le groupe et je me suis efforcé de démêler son timbre de ténor du reste tout en avançant d'un pas pressé.

Je suis d'abord tombé sur Vincent. Quand il m'a vu courir à leur rencontre, il a souri en secouant la tête comme s'il me réprimandait pour tout ce que j'avais manqué. Je lui ai tapoté chaleureusement le dos en le dépassant puis j'ai croisé Kelvin, qui m'a accueilli avec un grand sourire.

“Qu'est-ce qui vous a pris autant de temps ?” j'ai demandé. J'ai fait demi-tour pour marcher à côté de lui ; le tunnel rond était assez large tant qu'on marchait tous les deux un peu sur les bords incurvés.

“Le premier jour, on était si près du sommet qu'au matin, on a décidé de continuer à monter au lieu de redescendre, a expliqué Kelvin. Attends de voir ce qu'on a trouvé.

— Mica et Peter ?

— Pas exactement, il a répondu en me pressant l'épaule. Mais ils sont sans aucun doute passés par là.

— Alors qu'est-ce que c'est ? j'ai demandé.

— Les bestioles qui ont fait ça." Il a asséné une claque sur la paroi du tunnel.

Devant nous, les filles ont poussé des cris en arrivant à la rencontre de Vincent. Kelvin et moi avons accéléré le pas, bondissant dehors quand la spirale évidée est devenue assez proche du sol. Tarsi a sauté au cou de Kelvin, et ses pieds se sont envolés quand il l'a fait tournoyer sur place. À peine l'a-t-il lâchée qu'elle lui a giflé le bras pour le punir de nous avoir inquiétés, et Kelvin a éclaté de rire, par habitude.

"Il faut qu'on allume un feu", il a dit.

À présent que nous étions sortis du tunnel et que nous nous trouvions à la lumière blafarde du lever du jour, j'ai remarqué que son visage était d'un rose vif, surtout son nez. Derrière lui, Samson a bondi de l'arbre, et nous avons tous échangé des étreintes selon toutes les combinaisons possibles.

J'ai entrepris de préparer le feu, et j'ai monté une jolie petite pyramide de coquilles de fruits et de copeaux de bois. Pendant que je donnais des petits coups de machette sur le bloc de magnésium, j'écoutais les bribes de trois conversations différentes à la fois, chaque garçon essayant de répondre à une demi-douzaine de questions en même temps.

J'ai entendu le mot "pénible" à plusieurs reprises quand on les interrogeait sur l'ascension du tunnel. "Splendide" au sujet de ce qu'ils avaient trouvé. Et ils ne cessaient d'attiser notre curiosité concernant la surprise qui arrivait – et pour quelles raisons il fallait plus de temps à Jorge et à Karl.

Une fois le feu lancé, je me suis penché et j'ai soufflé pour enflammer les coquilles, puis j'ai refermé ma petite pyramide en positionnant quelques bandes d'écorce en travers de l'ouverture. Tarsi avait déjà fait un voyage jusqu'à la base du tunnel pour me rapporter le bois que nous avions entassé en cas de pluie. J'ai trié les morceaux avant d'en incliner de plus petits autour des flammes grandissantes. Je ne savais pas de quel genre de feu Kelvin avait besoin, étant donné que la matinée était déjà chaude, mais les garçons avaient escaladé l'arbre jusqu'au sommet, et le moins que je pouvais faire, c'était couper plus de bois.

J'ai taillé quelques gros rondins de l'arbre en entamant le sommet d'un coin qui affleurait, puis le bas, avant de finir par détacher le morceau en m'aidant du bord de la lame. Kelvin s'est éloigné des discussions autour du feu pour s'approcher de moi, Tarsi sur ses talons.

"Tu as besoin d'aide ? il a demandé.

— Tu rigoles ? Après ce que tu viens de faire ?" J'ai balancé un nouveau coup de machette en m'appliquant, maintenant que j'avais du public.

"C'était facile de descendre, il a dit. On a plaisanté tout le temps, on a fait des pauses pour profiter de la vue.

— Comment c'était ?

— La première nuit a été difficile, avec la pluie et tout le reste. Mais hier, c'était irréel. Les nuages se sont dissipés, et tout le ciel était aussi bleu que le trou qu'on a dégagé dans la canopée. Seulement c'était à perte de vue. Juste du bleu vif tout autour. Et on peut se déplacer là-haut, la canopée est vraiment dense au sommet. Et… bon, j'aimerais que vous voyiez ça par vous-mêmes."

J'ai éclaté de rire en secouant la tête avant d'envoyer un nouveau coup de machette à la base de l'arbre. "Je veux bien te croire. Je ne pense pas que j'aurais apprécié l'ascension ou l'altitude."

Kelvin s'est avancé pour m'aider à libérer un gros morceau de bois de la taille de mon bras. "N'importe quoi, il a dit. La montée n'est pas si difficile.

— Tu as prononcé le mot « pénible ».

— C'était parce que je ne savais pas que ça vaudrait le coup, à ce moment-là. Bon sang, Porter, dis-moi juste que tu vas le faire.

— Peut-être après la récolte, j'ai répondu en écartant quelques échardes par terre à coups de pied avant de préparer la machette pour une nouvelle entaille.

— La récolte ? On a le temps de voir venir avant d'avoir dégagé du terrain et planté des graines.

— Exactement." Quand j'ai décoché un coup de machette dans l'arbre, la lame a résonné faiblement. "Qu'est-ce que tu disais à propos de Mica et Peter ?

— On a trouvé un autre signe gravé au sommet, ils sont passés par là, c'est sûr. La flèche pointait vers la canopée en s'éloignant de la base, mais on a regardé dans toutes les directions sans pour autant voir le moindre signe d'eux.

— Jusqu'où s'étend la canopée ? a demandé Tarsi.

— Il y a une chaîne de montagnes à l'ouest. Escarpées, les sommets enneigés. Les lourdes pluies doivent être provoquées par ces montagnes."

J'ai posé la machette en m'efforçant de me rappeler ce que Kelvin nous avait appris au sujet des nuages de pluie – mais impossible de me souvenir. Alors que j'arrachais un nouveau gros morceau de bois, Samson a lancé avec désinvolture deux petites bûches de plus dans le feu et je me suis rendu compte que je prenais du retard.

"L'ouest, c'est à l'opposé de la base, j'ai réfléchi à voix haute. C'est dans cette direction que pointait la flèche ?

— Ouais, pourquoi ? Attends, tu penses que c'est par là que Mica et Peter allaient ? Pourquoi se dirigeraient-ils vers les montagnes ?"

J'ai haussé les épaules. "Pourquoi grimperaient-ils en haut de l'arbre ?"

Du groupe des filles s'est élevée une explosion sonore, une cacophonie de cris perçants et stridents, et même de hurlements. Je me suis tourné, m'attendant à ce que trois d'entre elles au moins soient en feu, et j'ai failli basculer en arrière en voyant la créature qui sortait de l'arbre près de moi.

On aurait dit un serpent à fourrure, mais c'était plus gros qu'un homme à plat ventre. Trois fois plus gros et quatre fois plus long. Son corps était couvert de soies ondulant sur toute sa longueur, qui paraissaient le propulser en avant. J'ai reculé en tendant la main vers la machette, le cœur battant à tout rompre. Kelvin s'est avancé d'un pas en se moquant de moi ; il a saisi une boucle de corde accrochée à l'extrémité avant de la créature.

Les cris hystériques des filles se sont prolongés quand une deuxième bête est apparue derrière la première, sa tête touchant presque l'arrière de l'autre.

"Viens !" m'a crié Kelvin. Il a tiré sur la corde, écartant la première créature sur la mousse. Je me suis mis à courir derrière lui en gardant une certaine distance.

"Qu'est-ce que c'est que ces trucs ? j'ai crié.

— On les appelle des vinnies, a répondu Kelvin. En l'honneur de Vincent, qui a failli se jeter de l'arbre quand il les a découverts. Ou plutôt quand ces trucs l'ont découvert."

J'ai reculé devant la chose quand Kelvin l'a fait tourner dans ma direction, me révélant sa tête. Les poils raides s'arrêtaient à trente centimètres environ de l'extrémité, les follicules marron et noirs laissant la place à une tête vert clair piquée de deux grands yeux noirs humides. Un bâton, tenu en place par des boucles de corde, se dressait sur le dos de la bête.

“Ils ont une tête plutôt mignonne.

— Ils ressemblent à des chenilles terrestres géantes, m'a dit Kelvin. C'est en tout cas ce à quoi ça ressemble d'après mes connaissances.

— Je ne sais pas à quoi ça ressemble, alors je vais te croire. J'ai aussitôt pensé « serpent » quand la créature est sortie de l'arbre.

— Ouais, je suppose que peu de gens souffrent de phobies des chenilles, s'est esclaffé Kelvin.

— Le bâton, c'est pour quoi ? j'ai demandé.

— La propulsion. Ces bêtes mangent des copeaux qui ressemblent à des feuilles. On en a accroché un devant la tête de la bête pour qu'elle descende. Mais le copeau a dû tomber.

— Je le lui ai laissé manger une fois qu'on est arrivé en bas, a expliqué Vincent qui s'est approché en courant de Kelvin pour l'aider à manœuvrer la créature. J'ai pensé qu'il l'avait mérité.” En regardant vers l'arbre, j'ai vu un troisième vinnie sortir du tunnel, et le nez d'un quatrième juste derrière.

“Combien vous en avez descendu ?

— Sept, s'ils sont tous restés groupés.

— Pourquoi ? j'ai demandé. Qu'est-ce qu'on va faire d'eux ?”

Kelvin et Vincent ont levé les yeux vers moi tout en continuant de guider le vinnie de tête.

“Tu plaisantes ?” a demandé Jorge derrière moi. Quand je me suis tourné, il a donné un petit coup du côté de sa machette contre sa main.

“On va les manger.”

19

LE CARNAGE

Jorge et Karl ont emmené un des vinnies à l'écart. Les six restants marchaient en cercle, le vinnie de tête ayant été guidé de sorte que son nez touche la croupe du dernier. Toute la colonne se tortillait, leurs soies marron et noires se balançant sur toute la longueur de leur corps. J'étais aussi affamé que les autres mais, bizarrement, je n'appréciais pas l'idée de manger un être vivant. Rien dans ma formation ne différait à ce point de celle des autres colons pour justifier ma rébellion solitaire, mais cette idée ne paraissait ennuyer personne d'autre que moi.

J'ai essayé d'en parler à Kelvin, mais Jorge et Karl ont commencé à se moquer de moi, et j'ai également lu la perplexité sur le visage de mon ami. Après avoir été qualifié plusieurs fois de "mauviette", j'ai cessé de protester. Jorge a dirigé la créature sélectionnée à l'écart, lui tapotant la croupe de sa machette tout en marchant à côté d'elle. J'ai attrapé l'autre lame pour me remettre à couper du bois, ce qui m'a permis de garder le dos tourné à cette épreuve.

Mais détourner les yeux ne m'a pas protégé des cris de l'animal quand il a été abattu.

Je me suis pétrifié et, par-dessus les cris stridents – étrangement humains –, j'ai entendu quelques membres du groupe exprimer leur propre dégoût. Plusieurs garçons ont hurlé à Jorge de l'achever, et je l'ai entendu répondre en criant, "J'essaie !"

Quelqu'un – je n'ai pas vu qui – s'est précipité vers moi en courant pour m'arracher la machette et s'en est, je suppose, servi pour venir en aide à Jorge.

Les mains en coupe sur mes oreilles, je me suis agenouillé dans la mousse en me demandant – et pas pour la première fois – ce qui n'allait pas chez moi. Pourquoi j'avais l'impression que j'allais vomir.

Tarsi est venue me rejoindre ; elle a passé le bras autour de ma taille alors que nous étions tous les deux à genoux au milieu des copeaux et des échardes de bois éparpillés. Elle m'a serré contre elle jusqu'à ce que les bruits cessent, tout en caressant mes cheveux et en m'embrassant la joue.

Une grande partie de mon choc initial était due à la pitié que j'éprouvais pour ce pauvre animal – même si cette chose m'avait paru effrayante quelques instants plus tôt. Mais j'ai eu tellement honte de ma réaction exagérée que j'ai aussitôt eu l'impression que je ne faisais pas partie du groupe.

Plus tard, alors que l'odeur de viande rôtie sur le feu dérivait dans tout notre campement, je suis allé me réfugier en bas du tunnel creusé dans l'arbre pour y manger un fruit-bombe cru, m'attristant autant sur mon sort que sur celui du vinnie mort.

"Tu es certain que tu n'en veux pas ? a demandé Kelvin, venu voir comment j'allais.

— Tout à fait sûr, j'ai répondu, appréciant qu'il ait eu la délicatesse de ne pas s'approcher avec une portion d'animal en brochette.

— Tu veux qu'on en parle ?"

J'ai éclaté de rire avant de me décaler dans le tunnel pour lui laisser la place de s'asseoir et de passer les jambes. "C'est plutôt ma partie", j'ai répondu.

Kelvin a grogné. “C’est peut-être nous qui sommes tordus.” Il a hoché la tête en direction du feu de camp.

Je n’ai pas accepté son diagnostic, mais je me suis senti mieux. J’ai éprouvé la soudaine envie de poser ma tête sur son épaule, afin de laisser sa force me soutenir tout comme Tarsi se laissait souvent aller contre la mienne. Mais je me suis retenu.

“Tarsi et toi vous êtes bien amusés pendant notre absence ?” il a demandé.

J’ai regardé les muscles de sa mâchoire se contracter alors qu’il serrait et desserrait les dents. “Écoute, Kelvin…

— Hé, c’est pas grave. C’est à elle de choisir, non ? il a dit en passant le bras autour de moi pour me presser l’épaule.

— Non, écoute-moi…

— Je suis sérieux, Porter, ça va. Je préfère qu’elle te choisisse toi que la moitié des autres gars.

— Seulement la moitié ? j’ai demandé avec un petit sourire en coin.

— Eh bien, Karl est quand même plus beau que toi…”

Je lui ai décoché un coup de poing dans le genou. “Sérieusement, il faut que je te dise quelque chose. Je suis… C’est quelque chose que j’essaie de tirer au clair tout seul. Je ne sais même pas comment t’en parler sans te faire flipper…

— Hé, il a fait en se levant et en reculant, les mains brandies. Ça me va que vous soyez tous les deux ensemble, mais je ne veux pas connaître les détails, d’accord ? Et je n’en sais pas assez pour être en mesure de te conseiller, de toute façon.

— Non, écoute…”

Mais c’était trop tard. Pas seulement parce que Kelvin avait reculé vers le feu de camp, mais parce que l'impulsion de lui avouer ce que j'avais dans les tripes était passée.

De plus, on avait eu notre quota de tripes pour la journée.

Je m'étais peut-être abstenu de manger du vinnie mais je devais bien avouer que le parfum était étrangement grisant. Je salivais à l'odeur de la viande rôtie alors même que mon cerveau rejetait l'idée de manger quelque chose de mort. C'était comme si j'avais manqué un autre programme de formation. On m'avait préparé à manger des plantes cultivées et des mélanges protéinés, mais les autres garçons paraissaient savoir sans l'avoir appris qu'on pouvait découper et manger les choses qui se déplaçaient. Et ils semblaient également connaître les meilleures méthodes pour faire les deux.

J'ai fini par rejoindre le groupe alors qu'ils finissaient de manger, ne souhaitant pas m'ostraciser davantage. Jorge a lancé un petit commentaire sur ma virilité, mais Kelvin l'a aussitôt fait taire d'un regard. Les autres garçons rotaient, rassasiés, pendant que les vinnies marchaient en cercle et que mon ventre continuait de gronder.

On a fini par réfléchir à voix haute aux options qui se présentaient à nous.

“Eh bien, on ne mourra certainement pas de faim, a fait remarquer Karl. Tant qu'il pleut régulièrement, on sera toujours mieux lotis que ceux de la base.

— Notre objectif doit être un peu plus ambitieux, j'ai souligné avant de clarifier ma pensée quand tout le monde s'est tourné vers moi. On doit voir plus loin que le fait de ne pas mourir de faim.

— Tu veux dire à long terme, a dit Britny. Comme ce que je disais l'autre jour.

— Exactement. Je parle de construire. De trouver une source régulière d'eau qu'on pourrait utiliser pour irriguer.

— On en a parlé en descendant, est intervenu Kelvin. Vincent pensait qu'on pourrait tailler un peu la canopée au sommet et installer des bâches dans le tunnel. Une grande partie de la pluie ne parvient même pas en bas. Elle forme des mares là-haut. On pourrait créer un flux important jusqu'ici, comme une rivière qui descendrait en spirale.

— Ça dépend toujours de la pluie, j'ai dit. On est réveillés depuis presque un mois et Colony nous a appris très peu de chose sur cette planète…

— Tu penses à la neige sur les montagnes ?" a demandé Tarsi.

J'ai hoché la tête. "Il doit bien y avoir des cours d'eau formés par le ruissellement. On devrait peut-être songer à…

— Qui a décidé que tu étais le boss ? a demandé Jorge, de l'autre côté du feu, en pointant la machette dans ma direction.

— Personne, j'ai répondu. Je pose simplement des questions…

— On dirait plutôt que tu établis des plans, il a rétorqué en faisant mine d'arracher un morceau de viande froide avec ses dents.

— Jorge, laisse tomber, tu veux, a lancé Tarsi.

— Porter a raison, a dit Kelvin. Peter a reçu une formation d'agriculteur, comme moi. Il se peut qu'il ait pensé à la même chose.

— Je ne tiens pas à me lancer à la poursuite de Peter et de Mica sur une intuition, a déclaré Jorge. De plus, pourquoi cultiver quand on peut rassembler tout un troupeau de vinnies ? N'est-ce pas, Vinnie ?

— On ne peut pas continuer de les appeler comme ça si on décide de les manger, a déclaré Vincent en fronçant les sourcils.

— Tout à fait d'accord", a dit Britny en passant le bras autour de Vincent. Plusieurs d'entre nous ont acquiescé.

"Ça ne va pas être possible de prendre des décisions comme ça, a commenté Samson. Qui a le rang le plus élevé ici ?

— Je n'ai pas envie que ce type de hiérarchie ait cours parmi nous, j'ai annoncé au groupe.

— Je suppose qu'on sait qui a le rang le plus bas, en tout cas", a dit Karl en me désignant.

Tout le monde a éclaté de rire et j'ai dû m'y résoudre aussi. Karl m'a souri pour me faire comprendre qu'il n'avait pas eu l'intention de me blesser.

"C'est moi en fait qui ai le rang le plus bas", a admis Samson. Plusieurs d'entre nous le savaient déjà, car il ne cachait pas qu'il se trouvait dans la cuve juste à côté de la sortie, le jour de notre naissance et, en conséquence, qu'il avait été le premier dehors. "Et je ne crois pas qu'elle dira quoi que ce soit, mais Mindy est probablement celle qui a le rang le plus élevé. Sa cuve se trouvait près de celle de Myra."

On s'est tous tournés vers elle, et son visage est devenu plus rouge encore que ceux des garçons qui avaient pris des coups de soleil.

"Je refuse de prendre la tête de cette petite racaille, elle a déclaré en souriant. Je suis déjà contente de ne pas mélanger de l'agent propulseur pour cette fusée, et ça me va.

— En parlant de ça, est intervenu Tarsi, est-ce que quelqu'un a eu une idée de la raison pour laquelle on construisait ce truc ?"

Personne n'a répondu.

"C'est important ? a demandé Britny.

— Je crois que oui si on veut savoir pourquoi cette planète a été estimée non viable, a répondu Tarsi.

— Manque de métal, a dit Leila. Hormis l'or.

— C'est la rumeur, a confirmé Kelvin, mais on dirait que tu sais quelque chose.

— Je sais qui a lancé la rumeur, a répondu Leila. Mica m'en a parlé. Elle est géologue, alors ce pourrait être un parti pris, mais je crois qu'elle savait de quoi elle parlait. En tout cas, tout le reste conviendrait parfaitement pour y vivre – il manque juste de quoi construire d'autres vaisseaux colons pour les expédier sur d'autres planètes.

— Ça ne peut pas se résumer à ça, a dit Karl. Ils ne nous auraient pas avortés uniquement parce que c'est beau ici mais pas rentable.

— Tu es sûr de ça ? a demandé Leila.

— Qu'en penses-tu, Porter ?" m'a demandé Jorge en m'adressant un sourire méprisant.

Je me suis senti rougir quand une vague de visages s'est tournée vers moi. J'ai inspiré profondément en plongeant mon regard dans le feu de camp.

"Je pense que le manque de métal fait de cette planète un endroit inapte à la colonisation. J'ai tendance à être d'accord avec Leila et Mica sur ce point. Mais je pense également qu'on doit garder l'esprit ouvert à autre chose. On pourrait ne rien connaître d'une météo saisonnière, ou de plus grands prédateurs. Et même si aucun d'entre nous n'a signé quoi que ce soit, naître dans cette colonie fait implicitement de nous des parties d'une structure légale dont nous nous sommes détachés. Si la colonie s'en sort bien, nous serons des hors-la-loi à jamais. De plus, sans vouloir paraître rustre, si on n'a pas trois enfants par couple, tout cela ne rime pas vraiment à grand-chose au-delà de notre bonheur provisoire, non ?

— Je choisis Britny", a lancé Jorge.

Plusieurs garçons ont éclaté de rire, mais pas Vincent.

“Va te faire foutre, Jorge, a craché Britny.

— Vous avez entendu ça ? il a demandé. C’est un accord oral.”

Les rires ont redoublé, à l’exception de Britny et de moi. Vincent a lancé un regard noir à Jorge, et Tarsi a passé sa main sous mes bras pour mêler ses doigts aux miens. Je l’ai regardée, elle ne riait pas non plus.

“Alors on est tous d’accord pour former des paires et aller nous rouler dans la mousse ce soir ?” a demandé Samson.

Mindy était la plus proche de lui, et il lui est donc revenu de lui asséner une claque sur le bras.

“Je suis pour qu’on oublie la colonie en mettant de la distance entre elle et nous, a proposé Tarsi. On n’a qu’à faire semblant de croire que le jour où nous avons franchi la clôture d’enceinte est le véritable jour de notre naissance, et que les horreurs que nous avons connues faisaient partie d’une formation finale que nous avons partagée.”

Les plaisanteries ont cessé pour que chacun puisse réfléchir. J’aimais beaucoup la beauté de l’analogie, la capacité à faire semblant que les pires moments de ma vie étaient aussi irréels que tout ce qui l’avait précédée. Cela m’a rappelé Myra et sa méthode pour surmonter la mort de Stevens.

“Je pense également qu’on devrait essayer de trouver Mica et Peter, elle a poursuivi. S’ils sont partis vers les montagnes et que nous prenons cette direction, nous pourrons trouver de l’eau fraîche tout en nous éloignant de la colonie. C’est la meilleure option.

— Je suis d’accord”, a lancé Britny.

Un chœur d’approbations a suivi. J’ai pressé Tarsi pour lui faire comprendre que je soutenais le plan, et aussi que j'appréciais qu'elle ait dévié la charge du commandement du groupe pour éviter qu'elle me revienne.

“Alors j'ai une idée de la manière dont on peut se rendre là-bas, a déclaré Vincent.

— Tu veux dire, autrement qu'en marchant ? a demandé Mindy.

— Maintenant que tu en parles… ouais, peut-être. Je pensais qu'on pourrait remonter jusqu'à la canopée et la traverser directement. Cela nous prendra une éternité si on doit contourner les arbres.

— Impossible, est intervenue Leila. Et risquer une chute mortelle ?

— Ce n'est pas comme tu imagines, a dit Samson. Les feuilles sont si serrées et raides qu'on a l'impression de marcher sur la terre ferme.

— Sauf que c'est à six cents mètres au-dessus de la terre ferme, s'est plainte une des filles. Et l'ascension est longue.

— Une fois que vous verrez le ciel, là-haut, vous comprendrez.

— Ouais, a dit Jorge. En plus, je pense que l'idée de Mindy est bonne.

— Ah oui ?

— Ouais. Le fait de ne pas marcher. On pourrait remonter là-haut à dos de vinnie !”

Nous nous sommes retournés pour regarder les grosses créatures qui continuaient de tourner en rond – une colonne sans fin de sombre fourrure frissonnante.

“Il faut vraiment qu'on leur trouve un autre nom, a insisté Vincent. Ça me fout les jetons.”

20

MONTER

“Pénible” ne décrivait pas vraiment la réalité. L’ascension de la pente graduelle tenait davantage d’une balade le long d’un précipice mortel. Au bout d’une demi-heure, j’avais mal aux jambes, puis mes poumons se sont mis à me brûler, chaque pas demandait de la concentration et générait de la douleur. Même si je n’avais pas été épuisé par le travail et affamé par les semaines précédentes, la lente et interminable marche m’aurait sérieusement mis à l’épreuve. J’aime penser que tout le monde vivait la même chose.

Certains m’ont proposé à plusieurs reprises de marcher pendant que je monterais sur le vinnie, mais cela me mettait aussi mal à l’aise que de les manger. Les autres colons les chevauchaient, ils étaient parfois deux par créature. Les filles ont d’abord émis des cris stridents en sentant les poils se tortiller sous elles, mais elles ont fini par s’installer. J’ai choisi de marcher derrière la queue de la colonne, marquant des pauses de temps à autre pour apprécier la vue tout en reprenant mon souffle. Le seul mérite des vinnies était leur allure laborieuse. Je pouvais marcher et les rattraper, m’arrêter pour aspirer le précieux oxygène, puis reprendre ma marche. J’ai tenté d’économiser mon eau, mais nous n’en étions apparemment qu’au quart de l’ascension, que j’en avais déjà bu la moitié, ce qui m'a obligé à la rationner de manière encore plus judicieuse.

On a dû déjeuner en marchant, car même sans le copeau de feuille suspendu devant le vinnie de tête, les créatures ne semblaient pas savoir s'arrêter. Tarsi s'est laissée tomber du dos de son vinnie pour se joindre à moi. Il restait beaucoup de viande cuite, et je savais qu'elle aurait préféré en manger, mais elle a plutôt partagé un fruit-bombe. Nous nous sommes alimentés en avançant, sans un mot ; mes poumons étaient déjà tout juste capables de supporter la marche, il m'était impossible de tenir une conversation tout en titubant.

Quelques heures après le déjeuner, mes jambes et mes poumons étaient trop à plat pour que je continue de m'accrocher à mon éthique. Je ne pourrais rester avec le groupe qu'à moins de me reposer en grimpant sur une des créatures. J'ai reconnu ma défaite, et Britny s'est laissée tomber du vinnie de queue pour aller en chevaucher un autre plus haut dans la file, me laissant la place derrière Tarsi. Elle aussi est descendue pour marcher à mon côté et m'encourager tandis que, soufflant comme un bœuf, j'essayais de grimper sur l'animal.

"Agrippe-toi à sa fourrure", m'a-t-elle conseillé.

Je voulais lui répondre que c'était ce que je faisais sans parvenir à saisir autre chose qu'un sifflement d'air. À la manière dont la fourrure ondulait, on aurait dit que la peau de l'animal était en mouvement, comme s'il s'agissait d'un tapis roulant vivant. J'ai essayé de garder à l'esprit que la fourrure sur son dos ne lui servait pas vraiment à se déplacer – que seule l'extrémité des poils bougeait. Fatigué de me comporter comme une poule mouillée, j'ai décidé de m'agripper, de tirer et de m'excuser.

Je me suis jeté sur le dos du vinnie, m'efforçant de faire preuve de plus d'enthousiasme pour saisir les soies mobiles. Le reste de la fourrure se tortillait sous mon ventre, provoquant des frissons le long de ma colonne vertébrale. Il fallait que je me cramponne ou la poussée du mouvement des poils m'éjecterait de son train arrière, et je retomberais sur le mien.

Tarsi poussait mes pieds, me pressant d'aller de l'avant. J'ai lâché une main pour chercher une prise plus loin. Me hissant le long du corps, j'ai senti les poils sous moi se courber dans l'autre direction, et les gigotements ont commencé à m'aider alors que je remontais le dos de la bête. Quand j'ai atteint son cou lisse, j'ai attrapé la corde et je me suis tortillé d'un côté à l'autre comme Tarsi me l'avait conseillé, dispersant les poils dans les deux directions.

Le ventre collé au dos du vinnie, ce n'était pas aussi flippant que je l'avais imaginé. Et pas une seule fois la créature n'a semblé remarquer mon poids en chancelant ou en ralentissant. Tarsi s'est accrochée à mon mollet, puis à ma cuisse pour se hisser, appuyant sa poitrine contre mon dos, son souffle jouant sur ma nuque.

"Est-ce que c'est si désagréable ?" elle a demandé.

Ça ne l'était pas, et j'ai essayé de reprendre ma respiration pour le reconnaître.

Tarsi a laissé ses mains sur mes épaules. J'ai senti qu'elle tournait la tête sur le côté pour s'appuyer sur le haut de ma colonne. J'ai tourné ma tête dans l'autre direction pour ne pas regarder vers le centre de l'arbre, mais plutôt vers le monde extérieur qui défilait. Tous les quelques mètres, on rampait derrière une des saillies d'écorce, et notre monde sombrait dans l'obscurité. Puis on ressortait à la lumière du jour quand le tunnel cylindrique perçait l'extérieur de l'arbre à la base des indentations similaires à celles des rouages. C'était comme passer des rangées et des rangées de fenêtres, chacune d'elles offrant un superbe aperçu de la clairière en contrebas. Au loin, je voyais d'autres arbres, de l'autre côté d'une clairière plus petite que celle occupée par notre base. En une demi-journée, on avait parcouru trois fois la circonférence de l'arbre – si je ne m'étais pas trompé en comptant le nombre de fois où on était passé devant notre large clairière.

"Combien de fois tu crois qu'on va devoir en faire le tour pour atteindre le sommet ? j'ai demandé à Tarsi.

— J'ai posé la même question à Kelvin. Ils ont pensé l'avoir fait dix ou douze fois."

J'ai serré le vinnie, m'efforçant de lui manifester le mieux possible ma reconnaissance pour le service qu'il nous rendait. "Ce n'est pas trop désagréable", j'ai dit à Tarsi qui a serré mes épaules en guise de réponse.

Un moment plus tard, je me suis réveillé d'un coup pour constater que le tunnel se trouvait dans l'ombre de la tombée du jour. Je n'avais même pas eu l'intention de dormir. Le balancement rythmé du vinnie sous moi avait dû m'assommer. Lâchant d'une main la corde sur le cou de la bête, je me suis frotté les yeux pour regarder vers l'extérieur, en bas, où de grandes branches s'étendaient depuis le tronc vers la canopée. J'ai dû réveiller Tarsi en remuant, et elle m'a embrassé dans la nuque avant de déclarer qu'elle avait besoin de s'étirer.

Son corps s'est détaché du mien en glissant comme si on la tirait vers l'arrière. J'ai soulevé mon torse pour permettre aux poils de la créature de remuer sous moi. Dès l'instant où je me suis légèrement repoussé, le vinnie a fait le reste, sa fourrure m'emportant le long de son dos pour me faire descendre de sa croupe.

Après avoir atterri brutalement à quatre pattes, j'ai essayé de me relever, les jambes à moitié engourdies.

“Combien de temps on a dormi ? a demandé Tarsi.

— C’est à moi que tu demandes ça ? j’ai répondu en m’étirant le dos avant de me mettre en route derrière les vinnies qui progressaient d’un pas pesant. Je suis sûr de m’être assoupi avant toi.”

Tarsi m’a attrapé par le bras pour m’attirer vers le bord de l’une des saillies. On a contemplé le paysage en contrebas ; la sieste et l’obscurité imminente avaient réduit à néant mon sens de l’orientation.

“On dirait qu’il y a d’autres gros puits dans le sol là-bas, a dit Tarsi en désignant des points parfaitement circulaires parsemant l’étendue verdoyante.

— Cette branche est impressionnante, j’ai commenté en pointant le doigt vers l’extérieur, sur le côté.

— J’espère que ça veut dire qu’on se rapproche.”

J’ai moi aussi regardé vers le haut, mais il était difficile d’évaluer à quelle distance on était de la canopée. “Restons avec les autres”, j’ai dit en perdant de vue la queue de la colonne dans la faible lumière.

Nous avons marché à l’arrière pendant presque une demi-heure, et mes poumons et mes jambes se sont de nouveau mis à brûler. Étrangement, pourtant, la douleur et la fatigue n’étaient plus aussi effrayantes, puisque j’y avais déjà survécu. De plus, le coup de pouce psychologique des vinnies sur lesquels je pouvais remonter à tout moment empêchait la panique de s’installer. Car c’était sous le coup de la panique que la fatigue se transformait en épuisement.

Comme il faisait de plus en plus sombre dehors, je me suis habitué à laisser traîner une main contre le mur intérieur tout en tenant fort Tarsi de l’autre. Puis, sans prévenir, l’épuisement a semblé s’abattre sur moi, et mes jambes ont été prises de tremblements incontrôlés.

“Je crois que j’ai besoin de m’allonger…”

Je n'ai même pas eu le temps d'aller au bout de ma pensée que l'arbre s'est mis à bouger sous mes pieds, me projetant presque à terre. À côté de moi, Tarsi a agité les bras en tous sens, et sa main a glissé de la mienne. Je l'ai entendue crier, sa voix s'éloignant vers l'une des ouvertures dans l'écorce et l'incroyable chute dans le vide au-delà. J'ai tendu le bras pour la chercher à tâtons dans le noir, et nos mains se sont effleurées plusieurs fois – le moment de panique s'est transformé en une éternité de terreur. J'ai touché sa manche, l'ai agrippée avant de la tirer d'un coup sec pour la ramener vers moi et nous nous sommes effondrés sur le sol du tunnel.

"Que se passe-t-il ?" elle a crié.

Une symphonie de sifflements s'est élevée à l'extérieur, c'était le bruit de centaines de fruits-bombes fendant l'air. Je m'apprêtais à dire qu'il s'agissait d'un nouveau tremblement de terre quand un de nos vinnies nous a percutés, ses poils s'agitant en sens inverse pour le propulser vers le bas de l'arbre.

Tarsi et moi sommes restés agrippés l'un à l'autre le temps que la grande créature passe entre nous. Nous nous sommes accrochés des deux mains pour former un pont humain au-dessus du dos de la bête, tandis que le mouvement de la fourrure entre nous essayait de nous propulser vers la cime de l'arbre et la tête du vinnie.

Plus haut dans la spirale, quelqu'un a demandé en hurlant de stopper les créatures. Dans la faible lumière filtrant par le côté ouvert du tunnel, j'ai vu le vinnie suivant filer sur les talons de celui qui venait de nous dépasser, le convoi tout entier progressait en marche arrière. Profitant d'un espace dans la colonne, j'ai attiré Tarsi près de moi pour l'éloigner du vide. Le deuxième animal est passé, son cavalier lui hurlant dessus, puis à notre intention. Dans mon dos, l'arbre a tremblé, le bois rêche a vibré contre ma colonne vertébrale.

“Il faut qu'on attende que ça s'arrête”, j'ai dit à Tarsi en criant par-dessus les hurlements des autres.

Un autre vinnie est passé, quelqu'un courait à côté de lui tout en s'agrippant au mur intérieur. La forme m'a percuté avant que je puisse m'écarter ou l'avertir.

“Porter ?” Un visage tout près du mien.

“Karl ? Bon sang, vieux ? Comment on les arrête ?

— Laisse tomber, il a répondu en saisissant mon bras alors que l'arbre continuait de vibrer. On est presque arrivés. Il y en a plein d'autres là où ces…”

Un grondement l'a interrompu, un bruit comme du bois broyé ou qui vole en éclats. Ça n'avait rien à voir avec le vacarme des secousses, et cela a totalement couvert les sifflements des fruits-bombes. On s'est tous figés sur place, à l'exception des vinnies qui ont paru accélérer. Ils nous ont dépassés, transportant un ou deux cavaliers alors que le bruit s'intensifiait en se rapprochant.

21

ÉTOILE FILANTE

Le dernier vinnie est passé en se serrant contre mes jambes, et un groupe de mes camarades a suivi, se poussant, se bousculant et tombant dans le même mouvement. Quelques-uns ont tenté de ramper sur le dos du dernier vinnie qui reculait à toute allure. Un des gars nous a crié de nous enfuir, mais il n'y avait aucun endroit où courir, et aucun signe visible de danger. J'ai levé les yeux vers le gris sombre de la tombée du jour qui virait au noir dans les profondeurs du tunnel. L'inclinaison dans l'énorme arbre était si peu marquée qu'on voyait normalement loin devant nous. Mais il n'y avait à présent qu'un vide creux que les tremblements de l'arbre et le rugissement de quelque chose de destructeur rendaient indiscernable et effrayant.

Près de moi, Karl a lâché un juron et m'a attrapé par le bras. C'est alors que je l'ai vu moi aussi : un mur d'obscurité qui approchait – quelque chose se dirigeait vers nous, sa masse emplissant toute la largeur du tunnel.

Nous nous sommes mis à courir après les autres, trébuchant sur des camarades dans notre fuite. J'ai essayé de ne pas perdre le contact avec Tarsi, mais je n'avais aucune idée de qui je tenais. L'arbre bougeait sous nos pieds, et nous tombions les uns après les autres, aidant chaque fois notre voisin à se relever, résistant à l'envie de regarder derrière nous.

Je n'en avais pas besoin. J'entendais la chose se rapprocher, un bruit de bois éclaté accompagnait sa progression.

"Sur le côté !" a hurlé une des filles et, au début, j'ai cru qu'elle voulait dire que quelqu'un était tombé ou bien avait été projeté à l'extérieur par l'une des ouvertures du tunnel. Puis la personne à côté de moi a cessé de crapahuter et s'est dirigée vers la courbe extérieure et l'air de la nuit. Nous étions de moins en moins à courir et à ramper, et la chose se rapprochait toujours plus, le bruit de bois fendu tellement fort désormais que j'avais du mal à entendre les autres hurler et crier.

Alors que je tâtonnais à la recherche de Tarsi, j'ai senti quelqu'un s'écarter par l'ouverture suivante. Dès que j'ai compris ce que cette personne était en train de faire, j'ai su que c'était notre seule option.

"Agrippe-toi au bord !" j'ai hurlé à celui ou celle près de moi. Nous avons titubé ensemble au-delà de l'indentation suivante, passant de l'obscurité complète au gris épais d'une des ouvertures. Puis nous avons rampé tous les deux par-dessus le bord. Je me suis abaissé dans le vide, raclant l'écorce grossière de mes pieds, accrochant mes aisselles au rebord pointu du tunnel, là où sa courbe s'élevait dans l'air. La tête toujours dans le passage cylindrique, j'ai levé les yeux dans les ténèbres sonores au-dessus de nous – c'était un mur mobile d'une puissance noire et frissonnante. Dégageant mes coudes, je me suis laissé tomber de trente centimètres avant que le rebord coupant n'entaille mes doigts. Et je suis resté suspendu là, battant des jambes au-dessus de trois cents, peut-être six cents mètres de vide.

Quelque chose de rugueux a frôlé les jointures de mes doigts, manquant de me faire lâcher prise. Puis le corps a continué d'avancer, ses grosses soies surgissant du tunnel tandis qu'un vinnie de la taille du passage – ou plus gros encore, à en juger par le bruit du bois écrasé – progressait en déchirant tout sur son chemin. L'arbre tremblait contre ma poitrine. Les vibrations et la pression sur mes doigts étaient telles que maintenir ma prise paraissait impossible. C'était trop demander à mon corps.

Malgré tout, j'ai réussi à hurler des encouragements à mon voisin. "Tiens bon !" je lui ai lancé, en espérant que l'urgence dans ma voix lui transmettrait de la force, même si je ne conseillais rien de plus que ce qu'il était évident de faire.

Une voix profonde, masculine, m'a crié quelque chose en retour.

Mon cœur a sombré d'un coup, et mon estomac s'est soulevé, les deux organes se percutant en moi tandis que mes intestins réagissaient à la confusion dans ma tête. J'avais désiré que ce soit Tarsi, près de moi – et j'étais content que ce ne soit pas elle –, mais je me demandais si elle ne se trouvait pas dans un pire endroit. Les dents serrées, j'ai reposé la tête contre l'écorce grossière, m'éraflant le front alors que je tremblais toujours.

Après le passage de la bête frémissante qui paraissait mesurer plus d'un kilomètre, j'ai fléchi les bras pour remonter vers le bord, puis j'ai entendu qu'une autre arrivait. Je me suis de nouveau abaissé, autorisant mon poids à pendre sur mes articulations plutôt que sur mes muscles, imaginant à quoi pourrait ressembler une chute d'une telle altitude. J'ai visualisé une descente en culbutes, mon corps rebondissant entre les parois des saillies avant de percuter la mousse tout en bas. J'ai songé à ma disparition, au fait de ne plus exister.

Les poils se sont de nouveau pressés contre ma main, et un fruit-bombe a sifflé tout près. Le type à côté de moi a juré d'une voix forte, mais je n'avais plus aucun encouragement en moi à lui transmettre. Puis l'arbre a cessé de trembler et il n'est plus resté que le grondement de l'énorme vinnie. L'engourdissement de mes jointures a commencé à refluer, et j'ai compris qu'il avait en grande partie été provoqué par les vibrations. Si c'était la dernière bête, je pouvais tenir.

Et si je pouvais tenir, on le pouvait tous.

Quand les dernières soies sont passées, j'ai tenté de me hisser, préférant me faire avaler ou écraser par le prochain vinnie plutôt qu'une chute mortelle. Poussant contre l'écorce – un pied appuyant sur l'affleurement à côté de moi –, j'ai réussi à me remonter jusqu'aux aisselles avant de marquer une pause, les mains agrippées l'une à l'autre et les coudes écartés. Le garçon près de moi a fait de même, et nos jambes se sont frôlées alors que nous nous efforcions tous les deux de trouver prise.

Au loin, vers le bas, les grondements des vinnies géants s'atténuaient sans qu'aucun autre ne leur succède. Un rire nerveux montait lentement en moi, l'épuisement et l'obsession d'une mort imminente éclatant dans ma tête, telles de minuscules bulles. La personne près de moi m'a devancé en éclatant d'un rire sifflant…

Puis il y a eu un hurlement.

Une voix aiguë. Une voix féminine qui a percé le silence grandissant comme un coup de poignard acéré dans une blessure en cours de guérison. Je n'avais jamais entendu de hurlement aussi fort, puis il s'est éloigné de manière ignoble, horrible.

Diminuant progressivement.

Elle chutait.

22

L'OBSCURITÉ

M'aidant de coups de pied contre l'écorce, je me suis hissé jusqu'à la taille. Puis je me suis penché en avant pour passer la moitié de mon corps par l'ouverture. Une autre poussée, et j'ai roulé d'un coup à l'intérieur. Le garçon à côté de moi a aussitôt suivi. Je me suis déplacé rapidement vers le bas en tâtonnant jusqu'à l'ouverture suivante ; ça bougeait dans le tunnel, on aidait son voisin à se relever.

"Tarsi !" j'ai crié. Je descendais à tâtons la file de personnes en me demandant si le hurlement était venu de la direction opposée, quand j'ai percuté d'autres corps. Je me sentais perdu, seul, confus.

"Qui a crié ? a hurlé quelqu'un.

— Bordel !?" a lancé un autre. J'ai trébuché sur un corps étendu en travers du tunnel, que j'ai tapoté avant d'appeler encore une fois le nom de Tarsi, égoïstement désintéressé par le sort des autres.

D'ailleurs, tous agissaient de la sorte, ils hurlaient des noms en essayant de rentrer en contact les uns avec les autres dans le noir.

"Porter !" a crié quelqu'un non loin de là – un cri rauque. Des mains fortes m'ont attrapé par le bras, attirant mon visage suffisamment près pour le voir.

Kelvin.

“Où est Tarsi ?” j’ai demandé.

Il a secoué la tête, et j’ai cru comprendre qu’elle ne s’en était pas sortie, et non qu’il n’en savait rien. Quelqu’un a appelé au secours plus bas dans le tunnel. Je me suis écarté de Kelvin pour m’approcher de l’ouverture suivante ; à genoux, j’ai tâtonné le long du rebord.

Sentant des jointures, je suis descendu plus bas pour saisir des poignets, la peur de perdre une autre personne montant tel un film métallique dans ma gorge. Kelvin, se baissant près de moi, a saisi l’autre bras. Nous avons soulevé ensemble. J’ai ordonné à mes doigts engourdis et épuisés de se refermer tels des étaux ; j’étais tout à fait prêt à ne plus jamais m’en servir si cela signifiait traîner cette personne et la mettre en lieu sûr.

L’inconnu a poussé avec ses pieds. L’association de nos trois énergies effrayées a propulsé la personne par-dessus le rebord, jusqu’à l’intérieur du tunnel, nous envoyant tous les trois valdinguer vers le cœur de l’arbre. Nous nous sommes écrasés en un tas d’humanité frissonnante et éplorée.

Les mains ont cherché à tâtons à identifier l’autre. Une paume sur ma joue, un visage plus proche.

Tarsi.

J’ai fermé les yeux et me suis mis à pleurer, sanglotant comme un enfant terrifié. Ses lèvres se sont posées sur ma joue et n’ont plus bougé, frémissantes contre ma peau, haletantes et suffocantes. Le chagrin, l’épuisement et un soulagement coupable secouaient nos deux corps.

23

UN COIN SOLITAIRE DE CIEL

Notre groupe s'est fondu dans le noir telles des gouttes d'eau. On se cognait les uns contre les autres, on s'étreignait, on pleurait en se mélangeant. On criait notre prénom, celui de nos voisins, parcourant dans notre tête la liste de tous les membres du groupe. De temps à autre, un nom était lancé dans le noir et quelqu'un se mettait à pleurer, rampant par-dessus les autres pour nous rejoindre.

Il nous a semblé entendre chaque nom appelé deux fois avant que quelqu'un comprenne qui manquait.

"Britny", a murmuré l'un d'entre nous. Son prénom prononcé différemment des autres. C'était plus une réponse qu'une question.

Plusieurs filles se sont mises à gémir. Vincent a hurlé des obscénités près de moi et j'ai tendu la main pour lui manifester ma sympathie.

Le groupe entier s'est ramassé en une boule de mains réconfortantes qui tapotaient et pressaient. La scène était aussi étrange que le jour de notre naissance, mais la peur et le chagrin étaient bien plus forts à présent qu'on avait passé toutes ces heures éveillées ensemble.

"Il faut qu'on sorte de là, a dit l'un des garçons.

— On vient de perdre quelqu'un ! a hurlé une des filles.

— Il a raison, est intervenue une voix douce tandis que les sanglots laissaient la place aux reniflements. On n'est pas en sécurité ici. Si une autre bête arrive, je n'aurai pas la force de recommencer.

— On monte ou on descend ?" a demandé quelqu'un.

Près de moi, Vincent a rugi. J'ai perçu le bruit de la chair claquant contre la chair, et je me suis déplacé pour le faire cesser – il se giflait le visage.

"Arrête ! je lui ai dit en le prenant dans mes bras. Il faut survivre pour la pleurer comme il faut."

Posant ses mains à l'arrière de mon crâne, il a attiré nos joues l'une contre l'autre. Les sanglots secouaient sa poitrine, puis d'autres bras sont venus nous entourer.

"On monte, a dit quelqu'un. Le sommet est plus près, et on s'éloignera des bêtes qui viennent de passer.

— Elles changent peut-être de direction une fois que les secousses s'arrêtent.

— Les secousses se sont arrêtées il y a un moment maintenant."

Dans le silence qui a suivi, rassemblant notre courage et notre volonté, nous avons entamé, d'un pas lourd, la marche vers le sommet.

Notre groupe compact progressait en titubant, les mains contre le mur intérieur et sur nos voisins. J'ai obligé Tarsi à marcher vers le centre de l'arbre, il m'était impossible de l'imaginer proche du bord.

Kelvin avançait devant nous. J'ai posé une main sur son épaule, plus parce que j'avais besoin de maintenir le contact avec lui que d'être simplement guidé. Nous nous déplacions dans un silence total, à l'exception du sifflement aléatoire d'un fruit-bombe à l'extérieur, et le juron inexpliqué et spontané de divers membres du groupe.

Je m'efforçais de ne pas traîner les pieds, de peur de m'enfoncer une écharde fraîchement exposée. J'étais épuisé et déprimé, une sensation qui semblait émerger après m'être échiné à rester en vie. C'est comme si mon corps avait consommé toute son énergie – son désir de survivre. À présent qu'il y était parvenu et que j'avais prolongé mon existence de je ne sais combien d'années, je n'avais plus de peps en moi pour me maintenir en vie.

Consciemment, j'étais heureux de respirer et que mes deux amis les plus chers soient vivants. Mais physiquement, je me sentais creux. Si un autre danger survenait, je n'aurais pas la force de réagir. Je marchais – mais tant que cette mystérieuse impulsion de survie ne s'était pas renouvelée, je n'étais qu'une coquille chancelante, à moitié morte à l'intérieur.

On a avancé comme ça pendant plusieurs heures, le silence s'étirant au point de s'auto-alimenter, la quiétude façonnant une chose fragile et précieuse qu'aucun de nous ne paraissait désireux ou capable de briser. Même quand le tunnel a pris une nouvelle orientation, adoptant un angle qui paraissait si étranger après des kilomètres de courbe progressive, ceux d'entre nous qui n'avaient pas participé à la première ascension ont continué de cheminer sans se poser de questions, acceptant ce que le monde leur réservait.

Gravissant une pente de plus en plus marquée, nous avons poursuivi à quatre pattes quand rester debout est devenu trop dangereux. Le tunnel était désormais solide ; être entouré de parois était étrangement rassurant en dépit de l'obscurité générée. Après un nouveau tournant étrange, le chemin est devenu encore plus abrupt, et c'est alors que nous avons perçu un bruissement devant nous. Quelque chose comme du papier ciré a frôlé mon visage. Une feuille ? La caverne de bois a pris fin, en même temps que le silence.

"Attention", a murmuré un des gars.

Des mains ont guidé d'autres mains à travers le nouvel enchevêtrement de branches et de feuilles séchées autour de nous. Attraper le bois et grimper, tout ça me paraissait complètement naturel. Primal. J'ai poussé Tarsi vers le haut, derrière Kelvin, et je l'ai suivie de si près que mes mains s'accrochaient au-dessus de ses pieds, ma tête frôlant l'arrière de ses jambes. On avait l'impression d'escalader l'intérieur d'un trou dans l'entrelacs serré des branches, un prolongement de la caverne à travers la canopée. Ça montait presque à la verticale, et je sentais les autres escalader derrière moi, tous nous étirant et luttant pour atteindre le bout. Nous étions mus par quelque intense désir interne de sécurité. De repos.

J'avais l'impression qu'on allait bientôt parvenir à l'air libre, mais le tunnel dans le bois entremêlé a commencé à s'aplanir avant d'entamer une légère descente, et j'ai eu un moment de panique : nous restait-il encore beaucoup de chemin à parcourir ? Les branches sous nos pieds étaient à présent humides, et le sol descendait encore avant de remonter progressivement. Un bruissement plus fort devant nous, et quelqu'un plus haut a crié. On a écarté un épais rabat de feuilles, et une lumière vive s'est répandue vers le bas, perçant l'obscurité. J'ai tout de suite senti l'énergie grandir autour de moi – *à l'intérieur de moi*. Le sentiment d'irrévocabilité enflait, la fin était si terriblement proche.

Quand Tarsi et moi avons enfin atteint le bord de l'ouverture, Kelvin nous a hissés à l'air libre. Nous nous sommes tous les trois effondrés sur un plateau de feuillage, où nous sommes restés étendus sur le dos dans le silence inédit de notre émerveillement. Au-dessus de nous s'étalait un spectacle qui nous rappelait vaguement nos années de rêves mais que nous n'avions encore jamais vu de nos propres yeux : une vaste tapisserie d'obscurité mouchetée de lumière éclatante.

Des étoiles. Un nombre infini d'étoiles. Reflétant un certain ordre dans leur chaos. Différentes, et malgré tout semblables. Certaines paraissaient tellement plus proches que d'autres, et certaines étaient rassemblées en paquets compacts et amicaux. Un tiers du ciel, particulièrement dense, dessinait un large ruban, d'un horizon à l'autre, formé de points blancs si entremêlés qu'ils en paraissaient duveteux.

"Bordel de merde !" a chuchoté un des gars, nous rappelant, autant aux filles qu'à moi, que les garçons n'avaient pas non plus eu droit à ce spectacle.

Arrachant mon regard du ciel, j'ai parcouru le groupe des yeux, plein de gratitude pour l'illumination de tous ces lointains soleils. Je me suis demandé si on pouvait s'estimer chanceux qu'autant de nous aient survécu, ou bien malchanceux de nous être trouvés si près du sommet quand tout cela s'était produit. Une des filles s'est approchée de Vincent pour le prendre dans ses bras et lui murmurer ses condoléances. Tarsi a pressé ma main, et j'ai tendu l'autre vers Kelvin. Ma poitrine était douloureuse rien qu'à la pensée de perdre l'un d'entre eux.

Au loin, des formes bougeaient, une colonne de vinnies glissait sur le tapis vert clair de la canopée. Regardant tout autour, j'en ai repéré bien d'autres encore. Les feuilles bruissaient ici et là, aux endroits où les grosses bêtes se creusaient un passage dans le sol feuillu ou bien ressortaient de la canopée. C'était un paysage étranger, j'ai pensé, même si c'était le seul endroit que j'avais jamais connu. Rien dans les modules de formation ne nous avait préparés à ça. Et quand j'ai songé à la présence de tout cet air sous moi – nous séparant de la terre ferme en contrebas –, je me suis senti léger.

Comme si nous flottions sur un nuage en espérant que sa fermeté résiste.

Sans un mot – juste un doux chœur de sanglots –, notre petit groupe s'est resserré, nos corps se collant les uns aux autres comme lors de notre première nuit en dehors de l'enceinte. Nos mains se mêlaient à d'autres mains, peu importait à qui elles appartenaient.

C'étaient nos mains.

Qui se serraient toutes.

Toutes aimantes et toutes apeurées.

J'ai appuyé ma tête sur le bras de quelqu'un, et j'ai levé les yeux vers les étoiles qui scintillaient à travers mes larmes ; j'étais tout autant hypnotisé par l'obscurité qui les séparait que par leur lumière. J'ai bientôt repéré une zone étonnamment vide de tout, un petit coin solitaire, et je m'y suis perdu, sombrant dans le néant.

24

LE BLEU

J'ai bien mieux dormi cette nuit-là que je n'en avais de raisons, et le spectacle devant lequel je me suis réveillé était bien plus heureux qu'aucun de nous n'aurait pu imaginer : un ciel dégagé – le soleil y délavant le noir et la plupart des étoiles. À leur place, un gris terne virait au bleu vif d'un bout à l'autre de l'horizon. Lever de soleil. Je me suis senti y lire quelque chose de mystique, comme un geste de pardon des cieux pour avoir emporté l'une d'entre nous. Alors que ce sentiment s'éveillait en moi, je me suis surpris à penser à Oliver. Je commençais à le comprendre, tout du moins un peu – sa recherche irrationnelle de la joie dans les moments difficiles.

Notre entrelacs endormi s'était relâché pendant la nuit quand certains avaient remué, s'étaient tournés pour adopter une position confortable. J'ai dégagé les cheveux du front de Tarsi pour l'embrasser doucement au-dessus des sourcils, j'étais tellement heureux qu'il ne lui soit rien arrivé. Elle a remué, ses lèvres s'entrouvrant légèrement, mais elle ne s'est pas réveillée. J'ai dégagé mon bras et me suis écarté du groupe, la douleur dans mes articulations requérait que je bouge ; ou c'étaient peut-être mes pensées agitées qui m'avaient poussé au mouvement.

J'étais le seul debout. Même les vinnies ne s'agitaient plus comme la nuit passée. Me tournant pour les chercher des yeux, j'ai été submergé par la vaste monotonie qui s'étendait devant moi, le tapis ondulant de plusieurs variétés de feuilles vertes se chevauchant. Certaines étaient plus grandes qu'un homme, tous membres écartés ; certaines étaient petites et épaisses comme ma main, d'un vert foncé. Quand, pivotant sur place, j'ai découvert, derrière moi, les montagnes illuminées par le soleil levant, ma respiration s'est bloquée dans ma gorge.

Je savais à quoi ressemblaient les montagnes, tout comme je savais ce qu'étaient les tremblements de terre, les armes et les baisers. Mais une fois de plus, la réalité a fait voler le concept en éclats. D'immenses pyramides de terre, majestueuses, se dressaient au-delà de la canopée, les sommets enneigés teintés de rose par le soleil du matin. Les pics, organisés en couches innombrables, s'estompaient en diverses teintes de bleu jusqu'au plus lointain qui disparaissait dans le violet. Ils semblaient s'étaler indéfiniment et, en comparaison, le tapis vert à l'opposé paraissait pâle. Même les arbres majestueux semblaient petits, ce qui avait déjà perturbé mon sens inné de l'échelle.

Un vent frais venant de l'ouest soufflait sur les cimes des arbres, l'air probablement refroidi par les imposants blocs de granit coiffés de glace. Ils pouvaient tout aussi bien se trouver à mille six cents kilomètres qu'à seize, tant ma perception de la distance était réduite à néant. Entre les dernières étoiles qui scintillaient au-dessus de nous, et la taille des feuilles sous mes pieds, les montagnes, tel un nouveau coup asséné à mon ego – à mon sentiment d'appartenance à l'univers –, rendaient tout le reste insignifiant en comparaison.

"C'est superbe", a murmuré Tarsi dans mon dos. Elle m'a serré dans ses bras, et j'ai posé mes mains sur les siennes, ce contact me procurant une joie qui me permettait de m'ancrer devant l'énormité du décor.

"Je n'arrive pas à croire qu'elle n'est plus là", j'ai déclaré en pensant à Britny. Je voulais dire, *J'aurais aimé qu'elle voie ça*, mais c'étaient des paroles trop galvaudées et trop tristes à prononcer. Tarsi a réagi en me serrant davantage. Son menton s'est appuyé sur un muscle douloureux de mon dos, sa tête affaissée et lourde contre moi.

"On était censé *conquérir* ça ?" a-t-elle chuchoté tristement.

Cette pensée a réveillé quelque chose en moi. Une colère. Puis cette émotion s'est dissipée, flottant sur la brise rafraîchissante pour aller se perdre dans le doux battement de feuilles grandes comme des couvertures.

Il n'a pas fallu longtemps pour que la lumière de plus en plus forte réveille les autres. Pendant que tous découvraient les vues étonnantes tout autour – les garçons se réjouissant de notre ravissement puisque nous contemplions tout cela pour la première fois –, une certaine frivolité a peu à peu empiété sur notre chagrin. À l'exception de Vincent, qui demeurait silencieux et détaché malgré nos efforts pour l'inclure.

Une partie de moi se sentait coupable de m'enthousiasmer pour n'importe quoi, et nous avons tous paru rendre hommage à sa très grande tristesse en modérant notre excitation. Quand l'un d'entre nous éclatait de rire ou s'emballait par inadvertance, c'était en général suivi d'un regard penaud et d'un mot d'excuse.

On a trié l'équipement qui avait survécu à l'épreuve de la nuit passée, plusieurs d'entre nous se lamentant de la perte d'un objet précieux : un thermos, une bande de toile, même un sac entier. On a dressé l'inventaire de ce qui restait, aucun de nous n'osant évoquer ce que Britny avait transporté, même si je suis certain qu'en silence, l'esprit coupable, nous faisions tous le récapitulatif de ses affaires.

Les filles ont sorti ce qui restait de la viande cuite de vinnie pendant que Karl et Samson sont descendus en rampant dans l'arbre à la recherche d'un fruit-bombe accroché à une branche. On a pris soin de rationner notre eau ; le ciel d'un bleu éclatant au-dessus de nos têtes tenait autant de l'agréable nouveauté que d'une malédiction sans nuages.

"On aurait dû se douter que c'était une possibilité, a déclaré Kelvin qui s'est laissé tomber à côté de moi en secouant la tête. Pourquoi le tunnel serait de cette taille à moins que ces bêtes soient aussi grosses ?

— Ouais, j'ai acquiescé en ôtant des échardes de mes pieds calleux.

— Tu crois qu'il s'agissait d'adultes ? Qu'ils deviennent gros comme ça ?

— Je n'en sais rien, j'ai répondu en agitant la tête. Ou bien il y a une différence entre les mâles et les femelles." J'ai levé les yeux pour constater que plusieurs autres suivaient notre conversation en silence tout en chipotant sur leur nourriture.

"Comment on descend ?" m'a demandé Mindy. Une fois de plus, les visages se sont tournés vers moi, bien que je n'aie démontré aucune aptitude particulière de meneur ni même manifesté le désir de commander. Au lieu de chercher quoi répondre à Mindy, j'ai réfléchi un moment au fait que le groupe avait tendance à solliciter mon avis. Je me suis demandé si ça ne tenait pas uniquement au fait que Stevens m'avait attiré à l'écart le premier jour, ou peut-être simplement parce que ma lampe torche était la seule à avoir survécu à notre évasion. Je me suis mordillé la lèvre en me demandant s'il ne valait pas mieux mettre un terme au soupçon d'autorité que je semblais avoir sur le groupe, ou si le fait même que j'exprime mon hésitation ne risquait pas de les emplir de désespoir.

"Où est la flèche laissée par Mica et Peter ? j'ai demandé à Jorge en espérant détourner cette charge vers quelqu'un plus désireux de la porter.

— En dessous, a répondu Samson en interceptant ma question. Juste après cette petite descente dans les ronces. La flèche pointait dans cette direction." Il a fait un geste vers les montagnes les plus proches.

"Combien de temps vous pensez qu'on peut tenir ici ? a demandé Leila.

— Sans pluie ? Pas longtemps, a répondu Kelvin. Je propose qu'on se dirige vers les montagnes en explorant de temps à autre sous la canopée. Il doit bien y avoir des rivières qui se forment avec cette neige et la pluie.

— Ouais, mais comment on trouve un chemin pour descendre ? a demandé Mindy. Comment on fait pour passer ces *créatures* ?

— On peut localiser les tunnels quand elles sortent la nuit, a suggéré Karl. On va en rassembler d'autres ici en cercle en utilisant ces petits morceaux de feuilles épaisses qu'elles aiment bien. On pourrait peut-être les faire avancer devant nous, juste au cas où la canopée serait fine par endroits.

— Mais alors quoi ? a demandé quelqu'un d'autre. On redescend ? On prend le risque ?

— C'étaient peut-être les secousses, j'ai dit. C'était peut-être une coïncidence.

— Ne dis pas que c'était une coïncidence !", a lâché Vincent sans lever les yeux.

Un silence embarrassé a suivi.

"Je suis désolé", j'ai dit.

Il a agité la main. Je ne savais trop comment interpréter ce geste.

“On redescendra comme on a déjà fait, a expliqué Kelvin en venant à mon aide. On fera avancer une longue file de vinnies devant nous. Ils paraissaient sentir que quelque chose arrivait. Plus on en aura avec nous, mieux on sera avertis.

— Bonne idée, a dit Tarsi.

— On pourrait couper de longs bâtons dans les branchages, a proposé Mindy. On les affûtera au cas où on serait obligés de faire reculer les vinnies.

— Même si ça, ça ne fonctionne pas, si les bâtons sont assez longs pour barrer les ouvertures du tunnel, ce sera plus facile de s'y accrocher si on doit encore une fois se suspendre aux bords.

— Surtout si on installe des bouts de corde dessus pour nos poignets.”

Kelvin et moi avons échangé un regard pendant que les suggestions fusaient. J'ai haussé les sourcils pour lui signaler que j'avais apprécié son aide, tandis qu'un sens du devoir s'emparait progressivement du groupe. L'envie de survivre était apparemment de retour et, avec elle, la motivation pour avancer.

Peu importe où cela nous mènerait.

25

L'ORAGE

J'ai pris la tête du groupe quand nous avons entamé la traversée de la canopée, ma taille comparativement plus petite faisant de moi le garçon le moins susceptible de passer à travers un endroit plus mince ou de tomber dans l'un des nombreux passages de vinnies. Tarsi avait insisté pour marcher à côté de moi, mais ni Kelvin ni moi n'avions voulu en entendre parler. Ils me suivaient tous les deux à une dizaine de mètres en s'efforçant de m'inclure dans leurs conversations intermittentes.

Le tissage serré des branches et l'épaisse couche de feuilles rendaient la marche relativement confortable. Quand un vent fort roulait dans les arbres, la canopée paraissait à peine tanguer sous nos pieds. Cela générait chez moi une sensation nauséeuse que je pouvais comparer au fait de naviguer sur un bateau ou de rebondir sur une petite lune. Je n'avais jamais rien fait de tout ça, bien sûr, mais d'une certaine manière, cela me semblait moins étranger que de randonner sur des cimes d'arbres.

Le terrain s'étirant devant nous était plein de bosses et de creux, et même quelques très longues crêtes qui semblaient indiquer la présence de branches importantes en dessous. Je m'en tenais à celles-ci, pas seulement parce qu'elles promettaient d'être plus stables mais également pour éviter les petites flaques chaudes qui s'étaient formées dans les vallées. Il avait suffi d'en goûter l'eau pour la recracher aussitôt, bien que quelqu'un ait suggéré qu'on pouvait la faire bouillir afin de la rendre potable. Les quelques vinnies aperçus en plein jour paraissaient préférer ces régions plus basses, surtout celles suffisamment profondes pour fournir de l'ombre.

Quand les arêtes diminuaient, m'obligeant à traverser une zone plus basse, je m'y prenais avec beaucoup de précaution, testant mon poids sur un pied avant d'avancer le second. Après quelques-unes de ces traversées sans incident, j'ai cessé d'être aussi prudent.

Et c'est alors que mon pied s'est enfoncé dans la frondaison.

C'est arrivé si vite que je n'ai même pas senti le danger. Il y a eu un fort craquement de bois qui cède, puis je me suis retrouvé sur les fesses, ma jambe entière pendant par une ouverture dans la canopée. Kelvin s'est laissé glisser à plat ventre pour me tirer. J'étais sain et sauf, et c'était même réglé avant que je comprenne vraiment ce qui s'était passé. Mais nous avons tous alors pris conscience des périls de notre marche.

En explorant les alentours de la zone plus mince, nous avons découvert un autre grand tunnel en dessous. Nous l'avons contourné avant de remonter sur une nouvelle arête où nous avons marqué une halte pour boire une ration d'eau et partager un fruit-bombe.

Pendant que les autres mangeaient, Kelvin a rassemblé tous les morceaux de corde en notre possession et a entrepris de les épisser. Légèrement curieux, je l'observais boucler les deux extrémités de la corde en confectionnant toute une série de nœuds complexes.

Il s'est approché pour me montrer sa création alors que je buvais mes deux gorgées d'eau.

“Qu'est-ce que c'est ? j'ai demandé.

— Ta nouvelle laisse, il a répondu en levant la corde avant de tirer plusieurs fois sèchement dessus pour me faire une démonstration. On va s'attacher à chaque extrémité.

— Ça va aller, je lui ai assuré. Ce qui s'est passé là-bas était un hasard. De plus, avec ce truc, tu risques d'être entraîné derrière moi."

Il m'a regardé de haut en bas avant d'éclater de rire. "Je ne crois pas.

— Il va l'attacher, a insisté Tarsi en me prenant la gourde d'eau pour boire.

— Très bien."

Ça ne servait à rien de discuter avec eux. J'ai levé les bras pour que Kelvin fasse glisser la boucle autour de ma taille. Il l'a serrée, entre serré-inquiet et serré-parano, puis il a déroulé la corde avant de passer dans l'autre boucle.

"Je t'en prie, il m'a dit en levant les yeux après avoir vérifié les nœuds.

— Merci, j'ai répondu, un peu ridicule.

— Malgré tout, essaie de ne pas tomber dans un trou où tu ferais une chute mortelle."

Une fois tout le monde revigoré, on a repris la route. Au fur et à mesure des heures, la chaleur du soleil s'est mise à peser plus que tout ce que nous avions jamais connu. J'ai enlevé ma chemise pour m'en envelopper la tête, ayant constaté ce que l'exposition à ces rayons avait fait aux garçons qui n'avaient passé que quelques heures au sommet, qui plus est sous un ciel nuageux.

Aux environs de midi, les vinnies ont commencé à apparaître plus fréquemment. Surgissant du feuillage, ils se regroupaient près des flaques chaudes ou bien mâchouillaient avec contentement les copeaux de feuilles plus épaisses. Tous les vinnies visibles étaient de la petite espèce – aucun comme ceux qui nous avaient piétinés et avaient causé la mort de Britny.

Dans l'après-midi, une bande de nuages sombres est également apparue – de grosses masses grises agitées qui cachaient les pics lointains et roulaient sur la chaîne montagneuse. Nous avons décrété oralement que les nuages étaient de bons signes. Karl, qui avait prélevé des échantillons dans quelques flaques superficielles, était tombé d'accord avec moi : l'eau n'avait pas bon goût. Cependant, malgré le soulagement d'une eau fraîche à venir et le refroidissement annoncé par les nuages, j'étais terrifié à la vue d'autant de ces *trucs* se déplaçant dans notre direction. Plus encore quand des éclairs de lumière se sont mis à clignoter dans la masse sombre. L'orage qui se préparait parvenait à couvrir le grondement de mon ventre.

"Il faut qu'on trouve un abri avant que ça arrive jusqu'ici", m'a crié Tarsi. Les vinnies, de plus en plus empressés, se précipitaient en tous sens et je me suis demandé si nous ne devrions pas tout de suite chercher un refuge.

Nous avons accéléré le pas. Le danger, devant et au-dessus de nous, distrayait mon esprit de celui qui se trouvait sous nos pieds. J'ai cessé de choisir avec soin mon chemin et de tester du pied mon avancée dans les dépressions. Au bout d'une demi-heure de marche distraite et impatiente, j'ai traversé la canopée. Complètement.

C'est arrivé sans un bruit, à peine le bruissement d'une feuille géante au moment où elle s'est avachie dans l'une des cavernes verticales. Quand Tarsi a poussé un cri, je m'étais déjà écrasé au fond, à deux mètres cinquante environ plus bas, la corde se resserrant au niveau de mes aisselles lorsque mes genoux ont atterri sur une pente de ronces. C'était fini avant même que j'aie la moindre sensation de danger. Je me suis simplement senti gêné de ne pas avoir fait attention. Debout, je palpais mes contusions quand Kelvin et Tarsi sont apparus au-dessus de moi.

"Tu vas bien ? a demandé Tarsi.

— Ça va, j'ai répondu en levant les yeux. Je me sens juste idiot."

D'autres têtes se sont dessinées autour de la cavité au fur et à mesure que le reste du groupe arrivait.

"On devrait peut-être explorer celui-ci", a proposé Mindy.

J'ai attrapé l'échelle de branchages devant moi pour ressortir du trou.

"Je pense qu'on devrait continuer jusqu'à ce qu'il fasse noir ou qu'il pleuve.

— C'était peut-être un signe, malgré tout.

— Tu parles comme Oliver maintenant."

J'ai eu envie de le défendre, puis je me suis figé en percevant un lointain et faible grondement.

"Taisez-vous là-haut", j'ai sifflé.

Quelques personnes ont continué de chuchoter, discutant de ce qu'il faudrait faire à l'approche de la pluie.

"Silence", j'ai supplié en m'abaissant pour coller mon oreille contre les ronces.

Kelvin a penché le haut du corps au bord du trou. Saisissant les branches au-dessus de moi, il a baissé sa tête au niveau de la mienne. "Qu'est-ce que c'est ?" il a murmuré.

J'ai levé la main. Ce n'était pas le tonnerre, et ma première pensée a été qu'il s'agissait des prémices d'un nouveau tremblement de terre, mais cela semblait trop haut perché et constant. Au-dessus de nous, le groupe a ri de quelque chose – couvrant une nouvelle fois le bruit – et, quand Kelvin a réussi à les faire taire, les sons avaient disparu ou étaient trop faibles pour que je les entende. Nous avons attendu une seconde pour voir s'ils allaient se répéter mais, en percevant le roulement du tonnerre au loin, je me suis demandé si j'avais réellement distingué quoi que ce soit.

"Tu as entendu quelque chose ?" j'ai demandé à Kelvin.

Il a acquiescé avant de sortir sa tête du trou.

"C'était quoi ? a demandé Tarsi.

— Probablement son ventre, a répondu Kelvin en me tendant la main. Viens." Et il m'a aidé à remonter.

Au bout de quelques heures de marche, nous avons enfin aperçu le bord de la canopée. Le soleil avait commencé à se cacher derrière les nuages plus sombres qui grondaient de plus en plus fort et de plus en plus souvent en se dirigeant vers nous. Comme seule la base de la montagne la plus proche était encore visible entre la frondaison et l'orage, je me suis concentré sur un seul motif irrégulier de rochers comme repère pour me diriger et éviter de tourner en rond.

"C'est le bout du chemin devant nous", j'ai déclaré en m'arrêtant pour permettre aux autres de me rattraper. Karl et Mindy ramassaient quelques copeaux de feuilles que les vinnies affectionnaient pendant que les autres localisaient un ou deux trous.

"Tu es sûr que c'est le bord ? a demandé Jorge en plissant les yeux.

— Ouais, je le vois, a confirmé Tarsi en pointant le doigt derrière moi.

— Pourquoi on s'arrête là, alors ?

— Parce que je ne veux pas continuer d'avancer là où la canopée s'amincit, j'ai répondu. De plus, pensez à la taille des clairières entre les arbres. Il est probable qu'on ait déjà dépassé le tronc de celui-ci."

Il y a eu des grognements d'approbation, puis Leila a exprimé une peur que certainement nombre d'entre nous partageaient : "Et s'il n'y a pas de tunnel pour descendre de cet arbre ?

— Alors on construira un abri ici, a répondu Kelvin. Il y a tout ce qu'il faut pour. On a de la nourriture – et l'eau va arriver. On poursuivra notre exploration jusqu'à trouver quelque chose.

— En parlant d'abri, je viens de sentir une goutte d'eau."

Comme pour ponctuer cette phrase, une grosse goutte s'est écrasée dans un craquement sonore sur une feuille voisine.

"Il faut qu'on installe les bâches, a dit Tarsi. Je meurs de soif."

Les nuages ont avalé les derniers rayons de soleil et une obscurité prématurée s'est abattue sur le paysage. Bataillant avec les nœuds que Kelvin avait faits, j'ai réussi à détendre la corde de sécurité pour la laisser tomber à mes pieds. Puis, comme la fraîcheur s'installait rapidement, j'ai dénoué ma chemise de ma taille pour l'enfiler.

"Campons ici pour la nuit, a suggéré Mindy.

— D'accord", a répondu Karl.

La pluie crépitait autour de nous et j'ai maudit notre idiotie d'avoir autant attendu pour nous installer. Notre désir d'atteindre le bord de la canopée avait parasité notre bon sens. Autour de nous, des dizaines de vinnies plus petits se sont mis à détaler en tous sens, nos perpétuels compagnons paraissant réagir à l'humidité. Seulement, au lieu de chercher à se mettre à l'abri, leur nombre paraissait augmenter.

“On dirait qu’on n’est pas les seuls à avoir soif”, a commenté Tarsi.

Leila a sorti sa bâche de son sac. “Installons-les pour récolter de l’eau.

— Est-ce que les vinnies sortent plus d’un trou en particulier ? j’ai demandé.

— Karl et moi en avons vu toute une file surgir d’une ouverture là-bas, a répondu Mindy en désignant la direction d’où nous venions.

— Tu penses à quoi ? a demandé Kelvin.

— J’essaie juste de trouver quelque chose qui les distingue. J’ai l’impression qu’on est juste au-dessus d’un labyrinthe et je ne tiens pas à m’y engager au hasard.

— Et je ne tiens pas à être piétiné, a renchéri Jorge.

— Je vais aller l’explorer”, a déclaré Samson. Vincent est tombé d’accord et les deux garçons sont partis, en ayant au préalable laissé leurs morceaux de toile et leurs contenants d’eau.

“Je propose qu’on s’installe près de leur tunnel, a dit Tarsi. On pourra s’abriter dedans quand l’eau formera des flaques.”

De l’avis général, c’était le meilleur plan et on a suivi les deux garçons vers le trou. Pendant ce temps, des centaines de vinnies se tortillaient dans tout le paysage à perte de vue. Tarsi, à côté de moi, les observait. “On dirait presque qu’il y a une petite fête ici.

— Ouais, a répondu Kelvin en nous tendant un côté de bâche. J’espère simplement que les adultes ne sont pas invités.”

26

DESCENDRE

Une nouvelle nuit sans sommeil a suivi alors que la pluie s'abattait en grondant sur les feuilles au-dessus de nos têtes. Tout le groupe avait battu en retraite dans le grand tunnel que Karl et Mindy avaient découvert, mais il était impossible d'y dormir à cause du passage intermittent des vinnies et de l'entrelacs irrégulier des branches sous nos corps.

Kelvin et Samson sont remontés une fois sur la canopée afin de couper des feuilles qu'ils ont rapportées pour le couchage, mais leur surface cireuse était trop glissante pour qu'on puisse y dormir, à cause de la pente. Et tout comme dans le grand tunnel par lequel nous étions montés, le seul endroit plus plat de la partie supérieure était imbibé par l'eau qui s'y amassait.

J'utilisais rarement la lampe torche afin d'économiser notre unique pile, ce qui nous promettait une nuit d'obscurité trempée et inconfortable. Chaque fois qu'un vinnie rampait depuis les branches inférieures, l'un de nous hurlait de terreur en poussant les autres à dégager du passage, tandis que la bête se hissait jusqu'à la frondaison. Comme personne n'avait envie d'être celui ou celle installé le plus bas et qui risquait d'être atteint en premier par les vinnies, nous avons formé un amas compact de corps là où la côte était la plus abrupte. Nous

nous sommes accrochés aux branchages et à nos voisins, frémissants et pitoyables.

Nous avons ainsi attendu toute la nuit que le précieux soleil se lève. Les minutes paraissaient des heures. Nous demandions chacun notre tour à notre voisin quelle heure il pouvait être, mais les réponses n'étaient que des hypothèses. Le groupe s'agitait, et l'agacement laissait la place à la colère à chaque passage de vinnie. Plusieurs fois, Jorge est remonté pour soulever le rabat de feuilles au-dessus de nous, sortant la tête afin de guetter le soleil. Au bout de la quatrième ou cinquième fois, quelqu'un lui a demandé d'arrêter, parce que chaque coup d'œil au-dehors provoquait une petite douche de pluie froide.

"Je n'ai pas l'impression qu'on le verra aujourd'hui. On dirait que c'est déjà le matin, mais les nuages sont tellement épais que le soleil ne peut pas les traverser."

J'ai levé les yeux sans rien discerner d'autre que des silhouettes autour de moi.

De la lumière semblait filtrer de quelque part.

"Je n'en peux plus, a dit quelqu'un.

— Il faut qu'on prenne le risque de descendre. Je préférerais marcher ou chevaucher un vinnie plutôt que de rester ici comme ça.

— Je suis d'accord. Je ne sens plus mon cul."

On a tous éclaté de rire, et cette légèreté partagée a paru nous réveiller et marquer le début d'une nouvelle journée – ou tout du moins le prolongement d'une très longue autre. Le groupe se méfiait encore des tunnels. C'était peut-être pour cette raison que nous nous blottissions tout près de cette affreuse pluie, et qu'on hurlait chaque fois qu'un des petits vinnies inoffensifs passait.

"Je m'en fous, a lancé une des filles. Je vais vérifier l'eau dans les bâches.

— Et je vais descendre, a dit Karl, juste en dessous de moi. Autant explorer un peu ce tunnel.” Il a exprimé ça comme une question, avec une intonation dubitative comme s'il avait besoin d'un soutien. Nous sommes tous restés silencieux un moment, attendant de voir s'il allait vraiment le faire.

Kelvin m'a tapoté le bras. “Allons avec lui.”

J'ai acquiescé, même s'il faisait trop sombre pour que Kelvin le voie. Je m'encourageais peut-être, ou j'étais peut-être trop nerveux pour feindre ma détermination en lui répondant de vive voix. Nous avons suivi Karl jusqu'à la déclinaison détrempée, plus bas, en arborant tous les trois une confiance que nous ne ressentions pas vraiment. Un des vinnies nous a dépassés en longeant le mur courbe afin de ne pas traverser l'eau.

“Un vinnie arrive”, a crié Karl à l'intention du groupe.

J'ai fouillé dans mon sac à la recherche de la lampe torche même si, au fil des minutes, un peu plus de lumière paraissait filtrer à travers la frondaison au-dessus de nous. J'ai allumé la lampe dont le faisceau lumineux a révélé un tunnel semblable à celui que nous avions gravi deux jours plus tôt. La pente raide traversait une autre cuvette avant de remonter puis de redescendre encore.

Je me suis maudit de ne pas avoir sorti la lampe torche, la nuit passée, quand les autres avaient voulu explorer le tunnel. Nous n'aurions pas mieux dormi avec tous ces vinnies qui défilaient, mais nous aurions été plus confortablement installés sur un sol plat. *Si* on avait été capables de surmonter la peur de ce qui s'était passé la nuit précédente.

“C'est comme un siphon de plomberie, a constaté Kelvin en pataugeant dans la flaque d'eau dont le niveau montait au-dessus de ses chevilles.

— Un quoi ?

— Le tuyau courbe sous un évier, il a expliqué.

— Comme si je savais à quoi ça sert." Je l'ai dépassé en éclaboussant autour de moi, fronçant le nez à l'odeur de pourri et de moisissure. Karl avait déjà remonté la côte vers l'endroit où le tunnel s'aplanissait de nouveau.

"C'est pour empêcher que la pluie n'aille dans les tunnels de l'arbre, a expliqué Kelvin. Ce qui goutte du haut est récolté dans cette zone basse et s'écoule petit à petit par les branches enchevêtrées. Les vinnies ont dû développer l'habitude de creuser leurs tunnels de cette façon.

— Ou ils sont plus intelligents qu'ils n'en ont l'air", j'ai dit. Une petite colonne de vinnies a atteint la partie haute près de Karl. Je me suis écarté de leur chemin, mais ils ont dévié sur le côté, remontant la pente du bassin pour sortir de l'eau.

"Ils n'aiment pas se mouiller les pattes", a fait remarquer Karl.

Kelvin et moi avons continué de le suivre tandis que j'éclairais son chemin de l'arrière avec la torche. Plusieurs dizaines de pas plus loin, le tunnel s'est mis à descendre progressivement. Nous nous sommes approchés d'un pas hésitant d'une des ouvertures familières dans l'indentation de rouage formée par l'écorce.

"Bon sang, ouais, a lâché Karl avant de se tourner vers nous tout sourire, ses dents lançant des éclairs dans le faisceau lumineux.

— Bien vu d'avoir choisi ce tunnel", a dit Kelvin en me tapant dans le dos.

J'ai senti un sourire s'épanouir sur mes lèvres, alors même que je me lamentais encore une fois sur la nuit moins horrible que nous aurions pu passer dans la partie plus basse, si seulement j'avais accepté qu'on aille voir. Puis j'ai pensé que quelque chose de terrible aurait pu se passer, comme ce qui était arrivé à Britny, et j'ai compris que ma décision m'en aurait rendu responsable. J'ai éprouvé l'envie soudaine de donner la lampe torche à Kelvin et de retourner en courant vers la cime des arbres. Je voulais renoncer à prendre des décisions et à la responsabilité de toutes celles à venir.

Kelvin et Karl, agenouillés près de l'ouverture, regardaient dehors, sans se préoccuper de mes craintes. Me rapprochant d'eux, j'ai légèrement posé ma main sur leurs épaules afin qu'ils ne me percutent pas en se retournant – ou bien qu'ils ne soient pas surpris par ma présence et risquent de tomber dans le vide.

On entendait au-dessus de nous le crépitement lourd de la pluie sur les feuilles, chaque impact mouillé sonnant comme des coups secs sur un tambour tendu. En contrebas, on voyait bien plus clairement le sol qu'on ne se voyait entre nous, comme si la lumière du monde s'élevait de la terre plutôt qu'elle ne tombait vers elle.

"On doit être face aux montagnes, j'ai dit. La canopée ne bloque pas la lumière dans cette direction-là."

Kelvin et moi avons tendu le cou pour contempler davantage de paysage, mais une grande branche, qui se dressait en dessous, en cachait la majeure partie. J'ai braqué la lampe vers la canopée, faisant scintiller la pluie tombante dans la lumière. Des dizaines de fruits-bombes pendaient au-dessus, et il m'est venu à l'esprit que la pluie que nous avions sentie à la base de l'arbre n'était rien de plus que l'égouttement décalé de véritables orages et des flaques formées sur la canopée qui suintaient à travers l'entrelacs serré.

Karl s'est éloigné vers les quelques ouvertures suivantes pour regarder de l'autre côté de la branche. Il se trouvait à moins de quatre mètres quand il nous a crié : "Bordel de merde, les gars. Faut que vous voyiez ça."

Kelvin et moi nous sommes précipités pour le rejoindre, et nous nous sommes pressés tous les trois au bord de l'ouverture. Karl a pointé du doigt vers le bas, audelà de la bordure de la frondaison où la pluie tombait lourde et sans obstacle. Au-delà du voile gris de l'eau, là où la lumière de l'aube filtrée par l'orage paraissait surfer sur la pente de la montagne la plus proche, on distinguait des choses fabriquées par l'homme.

Des choses de la colonie.

Deux tracteurs étaient garés devant un module situé au milieu d'un large cercle de boue.

"Ce doit être la mine", a déclaré Leila quand nous avons fait part de nos découvertes au reste du groupe. Tous les neuf blottis sous l'entrée du grand tunnel, nous étions en train de manger des fruits-bombes coupés sous la canopée et de boire de l'eau de pluie.

"Je pensais que cette planète présentait une carence importante en minerais. Tu es en train de sous-entendre que Colony nous aurait menti ?

— Non, a répondu Leila en secouant la tête. La mine est probablement abandonnée. Comment crois-tu que Colony a découvert qu'il n'y avait pas de métaux ?

— Grâce à la mine originelle, j'ai dit.

— Bingo.

— Je crois que Colony a même mentionné un site minier le premier soir, a ajouté Tarsi, mais elle a dit qu'il se trouvait à plusieurs jours de route.

— C'est peut-être le cas. Quand tu contournes les arbres, en fait."

Kelvin s'est essuyé la bouche du dos de la main avant de parler en postillonnant du fruit. "Tu penses que c'est là que sont allés Mica et Peter ? il m'a demandé.

— Peut-être.

— Qu'est-ce que tu entends par là ? a insisté Jorge.

— Mica s'intéressait à la mine, a répondu Kelvin. Porter et elle ont parlé de minéraux ou de trucs du genre, l'autre jour au déjeuner." Il a regardé Leila. "Et tu n'as pas dit qu'elle était géologue ?

— Tu crois qu'elle s'est échappée pour aller chercher quelque chose ? m'a demandé Leila.

— Je ne sais pas quoi penser. Peut-être…, j'ai répondu en haussant les épaules avant de me tourner vers Kelvin en claquant des doigts : Ce grondement qu'on a entendu tout à l'heure, quand je suis passé à travers la canopée. Je sais ce que c'était maintenant.

— Un moteur, a dit Kelvin en écarquillant les yeux. Un tracteur de la mine ?

— Je pense que Colony sait vers où Mica et Peter se dirigeaient. Si ce tracteur est en route, il faut qu'on descende jusqu'à la mine.

— Attends un peu, est intervenu Jorge. Si Colony va dans cette direction, il faut qu'on reste là-haut, où on est en sécurité. De plus, on n'a pas encore décidé comment on va descendre sans problème. On ne peut pas passer un jour de plus à marcher dans ces tunnels en espérant éviter un autre tremblement de terre.

— Moi, je descends, j'ai déclaré à Tarsi et Kelvin en ignorant Jorge.

— Même chose pour moi, a dit Kelvin. Je ne me sens pas plus en sécurité là-haut. J'ai besoin de sentir la terre sous mes pieds."

La majeure partie du groupe était d'accord, ce qui nous a laissés avec la question de comment réduire les dangers lors de la descente.

"J'aimais bien l'idée de former une longue file de vinnies, a dit Tarsi. Comme ça, on a de grandes chances d'être avertis. De plus, avec la pluie, il y en a des centaines là-haut qu'on pourrait rassembler."

Une goutte de pluie s'est écrasée sur le sommet de mon crâne : je l'ai sentie se faufiler entre mes cheveux, sur mon cuir chevelu. J'ai levé les yeux vers la provenance de la goutte, la faible lueur du matin orageux filtrait enfin à travers les imposantes feuilles. Ce goutte-à-goutte n'avait cessé de me tourmenter pendant la nuit, me remplissant la tête de plans, de moyens de se protéger complètement de l'humidité. Je ne pouvais pas reprocher aux vinnies de ramper sur les bords relevés du tunnel pour éviter de se mouiller…

"J'ai une idée", j'ai dit.

J'ai parcouru le groupe du regard ; les visages, teintés de vert, étaient tout juste discernables. "C'est probablement une idée stupide", j'ai ajouté.

Jorge a ricané, n'en attendant visiblement pas moins de moi.

"On t'écoute", m'a encouragé Kelvin.

Le plan s'est déployé et modifié au fur et à mesure que je l'exposais. Au début, c'était juste un moyen de garder les vinnies hors du tunnel puis cela s'est transformé en quelque chose de fou : un plan dont je me suis mis à douter en même temps qu'il prenait forme. Tous les autres, excités, m'encourageaient à poursuivre et c'est comme ça, je suppose, que les choses généralement ont tendance à mal tourner.

En gros, l'idée était de rester dans le tunnel le moins de temps possible, afin de réduire les risques d'affronter un autre séisme générant la débandade. Une poignée d'entre nous s'est portée volontaire pour le sale boulot, à savoir ramper à l'extérieur, dans le froid, pour travailler sous la pluie qui nous trempait jusqu'aux os. Karl s'est servi d'une machette pour tailler dans les tiges épaisses des plus grosses variétés de feuilles. Les autres les rassemblaient avant de les faire passer dans le tunnel. Là, Kelvin et Leila en tapissaient les ronces, faisant se chevaucher les feuilles afin de créer un sol quasiment étanche.

Pendant ce temps, avec l'autre machette, Samson s'attaquait à la remontée du siphon, l'entamant de sorte que l'eau puisse s'écouler dans le tunnel. Pendant qu'il hachait les branches, d'autres travailleurs se passaient les morceaux taillés qu'ils jetaient par les ouvertures de rouages, plus bas. Non seulement cela a permis d'aplanir la bosse dans le tunnel, mais les branches jetées et les ronces hachées seraient du petit bois facile à ramasser au sol autour de la base de l'arbre.

Il nous a fallu près d'une heure pour achever le travail ; le reste du groupe avait alors réussi à détourner l'eau de pluie vers le gros trou depuis la dépression au-dessus. Les vallons peu profonds que nous avions évités lors de notre marche se sont alors révélés très utiles pour récupérer la pluie et la diriger vers notre tunnel. À l'aide de morceaux de branches, nous avons relevé les bords de quelques feuilles pour guider encore plus d'eau vers le passage.

Une fois ce travail achevé, nous avons rassemblé les feuilles les plus grandes que nous avions mises de côté et nous avons rejoint les autres en bas, juste après le siphon qui avait été aplani. Un flux régulier d'eau coulait sur la zone taillée par Karl puis tapissée par les filles.

Ceux qui avaient travaillé en haut ont essoré leurs vêtements pendant que les autres ont entrepris de fixer nos provisions. On a distribué une grande feuille par couple, et Kelvin a accepté de voyager seul avec une bâche contenant la majorité de notre équipement.

Alors que nous nous démenions, une file de vinnies nous a dépassés, progressant sur le mur du tunnel aussi haut que leurs soies le leur permettaient. Ils évitaient le petit torrent, exactement comme je l'avais espéré.

Tarsi et moi nous sommes laissés tomber sur la première feuille, l'honneur (et le risque) de passer en premier revenant à celui qui avait eu cette idée stupide. Plus bas, le sol du tunnel gargouillait sous l'eau qui coulait. Assis devant, je chevauchais la tige de la feuille, les deux mains sur le bord que je tenais roulé vers l'arrière. Tarsi s'est assise derrière moi, et nous avons avancé, faisant progresser la feuille centimètre après centimètre pendant que Kelvin et Samson nous poussaient.

D'abord, on a eu l'impression que l'entreprise allait être un fiasco. J'ai eu peur qu'on se soit tous trempés jusqu'aux os et épuisés pour rien. Derrière nous, quelqu'un a grogné alors que nous tentions de faire bouger ce truc mais, malgré la texture cirée de la feuille et le bois bien usé en dessous, ça frottait trop pour avancer.

Puis – imperceptiblement d'abord mais de manière de plus en plus sensible – notre mouvement vers l'avant a accéléré. Je sentais presque le glissement de la feuille sur le bois alors que l'eau nous portait. Derrière moi, Tarsi a cessé de pousser et a passé les bras autour de ma taille. M'appuyant en arrière, j'ai hurlé à Kelvin et Samson de s'arrêter.

On était partis. On s'est déplacés au pas pendant quelques instants avant d'accélérer. De plus en plus.

“Ouah”, a lâché Tarsi qui m'entravait la respiration en m'enserrant le torse. Je me suis appuyé contre elle en me concentrant sur le fait de garder l'avant de la feuille relevé. Sur le côté, les ouvertures du tunnel défilaient. Je n'étais pas inquiet, la courbe montante du tube circulaire nous empêchait de glisser à l'extérieur, et le diamètre de l'arbre était si large qu'on avait presque l'impression de descendre en ligne droite plutôt qu'en une spirale serrée. La vitesse, malgré tout, est rapidement devenue inquiétante. En quelques minutes, nous avancions plus vite qu'un tracteur. J'ai essayé de garder mes repères en jetant de rapides coups d'œil vers les ouvertures, mais elles défilaient tellement vite, c'était comme regarder le monde en clignant des yeux.

"Comment on va *s'arrêter* ?" m'a hurlé Tarsi dans l'oreille.

De toute évidence, il y avait quelques étapes que je n'avais pas planifiées.

J'ai envisagé de faire dépasser mon pied vers le cœur de l'arbre avant de penser que j'allais avoir des échardes dans la plante pendant une semaine. Abaissant plutôt l'avant de la feuille, j'ai essayé d'ajuster sa courbure sans pouvoir dire si cela avait un effet quelconque. J'ai continué de la dérouler en laissant une partie du bord complètement s'avachir et même s'enfoncer dans la fine pellicule d'eau. J'ai aussitôt été récompensé par une violente gerbe d'eau de pluie en pleine figure. Tarsi s'est baissée derrière moi pour se protéger en poussant un cri perçant, mais notre feuille a définitivement ralenti. J'ai répété cette technique avant de sentir quelque chose nous percuter à l'arrière, manquant de me faire lâcher le bord de ma feuille.

Tarsi a de nouveau émis un cri strident, et quelqu'un a grogné en jurant : "Faites gaffe !"

Je me suis tourné, Karl et Mindy étaient juste derrière nous, affichant tous les deux une expression mêlant peur et excitation. Tarsi et Mindy se sont invectivées en se taquinant.

"Arrêtez de faire n'importe quoi et demande à Karl d'abaisser le devant de sa feuille dans l'eau, j'ai braillé à

Tarsi. Fais-le ralentir et demande-lui de passer le message derrière."

Elle a ajusté sa prise autour de ma taille avant de se tourner pour expliquer ça aux autres. J'ai gardé le bord de la feuille relevé, lâchant juste d'une main pour essuyer, sur mon visage, les gouttes d'eau qui m'obstruaient la vue. Nous avons rapidement repris de la vitesse, et les petits cris ravis de Mindy se sont éloignés au fur et à mesure que Karl ralentissait leur feuille.

"C'est marrant !" a crié Tarsi en m'enlaçant le torse.

J'ai éclaté de rire et ai essayé d'estimer notre altitude par rapport au sol afin de déterminer quelle était notre vitesse de descente. Déjà, d'après mes rapides coups d'œil sur le côté du tunnel, je constatais que la canopée s'éloignait au-dessus de nous. J'ai essayé d'évaluer la distance jusqu'en bas. Au mieux, ce que je pouvais dire, c'est qu'on était déjà pas mal descendus. On avait peut-être parcouru un dixième de la distance. Nous avons dépassé une colonne de vinnies, côté cœur de l'arbre, et Tarsi et moi nous sommes écartés quand leurs soies nous ont frôlés.

"Je veux recommencer !" elle a crié dans mon oreille.

J'ai secoué la tête en repensant à l'ascension éreintante. Puis je me suis rappelé qu'une fois mes réticences et mes peurs dépassées, il avait été agréable de chevaucher le vinnie. Je me suis mis à réfléchir au fait qu'on pourrait monter et descendre de la canopée sans grande difficulté – puis je me suis souvenu du tremblement de terre et de la panique. Ce qui m'a ramené à mes premiers doutes, et je me suis promis de ne plus jamais quitter la terre ferme si je pouvais simplement y parvenir sain et sauf.

Ce qui nous avait presque pris une journée d'ascension, nous l'avons descendu en moins de deux heures. Au-dehors, la terre se rapprochait et j'ai abaissé le bord avant de notre feuille, projetant plus d'eau encore pour nous ralentir. Tarsi a poussé un grognement déçu.

Juste avant la fin de la descente, nous avons atteint la rive d'une grande mare où l'eau de pluie détournée s'était amassée dans le cul-de-sac du tunnel.

Bondissant de notre feuille, nous avons sauté par le trou le plus proche pour atterrir, au milieu des éclaboussures, sur la mousse détrempée. Dès que nous avons libéré le chemin, Karl et Mindy se sont arrêtés en riant et en essuyant leurs visages mouillés. Nous les avons aidés à passer le bord pour descendre dans la clairière faiblement éclairée. Un autre équipage est arrivé bien trop vite ; il a percuté la surface de la mare, envoyant des gerbes d'eau par plusieurs fentes de l'écorce. Samson et Leila sont tombés du bout du tunnel sur une cascade d'eau, suffoquant, pris d'un fou rire incontrôlable.

Avançant sous la pluie, j'ai soulevé le rabat de mon petit sac de toile pour m'assurer que son contenu était resté sec. Tarsi, les cheveux collés sur le front, a essoré le bas de sa chemise.

J'ai contemplé au loin les montagnes mais, depuis notre position plus basse, la mine n'était pas visible. Ce que je voyais en revanche, c'était que nous étions bons pour un campement pourri… ou une marche épuisante sous l'eau.

“Qu'est-ce qu'on va faire maintenant ?” j'ai demandé à Tarsi.

Elle a haussé les épaules avant de se tourner vers l'arbre. “Pourquoi les autres mettent autant de temps ?” elle a demandé.

27

ENSEMBLE

“Est-ce qu’on doit construire un abri ? a demandé Karl en prenant une feuille à Leila qui est repartie vers le tunnel en chercher une autre. Ou bien on essaie d’allumer un feu ?

— Au moins, on ne manquera pas d’eau”, a déclaré Mindy en montrant les cascades se déversant des dernières fentes dans l’écorce. Tout autour de la base de l’arbre, la mousse s’était transformée en une petite mare où s’amassait le trop-plein d’eau.

“Euh, à propos d’eau, a dit Samson. Je ne la boirais pas à votre place.

— Pourquoi ? a demandé Leila en déposant une autre feuille sur la pile.

— Elle n’est pas, euh, propre, il a répondu à voix basse.

— Qu’est-ce que tu as fait ? a demandé Tarsi.

— Je crois que j’ai un peu pissé dans ma culotte…

— Tu as quoi ?

— Quand on a dépassé ce premier vinnie, il a marmonné en essayant de se défendre. En tout cas, ce n’était pas grand-chose.

— Beurk.

— Je suis désolé.

— J’étais assise juste derrière toi, a protesté Leila.

— J’ai dit que j’étais désolé.”

Tarsi et moi nous sommes baissés pour nous occuper des feuilles tout en rigolant de cette discussion.

“Heureusement qu’on a rempli nos gourdes là-haut”, elle m’a glissé. Attrapant chacun les côtés d’une feuille, nous avons entrepris de lui donner la forme d’un V à l’envers afin de créer un endroit sec où entreposer nos affaires. Malheureusement, les bords de la feuille étaient trop fragiles et mouillés pour rester en place.

“J’ai une idée”, a dit Tarsi en courant chercher la machette de Karl. En revenant, elle a scié dans l’épaisse tige qui courait le long de la feuille avant de la casser en laissant la surface cirée intacte. Puis elle a plié la feuille à l’endroit de l’entaille, plantant le bout de la tige dans la mousse d’un côté et enterrant la pointe de la feuille de l’autre. La raideur de la tige a permis de garder les deux côtés dressés, formant ainsi une sorte de tente, presque assez grande pour que quelqu’un puisse se recroqueviller dessous.

“Pas mal, j’ai dit en admirant la simplicité de son œuvre.

— C’est mieux que pas mal”, elle a rétorqué, les mains sur les hanches, la pluie gouttant des mèches de ses cheveux. J’ai éclaté de rire et l’ai prise dans mes bras, savourant le fait qu’on se fiche d’être tous les deux trempés.

“Où sont les autres ? a demandé Leila.

— Bonne question, a répondu Karl en se dirigeant vers l’arbre. Jorge et Vincent étaient juste derrière nous. Et Kelvin était censé fermer le convoi.”

L’inquiétude dans la voix de Karl et le fait de penser à Kelvin ont généré en moi un léger sentiment de panique. J’ai abandonné notre tente de fortune pour me ruer vers l’arbre, pénétrant par la quatrième ouverture à partir du sol. Le rebord à cet endroit était assez bas pour que je puisse me pencher à l’intérieur du tunnel, mais pas suffisamment pour que la mare puisse déborder. J'ai passé la tête pour jeter un coup d'œil dans le tunnel moucheté par la lumière se déversant des ouvertures régulières. Néanmoins, il m'était impossible de voir au-delà des neuf premiers mètres.

Par-dessus le crépitement de la pluie et le bruit de l'eau coulant dans le tunnel, il m'a semblé qu'un sifflement résonnait dans le tube – comme un souffle mouillé poussant entre la langue et les dents. Quelqu'un glissait dans notre direction.

“Les voilà !”, j'ai hurlé vers les autres. Juste au moment où je me retournais, quelque chose est arrivé à toute vitesse. J'ai à peine vu la forme filer dans une brume de gouttelettes avant d'atterrir dans la mare, plus bas, au milieu des éclaboussures. Mais j'en avais suffisamment vu pour constater qu'il n'y avait personne sur la feuille – la forme était bien trop grosse.

“Bon sang mais qu'est-ce que c'est ?” a demandé Karl.

Un petit vinnie flottait dans la mare, occupant les deux dernières fentes. Il était mort. Le devant de la feuille avait été recourbé sur sa tête et noué à l'aide d'un morceau de corde.

“Ces salopards se sont arrêtés pour aller chasser”, a dit Karl.

Leila a passé la tête entre nous pour voir. “Beurk”, elle a fait avant de reculer.

Par-dessus le clapotis de l'eau à nos pieds, j'ai perçu le sifflement annonçant d'autres arrivées. Regardant vers le haut du tunnel, j'ai vu une forme qui se dirigeait vers nous mais, cette fois, accompagnée du bavardage et du rire de passagers humains.

Jorge, Vincent et Kelvin sont arrivés sur une même feuille que Jorge a ralentie avec expertise avant d'atteindre le bord de la mare. Quand ils ont bondi en dehors du tunnel par l'ouverture voisine, je me suis rué à la rencontre de Kelvin pour lui offrir une accolade trempée.

“Désolé de vous avoir fait attendre, il a dit en me donnant une tape dans le dos.

— Pas de problème, j'ai répondu. Il se pourrait que j'aie assez froid et que je sois suffisamment affamé pour goûter de cette viande. Si on arrive à allumer un feu, en fait.”

Tarsi nous a rejoints en courant et a pris ma place dans les bras de Kelvin, mes deux amis se serrant l'un contre l'autre. En passant près de nous, Jorge m'a assené une claque sur l'épaule. Il m'a adressé un léger sourire avant de poursuivre son chemin, c'était la plus grande marque d'affection qu'il m'ait manifestée depuis notre évasion. J'ai mis ça sur le compte de l'euphorie post-descente.

Kelvin s'est éloigné pour aider les autres à hisser l'imposante créature à travers une des ouvertures du tunnel. Tous grognaient en maudissant la masse imbibée de la bête.

“Désolé d'avoir gâché notre réserve d'eau, a dit Kelvin au moment d'une pause dans leurs efforts.

— Ne t'en fais pas, s'est esclaffé Mindy. Samson l'a salie avant vous.” Elle a raconté l'incident embarrassant, ce qui a mis un terme à l'entreprise en cours quand tout le monde s'est plié en deux, pris de fou rire.

Tout le monde, à l'exception de Vincent qui se tenait à l'écart, les yeux levés vers le voile gris formé par les gouttes. Quand je l'ai repéré, j'ai cessé de rire avec les autres. Je me suis soudain senti minable de me réjouir à ce point d'être en vie alors que Vincent était incapable de penser à autre chose qu'à Britny.

Il a pivoté comme s'il cherchait quelque chose du regard dans la frondaison qui nous surplombait.

Je l'ai regardé cligner des yeux sous la pluie battante.

“Ça ne sert à rien”, a décrété Karl. Il a posé sa machette pour essuyer l’eau de son visage. Il était le troisième à tenter de lancer un feu, projetant des étincelles dans le tas de fibres de fruit-bombe sous l’une des petites tentes de Tarsi. C’était aussi le troisième qui abandonnait.

Le vinnie avait été traîné sur la mousse à environ dix mètres de là, avant d’être grossièrement nettoyé. Bizarrement – et c’était peut-être juste parce que j’avais de plus en plus faim –, ces préparatifs me mettaient moins mal à l’aise puisque la créature était arrivée morte. Même si je savais qu’elle avait été tuée tout aussi violemment et très récemment, le fait que cela m’ait été caché me rendait l’épreuve plus acceptable. Comme si quelqu’un d’autre pouvait endosser ma honte et la porter.

Quelle que soit la raison de ma réaction, nous avons découpé, dans le corps de la bête, des steaks tout frais que nous avons ensuite emballés dans des feuilles déchirées, et j’ai même éprouvé une pointe de désir à l’idée d’en manger un morceau. Mais hélas, nous n’avions pas de feu pour faire cuire la viande.

“Je serais d’avis qu’on se dirige vers la mine”, j’ai dit aux autres entre deux claquements de dents. Tarsi a passé le bras autour de moi pour me frotter de l’épaule au coude, s’efforçant de faire disparaître mes frissons. Nous avions tous froid, nous étions tous trempés, et nous prenions peu à peu conscience que nous allions passer une journée puis une nuit terribles si nous restions là et qu’il continuait de pleuvoir.

“On ferait tout aussi bien de marcher, a reconnu Kelvin en regardant vers les montagnes, se protégeant les yeux de la pluie insistante. Quelqu’un sait dans quelle direction est la mine ?

— Il faut contourner un peu l'arbre dans le sens de la montée du tunnel, puis c'est tout droit, a déclaré Mindy avec désinvolture.

— Tu as vu ça en descendant ? a demandé Kelvin.

— Quatorze fois, elle a répondu, repoussant les cheveux de son front en nous regardant tous. Quoi ? Aucun de vous n'a suivi ?

— Non, mais on est ravis que tu l'aies fait, a dit Samson.

— Tout le monde est d'accord pour qu'on se mette en marche ?" a demandé Tarsi.

On s'est tous regardés, dégoulinants, même ceux qui brandissaient des morceaux de toile ou des feuilles déchirées au-dessus de leur tête en guise de parapluies. Nous étions peut-être tremblants et trempés, essayant encore de surmonter la mort d'une amie, mais nous paraissions avoir meilleur moral que quelques jours plus tôt, alors qu'on travaillait sur la fusée. Il y a eu des hochements de tête unanimes et des murmures d'approbation. J'ai bu à ma gourde avant de la passer à Tarsi. Jorge est passé devant nous pour prendre la tête, et nous avons entamé la lente marche trempée autour de l'arbre, en direction de la mine de la colonie.

Au bout de quelques heures de randonnée, Mindy a donné des directives à Jorge, et nous avons dévié de la base de l'arbre vers les montagnes. Il s'est passé quelques minutes avant qu'on voie ce qui avait provoqué le changement de direction – puis j'ai aperçu un module à travers la pluie. Deux véhicules étaient stationnés non loin, immobiles et sans aucune vie alentour.

Près de moi, Kelvin s'est penché contre la pluie, hissant la feuille dont il se servait pour se protéger la tête.

Il m'a assené une tape sur l'épaule en désignant quelque chose du doigt.

"Je vois", je lui ai dit.

Les bavardages ont repris dans le groupe et nous avons accéléré le pas. J'ai scruté, à travers les gouttelettes, l'enchevêtrement du dessous de la canopée. Difficile de croire que peu de temps auparavant nous nous trouvions aussi haut. Puis regardant devant nous, vers la fin incroyable du couvert des arbres, il m'a semblé encore plus étonnant que nous puissions bientôt de nouveau marcher sur la terre en voyant le ciel au-dessus de nous. Même s'il était encore encombré de nuages.

L'heure du déjeuner était passée depuis longtemps quand nous avons atteint le site de la mine, mais aucun d'entre nous n'avait suggéré qu'on s'arrête pour manger. Quand nous avons quitté le couvert de la canopée, la mousse a laissé place à un entrelacs de hautes herbes et d'arbustes.

On distinguait la vague ligne d'une route boueuse serpentant vers les arbres, et probablement vers notre lointaine colonie. Les herbes qui le bordaient donnaient au chemin un air abandonné et négligé. Une petite zone autour du module et des tracteurs avait été dégagée de tout ce qui pouvait y pousser ; la terre tassée et piétinée me rappelait la base.

Nous avons marché droit vers le module, espérant pouvoir y entrer pour nous mettre à l'abri de la pluie. Plusieurs d'entre nous, en début de file, se sont mis à crier les noms de Peter et Mica.

Jorge s'est arrêté près de la porte du module et a trituré un moment le loquet avant de se tourner vers Karl qui se tenait derrière, dégoulinant.

"Fermé", il a annoncé.

Kelvin et moi avons fait le tour en quête d'une fenêtre ou d'une autre porte, mais en vain.

"Allons au moins nous mettre sous un des tracteurs", a proposé Tarsi en nous rattrapant.

Revenus devant le module, quelques autres du groupe avaient eu la même idée. Nous les avons rejoints sous un des bulldozers de l'exploitation minière ; à cause des chenilles, l'espace y était bien plus bas que sous les tracteurs à pneus de la base.

"Ils ne sont peut-être pas venus par ici, a dit Mindy.

— Quelqu'un saurait comment on peut forcer la porte ?" a demandé Karl.

Kelvin a tapé du poing contre le dessous du tracteur. "On pourrait se servir de ça.

— Pour nous abriter ou pour ouvrir le module ?

— Peut-être les deux ?

— Je vais voir s'il est ouvert", j'ai dit en ressortant en courant sous la pluie. Puis j'ai pivoté avant de plonger la tête par l'arrière du bulldozer pour m'adresser aux autres en dessous : "S'il démarre, ne bougez pas. Je ne le ferai pas rouler."

Des rires nerveux se sont élevés de sous le tracteur et m'ont suivi alors que je montais l'échelle suspendue après les chenilles. J'ai grimpé en agrippant mes doigts entaillés aux barreaux glissants.

Dès que j'ai posé le pied sur la plateforme, j'ai été pris de nostalgie, ou tout du moins d'un sentiment de familiarité. Au-dessus du pont, le véhicule de la mine était identique à notre tracteur de construction ; le fait de me tenir là m'a submergé de souvenirs.

J'ai essayé la poignée mais la portière était fermée. Mettant mes mains en coupe autour de mon visage, je me suis appuyé contre la vitre pour scruter le tableau de bord à l'intérieur, cherchant la moindre indication que le tracteur fonctionnait. On pouvait sans doute casser la vitre à l'aide d'une pierre – je me suis tourné pour voir s'il y en avait de grosses dans la boue, en contrebas.

Et c'est alors que j'ai vu Peter qui courait vers nous.

J'ai descendu l'échelle à toute vitesse et je me suis laissé tomber de plusieurs barreaux au beau milieu d'une mare avant de me ruer à sa rencontre.

"Porter !" il a crié dès qu'il m'a reconnu.

Je lui ai serré les bras en lui adressant un sourire radieux, la pluie commençait tout juste à le mouiller. "Où est Mica ? j'ai demandé.

— Dans la mine, au sec. Elle…" Il a secoué la tête en regardant derrière moi, vers les bulldozers. "Qui est avec toi ? Est-ce que Julie est là ? C'est Colony qui vous envoie ?

— Colony ne nous a pas envoyés, j'ai répondu. On s'est échappés, comme vous." J'ai songé à son autre question, et au fait que Julie était ce qui se rapprochait le plus d'un médecin. "Mica va bien ? j'ai demandé en l'emmenant vers le tracteur.

— Elle s'est blessée à la poitrine en tombant là-haut, sur la canopée. Elle… Allons tous dans la mine. Est-ce que Julie… ?

— Elle n'est pas avec nous", j'ai répondu. Nous avons penché la tête sous l'arrière du bulldozer, et la coquille métallique a résonné de cris de joie quand tout le monde a reconnu Peter. J'ai aidé Tarsi à sortir de sous le véhicule, et les autres ont suivi, saluant chacun leur tour Peter en lui transmettant à chaque étreinte un peu plus d'humidité et de boue.

"Où est Mica ? a demandé quelqu'un.

— Rassemblez vos affaires, a dit Peter. Allons dans la mine où on sera au sec. Par là." Il est parti en courant sous la pluie battante.

Nous avons traversé des mares de boue dans son sillage ; j'ai couru volontairement dans plusieurs flaques afin de me débarrasser de la terre tassée entre mes orteils. Tarsi et Kelvin – ce dernier peinant sous son lourd sac rempli de viande crue de vinnie – couraient à côté de moi.

À quelques centaines de mètres après la clairière, là où la façade rocheuse d'une petite élévation se dressait dans les herbes, on discernait à peine l'ouverture de la mine. Je ne l'ai localisée que parce que je regardais dans la direction que prenait Peter.

La bouche de la mine n'était qu'un rectangle noir sur la roche charbonneuse ; on aurait dit une ombre projetée sur une ombre. Puis en nous rapprochant, j'ai pu découvrir le trou parfaitement carré découpé par les bulldozers. Nous nous sommes empressés d'entrer, traversant une flaque d'eau de pluie nous montant aux tibias avant de gravir une inclinaison douce. Plus loin, la mine s'aplanissait avant d'entamer sa chute dans la montagne.

Au sommet de la montée, un feu mourant laissait échapper un peu de fumée sans quasiment produire la moindre lumière. Une forme était allongée près du feu. J'ai secoué la tête et ai enlevé ma chemise, la tordant pour en extraire l'eau tout en approchant de Mica. Kelvin et Tarsi se sont avancés avec moi ; les autres se sont arrêtés près de la mare pour nettoyer la boue de leurs pieds.

Nous nous sommes blottis tous les trois autour de Mica qui avait les yeux clos et les mains serrées sur le sternum. Peter nous observait d'en bas, là où les autres le bombardaient de questions, leurs voix résonnant sur les rochers.

Les paupières de Mica se sont entrouvertes ; elle a levé le regard vers nous, écarquillant les yeux de surprise.

“Kelvin ? Porter ?” Sa voix n’était rien de plus qu’un murmure.

“Qu’est-ce qui ne va pas ? j’ai demandé en m’agenouillant près d’elle.

— J’ai une côte cassée, je crois.” Elle s’est mise à tousser, tirant ses épaules en arrière tandis que sa poitrine se soulevait du lit d’herbes en dessous. J’ai grimacé devant la douleur visible sur son visage alors qu’elle luttait pour réprimer les spasmes. Posant les mains sur son bras, j’ai regardé Peter au bas de la pente au moment où il s’excusait auprès des autres avant de se ruer vers nous.

“Que s’est-il passé ? a demandé Kelvin.

— Elle est tombée dans un trou de la canopée, il a expliqué d’une voix rauque. J’ai pensé que c’était juste un hématome. Mais ça n’a fait qu’empirer.”

Peter s’est joint à nous ; il a tendu la main vers une gourde d’eau qu’il a portée aux lèvres de Mica. Elle lui a fait plaisir en buvant quelques gorgées avant de lui faire signe de s’écarter.

“On peut avoir une infection sans plaie ouverte ?” nous a demandé Peter.

J’ai haussé les épaules.

“Je n’en sais rien, a répondu Tarsi, mais il peut se passer plein de choses dans son corps.” Attrapant le bord du haut de Mica, elle l’a remonté sur son ventre jusqu’à ses seins. Puis elle a lâché le vêtement en portant la main à ses lèvres – nous sommes tous restés bouche bée devant ce que nous avions sous les yeux.

Nous étions habitués aux conséquences de la malnutrition, mais on avait l’impression que Mica n’avait pas mangé depuis des jours. Ses côtes étaient des arêtes ; ses muscles étaient concaves. Quand elle a pris une profonde et douloureuse inspiration, je m’attendais presque à voir sa colonne vertébrale surgir sur la peau tendue de son ventre émacié. La vilaine contusion sur sa poitrine se contentait de transformer le triste en affreux. Un côté du torse de Mica présentait une dizaine de nuances de violet, noir et rouge. On aurait dit qu'un hématome avait pris vie et s'était propagé à la manière d'un virus.

"C'est plus que cassé, a dit Kelvin. Tu es tombée de combien de mètres ?"

Mica a subitement tourné le regard vers Peter qui a jeté un coup d'œil à Kelvin. "Trois mètres ? Peut-être plus ?"

Kelvin m'a lancé un regard noir, songeant sans doute que j'avais de la chance de ne pas être dans le même état que Mica.

"Je ne sais pas quoi faire, a poursuivi Peter. Quand je vous ai vus, j'ai pensé qu'un groupe de la colonie venait nous ramener à la base. Une partie de moi… en fait, j'espérais que vous…"

Mica l'a chassé d'un geste de la main avant de se remettre à tousser, et nous nous sommes tous aussitôt tendus. Les os et l'hématome paraissaient se tortiller sous sa peau à chaque spasme. Peter, posant la main sur le cou de Mica, a porté de l'eau à ses lèvres tandis que plusieurs de notre groupe nous rejoignaient sous le piteux prétexte de se rapprocher du feu. Leila, accroupie, a tapoté le pied de Mica et lui a chuchoté un bonjour.

"Qu'est-ce que tu espérais ? j'ai demandé à Peter.

— Que vous nous ramèneriez à la colonie pour la soigner, il a répondu.

— Je préférerais mourir ici", elle a lâché d'une voix rauque.

Le feu n'était plus qu'un tas d'herbes se consumant lentement. Il y avait bien des buissons d'arbustes, au-delà du bord de la canopée, qui paraissaient pouvoir fournir un peu de bois, mais tout avait été imbibé par la pluie. Nous avions besoin de nous sécher, de nous alimenter et de nous reposer.

“Je ne te laisserai pas mourir ici, alors cesse de parler comme ça, a dit Peter à Mica. Ne parle plus.” Il a gentiment rabaissé son haut sur son ventre avant de se tourner vers nous. “Si vous n’étiez pas arrivés, je pensais forcer la cabine d’un des tracteurs et utiliser la radio pour signaler à Hickson où nous trouver.”

Mica a secoué la tête sans rien dire.

“Il est tout aussi capable de l’abattre que de la remettre sur pied.

— Il faut qu’on entretienne ce feu, j’ai suggéré. Que tout le monde puisse se sécher, et qu’on puisse donner de la nourriture correcte et de l’eau à Mica.

— De la nourriture correcte ? a demandé Peter en nous dévisageant. Vous avez autre chose que des fruits-bombes ?

— De la viande de vinnie, a répondu Kelvin, en balançant son sac sur le côté pour en sortir un des morceaux enveloppés dans une feuille.

— C’est comme ça que vous appelez les duveteux ? a demandé Peter.

— Oui, en l’honneur de Vincent. Mais je préfère les duveteux. Ou simplement les chenilles à cul géant.

— Pendant que vous jouez aux taxinomistes, je vais m’occuper du feu, j’ai déclaré. J’ai besoin de ta machette.” J’ai tendu la main vers Kelvin qui m’a présenté l’outil, manche en avant.

“Tu as repéré du bois sec ? il a demandé.

— J’espère qu’il sera juste mouillé à l’extérieur, j’ai répondu. Je vais faire le tour de certains arbustes dehors, en rapporter ici pour en ôter l’écorce.

— Bonne idée. Je vais t’aider.

— Bon, alors je retourne sous la canopée pour aller chercher des fruits-bombes, a proposé Tarsi. Il nous faut la coquille pour allumer le feu."

J'ai tourné le regard vers l'entrée de la mine, et l'orée des bois au loin. Il lui faudrait au moins une heure pour atteindre la lisière de la canopée et revenir. J'avais envie de m'opposer à cette idée mais je savais qu'elle avait raison. J'ai cédé. "Emmène quelqu'un avec toi."

Tarsi a souri avant de déposer un bisou sur ma joue. Kelvin et moi avons descendu la légère pente pour aller embaucher quelques gars près de la mare. Nous avons pataugé ensemble dans l'eau avant de ressortir sous la pluie, tellement déterminés à aider Mica qu'on avait complètement oublié notre épuisement, le fait que nous avions froid et que nous étions trempés.

Mais il y avait autre chose que j'avais oublié dans toute cette agitation : c'était le bruit de moteur de tracteur que j'avais entendu depuis la canopée. Celui qui progressait lentement, régulièrement, dans notre direction, en contournant les arbres immenses.

TROISIÈME PARTIE

RETOUR À NOS RACINES

28

LE PUITS

Les flammes dansaient et léchaient l'air en projetant des ombres sur les parois de la mine abandonnée. À deux, nous pelions aussi vite que possible l'écorce, mais nous étions à peine capables de suivre le rythme du feu. En attendant, quand il a fallu se déshabiller pour faire sécher les vêtements, les membres de notre groupe, tous nés nus et au même moment, ont fait de leur mieux pour surmonter les tabous innés. Nous avons suspendu nos habits sur des branches mouillées, près du feu ; embrochée sur des bâtons plus petits, taillés en pointe, la viande de vinnie cuisait directement au-dessus des flammes grandissantes, et l'odeur de protéine carbonisée a empli la mine ; il nous a même été difficile d'attendre que la viande soit complètement cuite.

Quand on m'en a apporté un morceau, j'ai laissé tomber ma machette et mes scrupules, et j'ai dévoré. La charge d'endorphines qui a traversé mon cerveau a été si forte que la tête m'en a tourné de joie. Et grâce à la viande, à la chaleur et à l'eau, Mica semblait aller mieux. Peter s'occupait d'elle sans plus penser à lui ; on l'a forcé à manger et à boire alors qu'il conseillait à Mica de prendre de petits morceaux et de les mâcher lentement.

Après avoir aidé à arranger les vêtements mouillés, Tarsi est venue nous assister, Kelvin et moi, dans la préparation du bois pour le feu. Je n'ai pu m'empêcher de remarquer la façon dont Kelvin jetait des regards en douce vers la nudité de Tarsi. Et je me suis surpris à faire la même chose avec lui, ma jalousie laissant place à la gêne et à l'excitation.

"C'est dommage qu'on ne puisse pas rester ici, a déclaré Tarsi en s'agenouillant, les bras croisés sur ses seins. Colony va finir par nous rechercher, vous ne croyez pas, les gars ? Ils vont peut-être reprendre l'extraction minière, si la base parvient à s'installer complètement.

— Je suis d'accord, j'ai dit. J'en ai marre de fuir, mais on va devoir bouger dès que la pluie cessera et que Mica se sentira mieux.

— Il se pourrait qu'on soit obligés de la porter, a fait remarquer Kelvin. Je pense…

— Un tracteur !" a hurlé quelqu'un. Nous avons regardé vers l'entrée de la mine, Karl courait dans notre direction. Il a décroché sa chemise d'une des branches et l'a enfilée avec peine. "Un tracteur se dirige vers nous, il vient de la canopée."

Nous nous sommes empressés de nous rhabiller et de finir de manger. J'ai attrapé une des gourdes avant de jeter un regard vers le feu – j'ai hésité puis je l'ai arrosé à regret. Kelvin a fait de même avec celui près de Mica.

"Il faut qu'on s'enfonce dans la mine, a dit Karl.

— On a laissé des traces partout dehors, a réagi Leila. Ils sauront où on est.

— Plutôt *où on était*. Ils penseront peut-être qu'on est partis.

— Allez-y, les gars, a lancé Peter. Mica et moi, on reste ici. Je veux qu'elle reçoive des soins, de toute façon."

Mica a commencé à protester avant de se mettre à tousser, son atroce douleur sensible jusque dans ses grognements et ses raclements de gorge.

“On peut la porter, j’ai dit à Peter. Venez avec nous.

— Allez-y, il a rétorqué en secouant la tête. On ne vous a jamais vus. Je prendrai la responsabilité de toutes les traces ici et dehors.”

Le tracteur approchait, le grondement régulier du moteur s’intensifiant comme le tonnerre qui approche lentement. Tarsi s’est agenouillée près du feu et a remonté la lampe torche dont les pièces avaient été étalées pour sécher. Une fois allumée, la lampe a émis un faisceau bien net. Tarsi me l’a tendue. Les autres ramassaient leurs dernières affaires, et j’ai remarqué qu’encore une fois, ils me regardaient tous comme si je savais où les conduire.

“Partez, a insisté Peter.

— Va avec eux, a dit Mica d’une voix rauque. Laisse-moi ici.”

Il m’a lancé un regard – les yeux fixes, les mâchoires serrées – qui m’a fait comprendre qu’on ne le raisonnerait pas. Ni moi ni Mica. Je me suis penché pour embrasser le sommet du crâne de Mica. Peter m’a tendu une main que j’ai serrée. “Ne fais rien de stupide, je lui ai dit. S’ils ne viennent pas voir, ne va pas à leur rencontre. On vous fera sortir de là.

— Je laisse notre sort entre leurs mains, il m’a répondu en hochant la tête.

— Merci.” Je lui étais reconnaissant d’accepter ce compromis.

J’ai pris mon sac avant de me tourner pour me joindre aux autres, et nous nous sommes tous enfoncés dans la mine. Balançant la lampe torche d’avant en arrière, je leur éclairais le chemin. Derrière nous, le grondement du tracteur s’amplifiait, et la plainte du moteur emplissait le puits dans la pierre de bruits puissants et enragés. Nous avons accéléré le pas, suivant le tunnel qui descendait dans la montagne, nous efforçant de mettre autant de distance possible entre nous et ceux qui venaient nous chercher.

Quand le moteur s'est brutalement arrêté, le silence qui a suivi était aussi lourd de danger que les grondements qui l'avaient précédé. Nos bavardages nerveux se sont tus, et nous nous sommes efforcés d'avancer plus vite et sans bruit. Jetant un regard par-dessus mon épaule, j'ai constaté que je ne voyais plus la lumière de la bouche de la mine, désormais cachée par la légère côte de l'entrée. Malgré tout, je craignais que nos invités indésirables ne repèrent le faisceau lumineux, car il dansait telle une flamme visible par quiconque jetterait un regard dans le puits. Posant ma main sur la lentille, j'ai laissé filtrer juste assez de lumière entre mes doigts pour voir où je posais les pieds. J'ai senti des mains agripper mes épaules quand les membres du groupe se sont accrochés les uns aux autres pour avancer d'un seul bloc.

De temps à autre, je faisais courir la lumière sur les parois en quête d'un renfoncement ou d'un passage latéral que nous pourrions emprunter. Rien. Devant nous, les ténèbres paraissaient s'étirer sans fin alors qu'une colonne d'air frais nous soufflait au visage comme si la montagne expirait.

Nous avons entendu des cris derrière nous, des voix qui échangeaient en hurlant, et j'ai su que Mica et Peter avaient été découverts. Alors que nous nous enfoncions davantage d'un pas traînant dans l'obscurité froide et effrayante, je me suis répété que le danger se trouvait *derrière* nous, mais cette illusion était de plus en plus difficile à soutenir. Le trottinement de nos pieds résonnait tel le tonnerre à mes oreilles ; le bruit devait exploser derrière nous, vers les gens de la colonie, il devait trahir notre présence. Je me suis demandé si nous ne devions pas nous arrêter pour attendre en silence, et nous mettre uniquement à courir si on entendait nos poursuivants approcher. Me tournant pour chuchoter mon idée à Kelvin, je n'ai absolument pas vu la chute soudaine du sol de la mine.

Si Tarsi et lui ne m'avaient pas retenu, je serais tombé la tête la première. Le groupe s'est arrêté dès l'instant où nous nous sommes affalés au sol tous les trois, plusieurs autres nous percutant et s'écroulant en tas. Des grognements et des chuchotements de protestation ont aussitôt généré une volée de "chut" de la part des autres. Nous nous sommes désemmêlés, et je me suis mis à ramper, le faisceau lumineux braqué sur le sol.

Devant nous, la surface régulière de la mine s'arrêtait et se creusait pour rejoindre une ouverture plus large. M'approchant du bord, j'ai éclairé la dépression. Une grande salle s'ouvrait en bas d'une pente abrupte de quatre mètres. Kelvin est venu se placer à côté de moi pour regarder lui aussi. Je l'ai tapoté dans le dos, puis ai désigné le bas avant de passer mes pieds sur le bord. Lui aussi m'a tapoté le bras mais pour désigner la lampe torche. Hochant la tête, je la lui ai donnée et il a éclairé mon chemin, protégeant le haut du faisceau de la main pour réduire notre exposition. Me repoussant du bord, je me suis laissé glisser en trébuchant jusqu'au fond. Arrivé en bas, je me suis tourné pour leur adresser un signe de la main, puis j'ai rattrapé Tarsi dans mes bras quand elle est descendue à ma suite.

Nous avons alors ralenti l'arrivée des deux camarades suivants ; tout le monde était pressé de sortir du puits. Kelvin est descendu en dernier, claquant fort des pieds sur le sol, ses jambes barattant pour s'adapter à la vitesse de la course. Il m'a rendu la lampe et je m'en suis servi pour explorer les alentours.

Le sol formait un demi-cercle, sans plus aucun des bords droits de l'autre puits. Faisant courir le faisceau sur le mur face à nous, j'ai vu que la galerie continuait de l'autre côté, mais sa pente n'était pas aussi accentuée que celle du puits que nous venions de descendre.

Prenant le risque de plus de lumière, j'ai éclairé la paroi qui formait une arche au-dessus de nous. Nous nous tenions dans une salle parfaitement circulaire. Un courant d'air froid s'est levé sur le côté ; en pointant la lampe dans cette direction, j'ai pu constater qu'il ne s'agissait pas du tout d'une salle. C'était un autre tunnel, mais pas un tunnel naturel. Il ressemblait étrangement à celui que nous avions exploré dans l'arbre, seulement en plus grand.

En bien plus grand.

Quelqu'un a lâché un juron derrière moi. Nous nous sommes blottis les uns contre les autres avec des chuchotements apeurés. J'avais le sentiment que nous nous trouvions sur le chemin d'un tracteur lancé à toute allure, que nous provoquions le destin par notre simple présence. Les cris qui nous parvenaient d'en haut, résonnant dans le puits de la mine, sont devenus le bruit de fond d'un danger bien plus important. Je me suis tourné pour diriger la lampe vers le tunnel, dans l'autre direction ; j'étais terrifié que quelque chose, que je ne pouvais voir, puisse s'y terrer.

Et il y avait bien quelque chose. Pas un monstre, non, juste un éclair de lumière vive – le faible reflet du faisceau de ma lampe. Il y a encore eu des murmures dans le groupe, suivis de "chut" paniqués. M'attrapant le poignet, Kelvin a dirigé le faisceau vers la matière réfléchissante. Nous avons tous avancé d'un pas, nous émerveillant à la vue de l'or pur reposant sur le sol du tunnel – d'épaisses torsades cylindriques d'or. Ce seul tas aurait suffi à fabriquer des centaines de tonneaux ou des milliers de bols. L'amas était de la taille de notre groupe tout entier allongé par terre.

Kelvin s'est avancé pour le toucher. J'allais protester en chuchotant.

Quand un seul coup de feu a retenti.

29

DES CONNAISSANCES

L'écho aigu et sec du coup de feu a résonné en cliquetant sur la roche dense. Nous avons baissé la tête alors que le bruit vibrait autour de nous. La main sur la lampe torche, retenant ma respiration, j'ai attendu le second coup de feu – mais il n'est jamais venu.

Agrippant mon épaule, Kelvin s'est penché vers moi, son souffle dans mon oreille, sa voix à peine audible. "Pas de ricochet", il a dit.

Il a fallu un moment pour que j'intègre la terrible logique de ses paroles. Mon ventre s'est tordu de peur. Je me suis détourné de l'or pour repartir en direction des deux galeries de la mine, traversant notre groupe abasourdi. Parvenu au prolongement du puits, percé en hauteur sur la paroi courbe – la portion que nous n'avions pas encore descendue –, j'ai marqué une pause en attendant que Kelvin et les autres me rattrapent.

Nous nous sommes regroupés, échangeant murmures et injonctions à nous taire, quand le silence a été brisé par le vrombissement d'un moteur de tracteur. Le bruit a changé de ton lorsque le véhicule a passé la bouche de la mine dans le lointain invisible – le rugissement est devenu aigu, plus perçant, pareil au coup de feu. Tarsi m'a rejoint, l'inquiétude lisible sur son visage dans la faible lueur filtrant entre mes doigts. J'ai désigné, sur la paroi courbe, la bouche du puits carré de la mine. Plusieurs d'entre nous essayaient déjà d'y grimper.

Kelvin est monté en courant aussi haut que possible sur la côte mais, au lieu de tendre les bras pour agripper le bord au-dessus de lui, il s'est tourné et a fait signe à Tarsi. Je l'ai poussée vers lui d'une main en éclairant le chemin de l'autre. Ensemble, nous l'avons propulsée vers le rebord sur lequel elle s'est hissée à grand renfort de coups de pied.

J'ai attrapé Mindy et nous avons recommencé la même opération ; le reste du groupe a compris ce qu'il fallait faire et s'est mis à œuvrer pareillement.

Tarsi nous a sifflé quelque chose d'en haut mais, avec le rugissement du tracteur qui se rapprochait, il était impossible de l'entendre.

"Il n'y a pas de place", a averti Mindy en faisant passer le message jusqu'à nous. Jetant un regard par-dessus mon épaule, j'ai aperçu une lumière qui grossissait en dansant dans la bouche du puits que nous avions descendu. On aurait dit un feu, un feu qui grandissait rapidement. Je me suis tourné, oubliant toute précaution, et j'ai levé la lampe torche aussi haut que possible, éclairant la saillie que nous nous efforcions d'atteindre.

Tarsi a juré.

Derrière elle, il y avait des tas de gros rochers et des morceaux de panneaux métalliques tordus. M'appuyant de la main sur l'épaule de Kelvin pour me hisser, j'ai tenté de distinguer ce qui barrait le chemin. Mindy et Tarsi, les seules sur le rebord, se sont tournées pour suivre le faisceau de la lampe. Elles étaient adossées à d'énormes rochers et de gros morceaux de machine brisée.

Malgré l'état de ruine de l'équipement, je l'ai tout de suite reconnu. J'avais peut-être été mis sur la voie par les plaintes du moteur du tracteur qui approchait. Nous

nous trouvions devant les restes d'un engin d'extraction minière au milieu de gravats qui étaient tombés du bord du toit. Au-dessus du tas, je distinguais un passage plus clair vers le tunnel au-delà, mais ramper par ce passage nous prendrait du temps. Il nous faudrait nous y glisser l'un après l'autre en prenant garde de ne pas nous entailler sur le métal coupant.

Soudain Kelvin m'a tiré vers le bas, tâtonnant à la recherche de la lampe. J'ai tout d'abord protesté en le repoussant, puis j'ai vu la lumière vive qui grossissait derrière nous. Au rugissement du moteur et à la façon dont les phares jouaient sur les roches au-dessus, j'ai deviné que nous n'avions pas beaucoup de temps.

Je me suis tourné pour presser Tarsi et Mindy de descendre nous rejoindre, mais elles étaient en train de hisser une autre personne. Nous nous sommes alors mis à échanger en criant, le rugissement du tracteur était tellement fort qu'il paraissait nous fournir une fausse couverture. La moitié d'entre nous hurlait pour qu'on passe le rebord ; d'autres tiraient en insistant pour que nous courions dans le plus grand tunnel circulaire. Et même ce dernier groupe n'arrivait pas à tomber d'accord. Je me sentais tiraillé dans deux directions à la fois.

Quand les phares se sont posés sur nous, la lumière vive a tranché telle une lame d'acier dans notre indécision. Toutes nos pensées, tous nos plans se sont effondrés – et il n'est resté que notre irrépressible envie de fuir.

Je suis tombé en arrière dans la pente quand quelqu'un m'a entraîné dans sa course. Nos pieds nus claquaient sur la pierre tandis que, dans le tunnel, le groupe se séparait, filant dans deux directions différentes, mes camarades s'éparpillant tels des cafards quand la lumière s'allume soudain.

J'ai éteint la lampe et nous avons progressé à tâtons dans le noir. Devant moi, quelqu'un a trébuché et est tombé en jurant. Nous avons ralenti, cherchant notre chemin de nos mains ; je suis tombé sur un gros objet, froid et doux. La lueur des phares filtrant au coin de la galerie a balayé la surface de…

Encore de l'or.

Jorge – apparemment celui qui avait trébuché – était allongé de l'autre côté du tas doré. Il chuchotait avec virulence en tenant son pied. Le reste de notre groupe s'est rassemblé autour de lui pour essayer de le relever et le tirer vers l'obscurité plus dense. Nous n'étions que quatre, les autres s'étaient enfuis dans l'autre direction, vers le tunnel circulaire.

Au loin, quelqu'un a crié par-dessus le rugissement du moteur, "Stop ! Stop !"

Nous nous sommes figés, tous les membres de notre groupe aussi immobiles que des statues. Les cris ont continué alors qu'une lumière vive emplissait le tunnel derrière nous, illuminant la paroi courbe et la galerie bloquée. Couinements de freins. Les phares ont plongé avant de rebondir vers le haut. J'ai alors compris que les cris ne nous étaient pas adressés ; ils étaient dirigés vers le tracteur – quelqu'un hurlait de freiner avant que la machine ne bascule dans le grand tunnel circulaire.

Une fois la panique passée, notre petit groupe a remonté la paroi courbe éclairée par les phares pour aller se réfugier dans l'obscurité.

On a entendu crier par-dessus le bruit du moteur à l'arrêt : "Quand je dis stop, ça veut dire stop, espèce de connard !"

Le son d'autres voix, celles de camarades colons, a éveillé en moi un étrange mélange d'émotions – une panique teintée de familiarité.

Un claquement de portière, un autre bruit étrange pour nous qui avions quitté la colonie depuis ce qui me semblait être une éternité.

“Je ne t’entendais pas, a crié une deuxième voix. En plus, j’ai vu que le sol s’arrêtait.

— Coupe ce moteur.

— Pour risquer de tuer la batterie ? On a des tonnes de carburant. Et on a besoin de lumière. Le tunnel de l’autre côté est bloqué.

— On va devoir descendre pour aller là-bas.” Le faisceau d’une lampe torche a jailli du rayonnement plus large projeté par les phares. Le cône de lumière a glissé vers nous, nous obligeant à remonter plus haut sur la côte. “Ils ont peut-être emprunté ce plus grand tunnel…

— Attends ! Je viens de voir quelque chose bouger par là-bas.”

La lampe s’est immobilisée avant de rebrousser chemin. J’ai tenté d’identifier la voix ; elle me paraissait particulièrement familière.

“Où ? a demandé l’autre personne.

— Juste en face.

— Tu es sûr que ce n’était pas une ombre ?

— Les ombres ne se déplacent pas à moins que quelque chose se déplace, imbécile. Hé ! Vous là-bas ! Au nom de Colony, je vous ordonne de sortir de là !”

Oliver.

Je n’arrivais pas à y croire. Je n’arrivais pas non plus à croire que sa présence puisse autant m’emplir de peur que celle de n’importe qui d’autre. Excepté Hickson, bien sûr. J’avais le goût de la panique dans la bouche ; je me demandais si je n’aurais pas plutôt dû me sentir soulagé. Mais de tous les colons que j’avais abandonnés en me glissant par le trou de la clôture, Oliver était celui qui avait été le plus proche de moi, et je soupçonnais qu'il devait juger encore plus sévèrement ma trahison. À ses yeux, partir comme je l'avais fait, c'était tourner le dos aux dieux qu'il vénérait.

Une main s'est resserrée autour de mon bras. La puissance de la prise et la réaction à la voix d'Oliver m'ont fait comprendre que Kelvin faisait partie de notre petit groupe. Notre petit groupe détaché d'un autre petit groupe, les miettes d'un autre groupe encore…

"Sortez de là ou on tire", a crié Oliver.

Un profond grondement a suivi. Ma première pensée – qui, rétrospectivement, paraissait folle – a été que mon estomac nous trahissait. Puis j'ai eu peur que Tarsi et Mindy aient fait s'ébouler les gravats si, en effet, elles se trouvaient encore dans la galerie bloquée. Je me suis maudit d'avoir laissé le groupe se diviser, tandis que le grondement augmentait, et qu'une vibration dans la paroi s'ajoutait désormais au vacarme.

J'ai jeté un regard dans le tunnel circulaire sur le côté, et dans l'obscurité. On entendait, au loin, le bruit de la roche qui craque. Derrière moi, un coup de feu a retenti, provoquant aussitôt la tension en spasme de tous les muscles de mon corps. Notre groupe s'est resserré. Nous nous sommes baissés – pas seulement à cause du coup de feu, mais aussi pour garder notre équilibre. La terre bougeait sous nos pieds, noyant le bruit de ferraille du moteur au ralenti et les hurlements d'Oliver.

Me tournant vers la lumière, j'ai vu un éclair sortir du canon et percer l'air, accompagné d'une nouvelle détonation. Le tir a rebondi en sifflant sur la roche, au-dessus de l'autre tunnel.

Par-dessus le grondement grandissant, une des voix a hurlé : "Dernier avertissement ! Sortez de là ! On vous voit !"

Tarsi et Mindy se sont levées derrière la protection des gravats. Depuis l'endroit où nous nous trouvions, je ne les voyais qu'à partir des épaules, les mains levées au niveau des oreilles.

"Approchez", a crié un des garçons de la colonie.

Tarsi a agité la tête, en scrutant le tunnel plus grand de part et d'autre. Elle nous cherchait, mais son geste pouvait passer pour un refus d'obtempérer.

"Approchez ou je tire ! a insisté la voix.

— Vous ne sentez pas le tremblement de terre ? lui a crié Oliver. C'est un signe des dieux, ils veulent que vous obéissiez !"

Un grondement soudain, plus fort, au milieu des vibrations, a paru ponctuer la déclaration audacieuse d'Oliver, lui accordant une sorte de folle approbation. Plongeant de nouveau le regard dans les ténèbres – un courant d'air froid sur ma joue –, j'ai alors eu une révélation écœurante, à la fois terrifiante et évidente.

Ce n'était pas un tremblement de terre qui s'annonçait ainsi.

30

CE QUI CREUSE

Les grondements ont persisté, j'entendais la pierre claquer sur le sol du tunnel cylindrique. De l'autre côté, près du tracteur, les silhouettes se sont mises à échanger en criant et à invectiver Tarsi et Mindy. On les a menacées de tirer encore. Dans notre groupe, nous nous touchions à tâtons, exprimant notre peur à voix basse : nous avions tous conscience que quelque chose se déplaçait dans notre direction. Kelvin m'a serré le bras en tentant de me dire quelque chose, mais il m'était impossible d'entendre par-dessus tous les autres bruits, dont le plus fort désormais était celui de mon cœur pulsant dans mes oreilles.

Je me suis écarté de lui, le besoin de m'enfuir était plus puissant que tout.

“Oliver !” j'ai crié en chancelant dans la lumière. J'ai levé les yeux vers la paroi courbe et la masse du tracteur, plus haut. Ses trois phares brillaient autour des deux silhouettes, des formes totalement noires à l'exception du reflet d'or dans leurs mains. C'étaient les armes. Ils m'ont immédiatement visé.

“Ne tirez pas ! Laissez-nous remonter !” Je me suis tourné vers le groupe en leur faisant signe de sortir. J'ai été obligé de fléchir les jambes, pieds écartés, tandis que les vibrations se transformaient en secousses. “Ce n'est pas un tremblement de terre", j'ai hurlé à Oliver et à tout le monde.

Dans le tunnel opposé, une des filles a poussé un cri strident quand le plafond s'est effondré. Le reste de notre groupe est sorti me rejoindre dans la lumière. Le type à côté d'Oliver s'est mis à nous hurler dessus, agitant son arme dorée. J'ai finalement mis un nom sur son physique et sa voix. Rogers – un des exécuteurs du groupe d'approvisionnement.

"Rogers, Oliver, j'ai crié. Il y a quelque chose qui arrive !" J'ai désigné le tunnel derrière moi. Trois silhouettes, émergeant de l'autre côté de l'obscurité, sont passées en courant devant moi. Leila, Karl et Samson ont entrepris de grimper vers le tracteur, mais les deux exécuteurs leur ont aussitôt crié dessus.

"Reculez !" a hurlé Oliver, agitant son arme vers le groupe. Je me suis tourné : Tarsi et Mindy se tenaient au bord de l'autre puits, les mains levées au niveau des oreilles. De la poussière pleuvait autour d'elles alors que les tremblements se transformaient en violentes secousses. Les phares du tracteur à l'arrêt attrapaient, dans leurs faisceaux, des grains de poussière brillante. Elle tombait partout, telle une cascade de pierre pilée.

"Sortez de là ! j'ai crié à Tarsi, désignant les gravats derrière elles.

— Personne ne bouge !" a rugi Oliver. On l'entendait à peine par-dessus le grondement de roche écrasée. Un coup de feu a retenti, et ceux qui remontaient en courant la paroi incurvée se sont jetés à plat ventre par terre, les mains sur la tête. Je tournais sur place, le bruit et l'agitation provenaient de toutes parts, la peur me clouait au sol. Je me sentais piégé, pris entre plusieurs dangers, alors que le bruit s'amplifiait toujours.

“Oliver, laisse-nous remonter, nous venons en amis, je te jure !”

Les silhouettes se sont concertées ; nous découvrir aussi nombreux les amenait peut-être à réfléchir, et ils craignaient probablement que nous prenions le dessus. Je me suis tourné pour voir si Tarsi et Mindy avaient profité de la confusion pour sortir, mais elles ne bougeaient pas. Un morceau de roche est tombé du plafond pour s'écraser non loin d'elles. Oliver a hurlé vers le bas, nous ordonnant de ne pas bouger avant la fin du tremblement de terre. Autour de moi, tout le monde s'est mis à brailler qu'il ne s'agissait pas d'un tremblement de terre. Quelques-uns se sont même précipités comme des fous vers le puits pour tenter de sortir du tunnel circulaire.

On leur a tiré une balle vers les pieds ce qui les a obligés à s'arrêter et à changer d'avis. Je lisais dans plusieurs paires d'yeux qu'en tant que groupe, ils s'apprêtaient à se ruer sur les exécuteurs, peu importent les coups de feu. Rester là où nous étions nous paraissait l'option la plus dangereuse.

Un rugissement assourdissant a fait voler toutes nos pensées en éclats. Dans le flanc du puits, du côté où se tenaient Oliver et Rogers, un cercle destructeur est apparu. Il a surgi de la roche solide : des rangées concentriques de métal scintillant, qui vibraient et paraissaient broyer ensemble.

Les deux silhouettes se sont tournées et se sont mises à tirer, leurs balles rebondissant en sifflant sur quelque chose de brillant, de métallique et de… *vivant*.

Oliver s'est pétrifié sur place. Rogers a reculé en dirigeant sa lampe vers la créature, ce qui nous a offert à tous le spectacle irréel de l'impossible chose miroitante. Le sol du puits s'est soulevé devant elle, projetant Oliver en arrière. Je l'ai vu tournoyer, les bras au ralenti, un arc d'or chatoyant s'envolant hors de vue quand il a perdu son arme – avant de perdre l'équilibre.

Il a dansé dans le projecteur de Rogers. La scène a penché, un imposant morceau de roche s'est incliné vers la bête. Oliver a tendu les bras comme pour repousser l'indomptable. Cette chose capable de dévorer la roche solide lui a attrapé les mains avant de l'aspirer en avant.

Son corps a émis un bruit net. C'est la peau qui a tout d'abord été arrachée, sa fine doublure tirée d'un coup sec comme dans un tour de passe-passe. Il ne restait plus que la chair et les muscles, puis tout cela a également disparu, emporté dans la féroce mâchoire qui tournait et pulvérisait. Le sang a jailli dans le bruit métallique des os broyés, suivi d'une horrible douche écarlate.

Puis il n'a simplement plus été là…

Oliver n'était rien de plus qu'une tache. Un souvenir. Une forme dans ma mémoire, mais il ne faisait plus partie du monde réel. La formidable bête de métal est passée en rugissant, sans ralentir, et probablement sans rien remarquer. Elle avait rencontré une poche molle, non résistante, au cours de sa balade dans la terre. Un peu d'air paresseux dans lequel mordre. De la chair simplement.

Elle a continué d'avancer, percutant le tracteur qui a explosé en une pluie de pièces mécaniques. Le grognement et le hurlement du métal qui pliait et volait en éclats ont percé le rugissement, noyant les cris de Rogers dont l'existence s'est éteinte aussi rapidement que sa lampe torche.

Ceux d'entre nous qui se trouvaient dans le vieux tunnel ont reculé, s'écartant du mur d'alliage en mouvement tandis que la peau miroitante de la grande créature glissait devant nous. La chose consistait en un imposant cylindre de plaques métalliques ondulantes qui se chevauchaient et frottaient les unes contre les autres, produisant le cri de l'acier contre l'acier. J'ai appelé Oliver, j'ai senti les mots se former dans ma tête, mais je n'ai rien pu entendre dans le maelstrom sonore.

La scène infernale s'est achevée en quelques instants. Puis nous nous sommes retrouvés dans une obscurité emplie du tonnerre qui s'éloignait. J'étais étendu sur le dos, incapable de me rappeler que j'étais tombé. J'ai tâtonné dans le noir à la recherche de ma lampe, l'absence totale de lumière était aussi déconcertante que le ciel bleu, la veille. J'avais la sensation d'être plus qu'aveugle – je me suis senti frappé par l'incapacité de voir jusqu'au vide.

Je me suis cogné contre quelqu'un alors que nous rampions tous dans les ténèbres grondantes et vibrantes. Dans le nouveau tunnel qui était apparu parallèlement au nôtre – percé dans la roche dure –, les rocs se détachaient et cliquetaient au sol. Mettant enfin la main sur le cylindre béni en plastique, j'ai appuyé sur le bouton, laissant échapper un sanglot de soulagement quand l'ampoule s'est allumée. Les corps se sont aussitôt rapprochés tels des insectes nocturnes autour d'une flamme. Entendant quelque chose glisser derrière nous, je me suis tourné : Mindy s'avançait en trébuchant et s'éloignait du rebord. Tarsi a suivi avant que j'aie le temps de lui hurler d'attendre. Elle a glissé tout en bas, courant à toutes jambes, s'accrochant à Mindy pour garder l'équilibre alors que toutes deux nous rejoignaient dans la flaque lumineuse.

"Bordeldemerdebordeldemerde", a marmonné Jorge. Leila et lui étaient dans les bras l'un de l'autre, et nous nous sommes tous recroquevillés sous la poussière qui pleuvait. Sous ma peau, la moindre once de chair paraissait vouloir se ruer dans toutes les directions, mais la coquille terrifiée que j'étais également parvenait malgré tout à contenir tous les morceaux, me maintenant d'un bloc au cœur d'une paralysie apeurée.

Tarsi s'est accrochée à Kelvin et à moi et nous a attirés contre elle. Karl et Mindy se sont levés et tournés vers la lisière de la lumière, scrutant dans la direction prise par le monstre.

"Il faut qu'on sorte de là", a déclaré Karl, la voix haut perché et crispée. Il est revenu vers moi et m'a attrapé le poignet pour diriger la lampe vers la scène de destruction. "Il faut qu'on parte, il a insisté.

— Bordel, qu'est-ce que c'était ?" a demandé quelqu'un.

Me levant à mon tour, j'ai fait courir le faisceau sur la zone où s'était trouvé le tracteur. La paroi incurvée ne montait désormais plus jusqu'au puits carré où s'était dressé l'engin. Elle courait sur la moitié de cette longueur avant de s'ouvrir sur un tunnel parallèle. L'intérieur n'était qu'un nuage de poussière où de plus gros rochers tombaient encore, remuant le brouillard poudreux. Je sentais toujours le sol vibrer sous mes pieds alors que la créature s'éloignait.

"*C'est à cause de ça* que la colonie a été avortée, a déclaré quelqu'un. Pas à cause du minerai."

Je me suis avancé vers le nouveau tunnel, m'attendant à moitié à ce qu'Oliver en passe le rebord, nageant dans la poussière en brandissant son arme dorée, me hurlant de m'arrêter. Une partie de moi désirait que ça arrive. Le reste savait que c'était impossible. Je l'avais vu disparaître. Je l'avais vu de la manière la plus horrible qui soit. Il n'était plus là, et mon esprit continuait de se battre avec cette idée, s'efforçait de l'intégrer.

Les autres se sont réunis autour de ma lumière. Nous avons avancé d'un même mouvement vers le tube parallèle confus et hébétés, main dans la main, formant un réseau silencieux. Jorge l'a rompu en jurant à voix basse quand il a atteint l'endroit où les deux tunnels se rencontraient. Nous l'avons rejoint le long de l'arête nette où la courbe de notre tunnel se levait pour rencontrer la galerie voisine. J'ai braqué la lampe torche dans le nouveau passage, m'émerveillant de la façon dont la créature avait progressé dans la roche plutôt que glissé dans le trou qu'elle avait déjà fait. J'avais été certain qu'elle allait tourner et nous dévorer nous, et pas les gamins – mon Dieu, nous étions tous encore des *gamins* – de la colonie.

“Le tracteur”, a murmuré Kelvin.

J'ai fait courir le faisceau sur le sol du nouveau tunnel. Il ne restait rien d'autre que des petits bouts de métal éparpillés le long des gravats. Cela m'a rappelé le tas de décombres sur lequel Tarsi et Mindy avaient rampé dans le puits, derrière nous.

“Merde”, a chuchoté quelqu'un.

Plusieurs ont passé la crête avant de descendre en traînant les pieds dans le nouveau passage. Étonnamment, le bruit qui s'éloignait et les dernières vibrations ne suffisaient pas à nous tenir à l'écart de la voie fraîchement creusée. Ou peut-être leur présence qui s'atténuait nous rassurait sur les déplacements de la bête.

“Par ici”, a dit Jorge. Il m'a attrapé le poignet pour diriger encore une fois la lampe. Je me suis laissé faire, éclairant le sol dans la direction prise par la créature. Quelque chose émettait une faible lueur – un petit morceau d'or. Jorge a couru le ramasser. “C'est une des armes.” Il a voulu la prendre mais s'est aussitôt mis à hurler en secouant la main.

“Qu'est-ce qui s'est passé ? a demandé Leila en se ruant vers lui pour l'aider.

— Ce putain de truc est brûlant.”

Je me suis rapproché pour concentrer le faisceau lumineux sur le morceau. Il avait un reflet mouillé, comme s'il était couvert de quelque chose. J'allais pousser l'arme de mon pied nu, mais Tarsi m'a tiré en arrière.

"Ne le touche pas, elle a dit.

— Sortons d'ici, bordel", a insisté quelqu'un.

J'ai redirigé le faisceau pour voir si le tunnel carré par lequel nous étions arrivés était toujours praticable. Il l'était. Une petite ligne de débris en parsemait la longueur, puisque le nouveau tunnel creusé par la bête avait fait reculer l'entrée du tunnel carré, mais l'obscurité au-delà nous appelait tel un passage vers la sécurité.

"Porter", a dit Jorge et j'ai tourné la lampe torche – c'était définitivement le sceptre qui faisait de moi un meneur. J'ai envisagé de la donner à Jorge pour en finir, mais il avait les bras emmêlés dans sa chemise qu'il enlevait. Puis il s'est penché en avant pour ramasser l'arme en l'enveloppant dans le tissu en boule. D'autres avaient déjà commencé à se regrouper près de la paroi menant vers l'ouverture de la mine ; ils se mettaient par deux, comme plus tôt, pour propulser les autres vers le rebord.

Alors que nous nous hissions à notre tour, tendant ensuite la main vers ceux qui nous avaient aidés, les dernières secousses déclinaient. Si je tremblais encore, ce n'était que de mon propre fait. Nous nous sommes regroupés autour du cône de lumière pour remonter rapidement la côte vers la sortie.

"Bon sang, mais qu'est-ce que c'était que ce truc ? a demandé quelqu'un.

— On aurait pu y passer.

— On peut encore y passer. Cette chose est carrément sortie de la roche."

Je n'ai pu m'en empêcher. Dès que quelqu'un a exprimé cette évidence, mon bras a tressauté et j'ai fait courir le faisceau sur les parois rocheuses, comme si j'allais être capable de voir la prochaine chose arriver. Comme si elle allait approcher en silence, sans les secousses de sa course destructrice. Mais ça n'était là que de simples bribes de logique qui ne pouvaient vaincre ma peur. Et la pensée qu'une telle bête puisse jaillir du mur, d'un côté comme de l'autre, du dessus ou du dessous, me remuait les tripes.

Tout le monde en est rapidement arrivé à la conclusion que la découverte de la bête était ce qui avait provoqué la procédure d'avortement de Colony. Mes camarades discutaient des détails, mais d'autres pensées s'entrechoquaient dans ma tête. Je réfléchissais à une question bien plus épineuse : pourquoi Colony avait-elle *interrompu* la procédure d'avortement une fois qu'elle avait été lancée ? Je m'efforçais de faire coïncider les faits, organisant les indices selon un ordre intelligible, mais la peur à l'état brut et un reste d'adrénaline parasitaient ma réflexion. Et d'autres problèmes *plus anciens* ne cessaient de m'envahir : Oliver était mort. Colony avait envoyé des gars après nous. Et autre chose…

J'ai remonté le fil de ma préoccupation jusqu'au moment précédant l'apparition de la créature. Il s'était passé quelque chose de grave avant que le tracteur ne se dirige vers nous – quelque chose qui semblait attirer l'attention de mon subconscient.

Puis je me suis rappelé.

Cet unique coup de feu.

31

ENCORE DES MORTS

J'ai vu les formes recroquevillées de Mica et de Peter sur la petite bosse avant d'atteindre les trous creusés pour les feux. Nos compagnons étaient là où on les avait laissés : près d'une des parois du puits. Un corps incliné sur l'autre. Un gémissement lugubre – à peine audible – s'élevait de l'un d'eux.

Oubliant que nous étions épuisés d'avoir trotté longtemps en remontant de la mine, nous nous sommes mis à courir.

En me rapprochant, j'ai vu que le corps de Peter enveloppait celui de Mica, les épaules du garçon frémissant au rythme des sanglots. Leila et Tarsi les ont atteints juste avant Kelvin et moi. Posant leurs mains sur le dos de Peter, elles ont tenté de le consoler de sa perte.

Mais toutes deux ont aussitôt reculé le bras comme si elles avaient été brûlées par le contact. Leila a poussé un petit cri, et Tarsi a porté la main à sa bouche. Je me suis arrêté quand les bras de Mica ont remué sur le dos de Peter.

Elle était en vie.

Les tremblements et les sanglots venaient d'elle.

Jorge s'est mis à jurer pendant que j'assistais les filles auprès de la survivante. Aussi faible avait-elle été une heure plus tôt, nous avons eu du mal à dégager le corps de Peter de ses bras. Elle aurait probablement choisi de rester là jusqu'à ce que le poids du mort l'achève.

Nous avons fini par libérer le corps de Peter, et deux des garçons l'ont allongé près de la trace noire d'un ancien feu. Les gémissements de Mica se sont transformés en vagissements. Elle s'est assise, le devant de son corps trempé par le sang de son ami. On aurait dit que ses contusions et ses blessures avaient suinté à travers ses vêtements, et j'ai pu avoir un aperçu des dégâts sur le torse de notre défunt camarade – on aurait dit que quelque chose avait jailli de lui par son dos.

Tarsi et Leila s'efforçaient de calmer Mica, et je me suis approché pour les aider, mais Vincent m'est passé devant pour me bloquer. S'agenouillant près de Mica, il s'est penché en avant pour la prendre dans ses bras. Puis il s'est mis à sangloter avec elle. Les mains de Mica ont cessé de repousser les filles pour s'agripper au dos de Vincent ; ses doigts serraient les plis de sa chemise, les rassemblant en bouquets désespérés.

Ils étaient tous les deux secoués par de violents sanglots et j'ai entendu Vincent murmurer quelque chose à Mica entre deux hoquets.

Je me tenais là, complètement impuissant. Quelqu'un a pensé à couvrir le corps de Peter d'un morceau de toile, mais j'étais enraciné sur place, les bras pendants, j'observais deux de mes amis faire leur deuil ensemble.

J'avais envie de me joindre à eux. J'avais envie de frapper des poings contre la montagne. Je voulais marteler la pierre et expulser de ma mémoire l'image de la mort d'Oliver. Une partie de ma personne voulait retourner la douleur contre moi pour avoir fait défaut à mon ami. Pour avoir failli à ma profession. Tous les mots et les conseils, toutes les stratégies de deuil que j'avais tenté d'utiliser avec Vincent pendant ces derniers jours alors que j'essayais de briser son silence renfrogné – les mêmes techniques que je m'apprêtais à employer avec Mica –, tout cela s'écroulait tel un éboulis de pierres.

À la place, je comprenais que, même si de tels moyens étaient utiles, ce dont Vincent avait avant tout besoin – et ce dont j'avais besoin en ce moment même –, c'était que quelqu'un ressente sa douleur. Un véritable exutoire à la torture qui le déchirait. Il avait besoin de quelque chose dont le reste du groupe s'était efforcé de le protéger, peut-être parce que nous en avions nous-mêmes peur. Il avait besoin de *sentir*. D'être autorisé à sentir.

À certains moments, j'avais eu envie de pleurer avec lui, juste pour partager une telle effusion de tristesse, mais j'avais emmuré cette envie en moi. Je l'avais cachée en compagnie de ce *moi* secret dont j'avais fini par avoir honte. J'avais peut-être eu tort d'agir ainsi. Je n'aurais peut-être pas dû me donner tant de mal. C'était peut-être la mort de mon ancien ami, en plus de tant d'autres épreuves horribles, qui m'avait finalement amené à prendre conscience que peut-être…

Que peut-être, après tout, je n'étais pas cassé. Que peut-être les choses dont j'avais peur faisaient partie d'une solution, plutôt que d'être un problème.

Tarsi et Kelvin sont venus me chercher, leur visage reflétant la confusion engourdie que je ressentais. Et c'est alors que j'ai vu que je n'étais pas seul, que je n'avais pas à souffrir seul. J'ai tendu la main vers eux.

Et j'ai pleuré.

32

LA RAISON

Nous étions assis en groupe près de l'entrée de la mine alors que le jour au-dehors s'estompait, le soleil se glissant de nouveau furtivement derrière les montagnes. Vincent et Mica s'étaient endormis – ils s'étaient évanouis, en fait – dans les bras l'un de l'autre, et aucun de nous ne pouvait envisager de les déplacer. D'autres avaient emporté le corps de Peter plus loin dans la mine. L'imaginer là-bas – mort, recouvert d'une toile – me rendait malade. Ça m'a fait penser à Oliver et à l'autre exécuteur, tous deux morts également. J'ai pris une profonde et frémissante inspiration, mais mon visage était déjà gercé par une semaine de larmes.

"Il commence à faire froid", a déclaré Leila en s'adressant à Jorge. Il était toujours torse nu, sa chemise emmaillotée autour de l'arme reposant sur ses cuisses.

Elle l'a aidé. Ils ont sorti l'arme qui est tombée par terre en cliquetant. Personne n'a bronché pour la ramasser quand Leila a fait claquer la chemise dans l'air pour essayer d'en défaire les plis.

Ceux qui, depuis des heures, s'étaient réfugiés dans leurs pensées ont remarqué la soudaine agitation – plusieurs ont froncé les sourcils en direction de Leila. Elle brandissait la chemise devant elle, et je voyais son visage à travers les gros trous qui s'étaient formés. Nos regards se sont croisés avant de se fixer sur l'arme en or à ses pieds.

Elle a tendu la main. "Ne la touche pas", j'ai dit avant de ramper pour aller l'examiner. Il restait un léger lustre sur l'arme ; elle avait encore l'air d'être couverte d'une couche de cire. "Donne-moi la chemise", j'ai dit. Je n'avais qu'une conscience hébétée des mouvements des autres autour de moi quand j'ai pris le vêtement abîmé que me tendait Leila.

J'ai alors frotté le côté de l'arme avec la chemise, et la substance brillante est partie.

"Qu'est-ce que c'est ? a demandé Kelvin en se penchant pour l'examiner aussi.

— C'est mouillé", j'ai répondu.

Jorge nous a montré ses mains. Plusieurs doigts rougis paraissaient à vif. "Cette merde m'a brûlé.

— Un genre d'acide ?" a demandé Tarsi.

J'ai secoué la tête, mais pas pour répondre à sa question. Je devinais les morceaux d'un tableau plus grand se formant dans mon esprit, comme des gouttelettes de condensation coulant vers le bas sous la poussée de la logique – se regroupant, grossissant, donnant forme à une terrible prise de conscience : La raison.

"Je vais m'en sortir ? m'a demandé Jorge. Qu'est-ce que tu crois que c'est ?

— La raison, je me suis répété en pensant à voix haute.

— Ouais, ça m'a brûlé. J'ai pensé que l'arme était simplement chaude après avoir tiré. Je vais mourir ? a insisté Jorge en lançant des regards autour de lui. Il n'y en a pas un qui est chimiste parmi vous ?

— Calme-toi", a dit Kelvin. Je me suis tourné pour constater qu'il me fixait, la main sur mon épaule. "Qu'est-ce que c'est ? il m'a demandé. La raison de quoi ?

— La raison de l'avortement de la colonie, j'ai murmuré. Du fait que Colony ait changé d'avis. La raison de tout."

Avant que quelqu'un puisse réagir, j'ai ajouté, comme si je venais juste d'y penser : "C'est ce qui explique aussi la fusée."

Je me suis assis en laissant l'arme là où elle était, et j'ai jeté à Jorge ce qui restait de sa chemise. Pressant mes paumes à plat contre la roche froide, j'ai fermé les yeux, mon être tout entier épuisé par cette toute nouvelle conscience qui courait dans mes veines. À l'image du soleil couchant, une source de lumière mourait en moi, me laissant dans le noir et le froid.

"Putain, tu vas nous expliquer ? a demandé Jorge.

— Je cherche par où commencer, j'ai répondu en ouvrant les yeux pour regarder les autres autour de moi. Ça se bouscule encore dans ma tête.

— C'est ça, a fait Jorge en se frottant les mains sur son pantalon avant d'examiner une nouvelle fois ses paumes.

— C'est à cause de la créature en bas, c'est ça ? a demandé Mindy.

— À quoi sert la fusée ?" a demandé un autre.

Je leur ai fait signe d'arrêter avant de saisir la lampe, trouvant un certain réconfort dans le simple fait de la tenir tandis que le puzzle complété dansait devant mes yeux. "Mica avait raison, j'ai déclaré en levant la lampe torche. Elle avait raison quand elle disait que le sort de cette planète était sur le fil. Colony ne pouvait pas prendre de décision. La croûte de la planète manque de métaux. L'endroit est idéal mais uniquement pour y vivre. Pas vraiment pour créer davantage de colonies et les expédier dans les étoiles.

— On sait déjà tout ça, a dit quelqu'un.

— Mais je pense savoir pourquoi, j'ai rétorqué. Cette… *chose* en bas.

— Le monstre, a précisé Karl. Porter, on a déjà parlé de ça."

J'ai écarté ses propos d'un geste de la main. "Cette chose est venue pour le tracteur, pas pour nous. Elle en avait déjà mangé un avant." J'ai regardé Tarsi. "Ce qui restait de cet autre tracteur bloquait la galerie où tu étais avec Mindy.

— Je l'ai vu, elle a dit en hochant la tête. Ce qu'il en restait, en tout cas. Il y avait des morceaux de chapes de pneu.

— Alors il n'y a pas de métal parce que quelque chose le mange ? a demandé quelqu'un.

— Exactement, j'ai répondu. Vous avez vu cette chose ? Ses dents, ses flancs, on aurait dit du métal. Je ne pense pas qu'il s'agissait d'un robot géant ; je pense qu'elle utilise le minerai comme nous utilisons le calcium. Pour fabriquer ses os. Sa peau. Peu importe.

— Bordel de merde, a murmuré Kelvin.

— Tu ne nous as toujours pas expliqué pourquoi notre colonie a failli être avortée, a lancé quelqu'un.

— C'est pour cette raison qu'on a cessé de cultiver la terre, a suggéré Kelvin en relevant une connexion que je n'avais pas encore détectée. Colony craignait d'attirer l'attention. On a arrêté le travail dans les champs juste après les secousses, ce jour-là. Des secousses provoquées par les tracteurs.

— Si la chose avait en effet l'intention de manger le bulldozer, a dit Jorge. Pour le moment, ça m'a tout l'air d'un ramassis de conneries.

— Tu plaisantes ? a demandé Samson. Ce truc est passé à travers deux engins.

— Ils ont laissé le moteur tourner au ralenti, a chuchoté Tarsi.

— Réfléchissez, j'ai dit. Suivez-moi une seconde.

Pendant des années, la colonie oscille entre la viabilité et l'avortement. On a une planète correcte, pas toxique, une flore difficile, mais quoi qu'il en soit assez habitable. On commence à s'installer et à déployer les automatisations de base, mais d'emblée les échantillons du sol se révèlent mauvais…

— La théorie de Mica, est intervenu quelqu'un.

— C'est ça. Mais tout le reste est parfait, alors on est coincés dans cette boucle logique. L'IA se retrouve dans une sorte d'enfer de la programmation, un schéma si-impossible-alors-aller à. Elle trouve une quantité normale d'or dans la terre, alors elle le remplace et fabrique un alliage suffisamment impur pour être solide. Et c'est alors qu'il se passe quelque chose qui change la donne. Il y a environ un mois, le premier tunnel est creusé par cette créature.

— Comment tu sais que ça s'est passé il y a un mois ? a demandé Jorge.

— Parce que c'est une théorie de notre putain de naissance, génie, a dit Kelvin en agitant le poing en direction de Jorge. Écrase et écoute."

J'ai hoché la tête avant de poursuivre en le regardant à mon tour : "Il y a un mois environ, un des tracteurs de la mine a été dévoré, et cela a peut-être suffi à faire basculer l'IA en faveur de l'avortement. Un prédateur de cette taille a bien fini par faire pencher la balance. Disons qu'un autre bulldozer est venu ici pour enquêter. Les dégâts ont été constatés, ainsi que la taille du puits – merde, l'IA a peut-être compris ce qui provoquait toute l'activité sismique et elle a eu les jetons.

— Les IA n'ont pas les jetons, a commenté quelqu'un.

— Ou bien elle a changé d'avis, essayez d'y réfléchir…

— Mais alors pourquoi nous sauver ? Pourquoi changer encore une fois d'avis ?

— Parce qu'elle a découvert l'or dans le tunnel, j'ai repris en désignant l'arme. Elle l'a peut-être repéré dans le puits de la mine, ou elle a peut-être exploré plus loin. Elle a pu passer des jours à réfléchir à tout ça.

— Cette chose chie de l'or, a déclaré Leila en regardant l'arme. Ces grosses mottes d'or proviennent du transit intestinal du… mécavinnie. Le pistolet a dû passer dans ses intestins et ressortir de l'autre côté.

— Ou bien c'est tombé de sa bouche, j'ai proposé en me tournant vers Leila. Tu te rappelles ce que tu m'as dit au sujet de l'or ? Au campement ? Tu as dit que l'or avait une très grande valeur parce qu'il était non réactif. Et un autre truc concernant les électrons de valeur.

— Les électrons de valence, elle a corrigé en souriant.

— C'est ça. Et si cette chose ne pouvait pas digérer l'or ? Et si elle ne pouvait pas le transformer pour la même raison que d'autres choses ne réagissent pas à cet or ? Et si elle pouvait mâcher la roche et assimiler tout le métal avec lequel elle rentre en contact, mais qu'elle laissait l'or peut-être mélangé à quelques autres substances ?

— Bordel, a fait Kelvin.

— Quoi ? a demandé Jorge. Ça reste la théorie de Mica. Pourquoi nous sauver alors ?

— *Pour construire la fusée*, a dit Tarsi.

— Ouais mais *pourquoi* construire la fusée ?

— Parce que c'est un secret qui vaut le coup de faire la guerre, j'ai déclaré. C'est peut-être la découverte la plus importante dans l'histoire de l'exploration galactique."

Dans la lueur du soleil couchant, l'impatience et la fureur ont traversé le visage de Jorge, des sentiments qu'il ne valait mieux pas vérifier de peur que Kelvin et lui en viennent aux mains.

"J'étais dans l'équipe de la charge utile de la fusée, j'ai rappelé à Jorge. La partie principale était conçue pour transporter six cylindres. Plusieurs d'entre nous étaient au courant. J'en ai même parlé à certains, j'ai essayé d'imaginer ce que ces cylindres allaient contenir. Des cellules de mémoires, des rapports sur ce qui s'était mal passé ici, des échantillons d'ADN… il se peut qu'il y ait un peu de tout ça, mais je pense que la fusée est construite pour transporter les enzymes ou acides que ces créatures utilisent. Imaginez qu'on puisse les synthétiser…

— Ou concevoir des versions plus grandes de ces bêtes, a ajouté Samson.

— On pourrait les lâcher sur des planètes entières, a murmuré Tarsi. Pourquoi *coloniser* une planète quand on peut la transformer en or ?

— Oublie l'or, a dit Leila. Il serait aussi abondant et aussi précieux que notre merde. Pense aux métaux utiles comme le titane, le cérium, le néodyme, toutes les terres rares. Tout ce qui a une valeur pourrait être extrait. On pourrait peut-être même reprogrammer leur ADN pour fabriquer des choses précises, tout comme elles fabriquent leur peau et leurs dents et certainement d'autres trucs dans le genre. Et dans ce cas, on pourrait réussir ce que la nanotechnologie n'a jamais réussi jusque-là.

— Comme quoi ?

— Comme bâtir des colonies à partir de rien. Ou bien soumettre des mondes entiers, le temps d'une seule génération.

— Bordel, a répété Kelvin.

— Des mangeurs de monde, a murmuré Mindy.

— C'est pour cette raison que Colony ne peut pas simplement se permettre de transmettre l'information par satellite, j'ai expliqué. Évidemment, cette information arriverait bien plus vite mais, s'ils sont assez paranos pour faire avorter des colonies ou lâcher une bombe sur celles qui ne sont pas viables, je parie que toute transmission court le danger d'être interceptée et décodée. Les ondes radio se propagent dans toutes les directions, mais qu'en est-il d'un paquet physique de la taille que nous envoyons ? Il serait quasiment invisible.

— Alors Colony nous a réveillés pour se servir de nous ? a demandé Mindy.

— Il n'y a jamais eu de plan à long terme, a ajouté Kelvin. Les exploitations agricoles. Il n'a jamais été vraiment question de les lancer.

— Putain de Colony, a craché Jorge.

— Saloperie, a renchéri Karl.

— Il faut qu'on l'arrête, j'ai dit en regardant vers les arbres qui nous séparaient de la base.

— Tu es fou ? a demandé Jorge. Combien faut-il de morts encore pour cette connerie ?

— Pense à ce que ça va signifier. Pas seulement pour nous, mais pour le reste de… *de la civilisation humaine… de toute vie intelligente dans l'univers*. Nos vies ne sont rien. Nous ne sommes que des grains de poussière en comparaison."

La dernière lueur du jour a fané, le soleil a disparu avec la soudaineté que seules les montagnes peuvent provoquer. Une ombre s'est abattue, comme quelque chose oublié par le jour. Dans l'infime lueur, j'ai regardé mes amis réfléchir à ce que j'avais dit, sachant qu'ils mastiqueraient plus vigoureusement ce que j'avais exposé en dernier – ma recommandation de passer à l'action. Kelvin m'a adressé un hochement de tête quasi imperceptible, les mâchoires crispées alors qu'il serrait et desserrait les dents. Tarsi, passant un bras autour de moi, m'a serré contre elle. Le reste du groupe paraissait avoir du mal à imaginer quoi faire ensuite.

Je savais précisément ce qu'ils ressentaient.

33

UN PLAN

Cette nuit-là, nous avons dormi du mieux que nous avons pu dans la gueule de la mine, laissant de la place à Mica et à Vincent qui, une fois réveillés, sont venus voir ce que nous faisions. J'ai appuyé la tête sur Tarsi et j'ai posé une main sur Kelvin, ressentant le besoin – comme toujours – de les savoir tous les deux près de moi. Ce dont j'avais vraiment besoin, je pense, c'était que quelqu'un me touche en retour et me rappelle que j'*étais*.

Que j'*existais*.

Que je n'étais pas le grain de poussière que je craignais d'être, bien moins important que six flacons d'or remplis d'informations.

J'ai veillé pendant une grande partie de la nuit, réfléchissant sans cesse aux sons de mon monde : le sifflement occasionnel d'un fruit-bombe avant qu'il touche la mousse, au loin, dans un bruit sourd, le gazouillis et le chant des bêtes nocturnes, les ronflements et les grognements de mes compagnons plus chanceux qui parvenaient à trouver le sommeil.

Tout en écoutant, j'ai retourné ma théorie dans ma tête, l'examinant sous tous les angles. Je me suis mis à la place de l'IA, qui avait vu une découverte provoquer une séquence d'avortement, puis qui avait ensuite décelé le potentiel d'une autre découverte et s'était efforcée de mettre un terme au sale processus. Il restait encore beaucoup de choses que je ne savais pas, que je ne comprenais pas, mais il y avait trop de pièces du puzzle qui coïncidaient pour que ma théorie soit totalement fausse.

Ce qui laissait cette difficile question en suspens : comment agir alors ?

Pris par la colère, j'avais convaincu la plupart de mes comparses que nous devions prendre le risque d'empêcher le lancement de la fusée. Mais comment pouvions-nous empêcher ça ? J'avais la certitude que nous serions capables de retourner tout le reste de la colonie contre l'IA si les autres colons apprenaient ce qui se tramait – et quand ils découvriraient qu'il n'y avait jamais eu de plan de survie à long terme. Pour ce que j'en savais, l'IA avait tout aussi bien prévu de faire sauter la base dès le décollage de la fusée. Les brevets ne serviraient pas à grand-chose si nous réussissions à établir cette colonie et devenions leurs premiers concurrents – ou que *nos* descendants vivaient pour combattre *leurs* descendants.

Mais comment faire parvenir un message aux autres colons sans que la transmission soit interceptée par des exécuteurs embrigadés ou l'IA elle-même ? Est-ce qu'on retournait à pied là-bas pour crier notre message par-dessus la clôture ? Qu'est-ce qui empêcherait Colony de faire exploser la base pour finalement tenter une transmission satellite bien plus risquée ?

J'ai élaboré pas mal de plans fous, cette nuit-là. J'ai envisagé de me servir de la pelleteuse qui restait à la mine pour creuser un trou sous la fusée et laisser tourner l'engin au ralenti en espérant qu'une de ces créatures métalliques vienne détruire cette fichue navette. Mais cela ne ferait que modifier le calendrier, ça ne résoudrait pas la source du problème. Et on se ferait probablement dévorer sur le chemin de la base.

Les exécuteurs constituaient un sacré obstacle. Comme ils s'entraînaient quotidiennement au tir, ils devaient désormais être très forts. Et on ne pouvait probablement pas leur faire confiance concernant l'information que nous détenions. La loyauté à Colony – et surtout à Hickson – l'emportait sur tout le reste.

Il y avait tellement de points vulnérables qui me venaient à l'esprit. La colonie n'était tout simplement pas conçue pour se défendre contre des êtres conscients, particulièrement de l'intérieur. Malgré tout, je ne voyais pas comment exploiter ces faiblesses. Ça nécessiterait une attaque surprise et concertée de dizaines de colons d'un coup. Il nous faudrait convenir d'un signal. Nous n'étions pas si nombreux, et nous nous trouvions du mauvais côté de la clôture.

Ça tournait dans ma tête, j'essayais d'imaginer comment envoyer un code aux ouvriers, comment se défendre contre les armes, mais cela paraissait impossible. Toute solution comportait une faille ou bien générait deux problèmes supplémentaires. J'ai passé la nuit à me tourner et me retourner, mon cerveau fonctionnait à toute allure, traversé par une énergie nerveuse qui m'aurait certainement tourmenté sous forme de cauchemars si j'avais été capable de dormir.

Quand l'aube est arrivée, j'ai enfin eu une excuse pour me lever et soulager mon angoisse en bougeant vraiment. J'ai déambulé sur la boue séchée qui délimitait l'installation de la mine. Certaines des profondes ornières laissées par le tracteur d'Oliver s'étaient remplies de pluie, mais le sol avait absorbé le reste. J'ai encore une fois essayé d'ouvrir la porte du module, mais elle était toujours verrouillée.

J'ai ramassé une pierre, envisageant de pénétrer dans la pelleteuse en défonçant la vitre, puis je me suis vu en train de m'entailler avec le verre, obligé de réveiller tout le monde pour expliquer la manière stupide dont je m'étais blessé. J'ai laissé la responsabilité de cette entrée en force à un des garçons plus "virils", pour plus tard dans la journée. Au moins, s'ils se coupaient, ils pourraient s'en vanter auprès des filles.

Alors que je descendais du tracteur, quelqu'un est sorti de la mine. C'était Kelvin. En approchant, j'ai vu qu'il avait l'air soucieux, sans son habituelle bonne humeur matinale.

"Ça va ?" je lui ai demandé.

Il a parcouru la dizaine de pas qui nous séparaient sans un mot, puis il m'a serré dans ses grands bras.

"Je suis désolé pour Oliver", il a murmuré.

Je l'ai étreint en retour, regrettant de ne pas pouvoir le prendre dans mes bras – ou bien de rester dans les siens – plus longtemps, et craignant également que mon corps me trahisse. Je ne savais pas trop comment admettre que la mort d'Oliver ne m'avait traversé l'esprit que quelques fois dans la nuit. Comme des problèmes bien plus importants avaient occupé mes pensées, je lui ai menti, je lui ai répondu que j'étais moi aussi désolé.

"Je sais que vous étiez proches tous les deux, il a dit.

— Pour être honnête, j'ai l'impression d'avoir été trahi.

— Je sais mais ça ne rend pas la situation plus facile."

Si, j'ai eu envie de répondre. *C'est plus facile.*

Un moment, nous avons tous les deux regardé en direction des arbres, puis Kelvin a pressé mon épaule. "Je dois te dire la vérité au sujet de quelque chose.

— Bien sûr. Qu'est-ce que c'est ?

— C'est compliqué de vous voir tous les deux. Tarsi et toi. Je me sens, eh bien, je déteste ce à quoi je pense à ces moments-là, tu vois ? Je ne sais pas s'il y a quelque chose que tu pourrais me dire, quelque chose de psychologique, qui pourrait m'aider."

Je me suis passé la main dans les cheveux, ils étaient vraiment dégoûtants et en paquets. Se détournant de Kelvin, mon regard a remonté la pente des montagnes.

Il s'est également tourné. Puis a ramassé une pierre qu'il a examinée en la faisant rouler entre ses doigts.

"Je crois qu'il faut juste que je me trouve quelqu'un, il a repris. Tu sais, pour que ce soit plus confortable quand on est ensemble. C'est juste qu'il n'y a pas tant de filles disponibles que ça dans le groupe. Je sais que Karl et Mindy sont ensemble, et je ne sais pas ce que Leila trouve à Jorge, mais ça doit suffire. Bon sang, je pense que c'est limite louche et un peu rapide, mais je vois bien qu'il se passe quelque chose entre Mica et Vincent, après la nuit dernière.

— C'est rapide, en effet, j'ai reconnu.

— Ouais, mais on n'a pas beaucoup de temps, n'est-ce pas ?" Il a lancé la pierre sur le côté. Elle a rebondi sur le sol avant de finir dans une ornière en projetant une petite éclaboussure.

"Il ne reste que Samson contre qui se blottir, c'est ça ? Ce serait trop bizarre." Il a éclaté de rire.

J'ai essayé de rire moi aussi, mais mon visage me brûlait.

"Carrément", j'ai dit. Et je le pensais vraiment, mais pas pour la même raison que lui. Je lui ai attrapé le bras. "Kelvin, écoute, je n'ai pas eu l'intention de provoquer quoi que ce soit avec elle, d'accord ? Je sais qu'on en a déjà parlé et je veux que tu saches que je n'ai rien fait pour que ça arrive, c'est juste…

— Arrête.

— Non, je veux que tu l'entendes. Depuis le premier jour, je la considère comme ma sœur. On est nés l'un à côté de l'autre, tu sais ? Comme dans des ventres voisins. De plus, quand j'imagine avoir des enfants avec elle, ça n'a aucun sens. Élever une petite famille ? Je ne crois pas que j'ai été conçu pour ça.

— Tu seras un super-papa", a dit Kelvin.

J'ai porté mes mains à mon visage en grognant.

"Je suis désolé de tout le temps ramener ça sur le tapis, mec." Quand il m'a pressé l'épaule, je me suis abandonné à son contact, reposant ma tête contre son bras en me fiant à lui pour me soutenir.

"Les choses étaient tellement plus simples quand on était amis tous les trois, j'ai dit. Je préférerais que Tarsi soit avec toi et que tu me laisses l'aimer comme une sœur et t'aimer comme…

— Un frère ?

— Ouais. Un frère.

— Eh bien, je crois que c'est comme ça qu'elle m'aime, a dit Kelvin. Comme un grand frère, alors ça n'a pas vraiment d'importance.

— C'est dingue qu'on pense même à ce genre de truc, non ? Je veux dire, quand on réfléchit à l'univers, comment il va changer quand cette fusée va s'envoler. Et on a ces sales heures qui nous attendent en tant que parias de la colonie. Et pourtant on est en train de se plaindre de qui sort avec qui.

— En parlant de la fusée, j'ai une super-idée pour l'arrêter.

— Ouais ?

— Ouais. On rentre de force dans cette pelleteuse, on creuse sous la base…

— Et on la laisse tourner au ralenti, j'ai continué. Puis on attend que le vinnie métallique mange la fusée."

Kelvin s'est dégonflé, ses épaules et ses joues se sont avachies.

"Colony aura toujours les bombes nucléaires, j'ai poursuivi. Et rien ne l'empêche d'obliger d'autres colons à construire une nouvelle fusée ou bien simplement d'envoyer un message par satellite. Non, ce dont on a besoin, c'est d'une attaque concertée de tous les colons, sans que les exécuteurs se doutent de quoi que ce soit. Et c'est impossible d'y arriver. Pas sans que quelqu'un se fasse tirer dessus ou que l'IA prenne une décision drastique."

Il a sifflé, impressionné par la tâche qui nous attendait ou, tout du moins, j'ai cru que le bruit venait de lui. Mais il venait d'ailleurs. Je me suis tourné vers les arbres, le fruit-bombe avait déjà atterri au loin.

Kelvin a soupiré. "Je pense qu'on devrait avancer. Allons mener une vie simple ailleurs. Ces trucs qui nous inquiètent, ça n'arrivera pas avant des siècles, on sera morts depuis longtemps. En attendant, on peut se construire un petit village dans les arbres…

— Pour que Samson et toi, vous puissiez élever votre famille ?"

Il m'a décoché un coup de poing d'un air joueur, mais cela ne nous a pas fait autant rire que les claques de Tarsi.

Un autre fruit-bombe est tombé au loin, deux chutes groupées inhabituelles quand il pouvait passer tant d'heures sans qu'un seul ne tombe. J'ai repéré ce dernier avant qu'il frappe le sol et s'enfouisse dans la boue.

"Kelvin.

— Ouais ?

— Il faut qu'on réveille les autres.

— Maintenant ? Pourquoi ?"

Je l'ai attrapé par le bras.

"Je sais comment arrêter Colony."

34

EXÉCUTION

Tarsi, Kelvin, Leila et moi attendions au portail principal qu'on remarque notre présence. Après notre marche de quatre jours à contourner les arbres pour revenir à la base, cela ne nous a demandé aucun effort de paraître physiquement abattus, et prêts à nous rendre à la merci de la colonie. Pendant le trajet retour, j'avais été plusieurs fois à deux doigts de m'avouer vaincu. Je me sentais brisé, presque au point de la résignation. Nous étions tous à moitié affamés, nous avions à peine marqué des arrêts pour manger des fruits-bombes crus, et nos corps étaient si sensibles que même les mousses souples entaillaient nos pieds. Une fois arrivés à la base, nous n'avions même pas la force de crier pour attirer l'attention. Nous avons simplement attendu que quelqu'un, sur l'échafaudage de la fusée, nous repère et envoie les exécuteurs vers nous.

Ils ont fini par venir, comme on s'y attendait, leurs armes miroitantes rebondissant sur leurs hanches elles aussi décharnées. Cela ne faisait qu'une semaine que nous étions partis, mais j'ai tout juste reconnu Hickson avec sa barbe de plusieurs jours et ses joues émaciées. Le bourdonnement de la clôture s'est tu, puis le verrou électrique a cliqué bruyamment pour permettre au groupe de l'intérieur d'ouvrir le portail.

Ils se sont approchés, arme au poing, même si nous avions les mains levées. Malgré notre état misérable, nous avions l'air en meilleure forme qu'eux. Particulièrement Kelvin, dont la masse puissante avait été domptée par la malnutrition mais pas anéantie. Il avait l'air quasiment normal, ce qui faisait de lui un géant au milieu de nous. On se serait tous cru au régime, mais manger un seul type de fruit n'est pas du tout un régime convenable.

J'ai hoché la tête vers le groupe d'exécuteurs qui approchaient. "Hickson", j'ai lancé en le saluant, lui en particulier. Il a ricané en pointant son pistolet doré vers mon ventre, pendant que les autres exécuteurs nous passaient des cordes autour des poignets. J'ai eu un moment de panique, j'avais peut-être eu tort à leur sujet, ils se contenteraient peut-être de nous conduire au bord de la fosse de la berme et presseraient la détente – mettant ainsi fin à nos plans –, mais ce n'est pas ce qu'ils ont fait.

Une fois qu'on a tous été ligotés, Hickson a tourné le dos et s'est éloigné vers le module de commande. Le petit groupe d'exécuteurs nous a fait franchir les portes en nous poussant avant de nous désigner notre nouvelle demeure, qui était notre *ancienne* demeure.

"On va vers les cuves", a annoncé l'un d'eux.

Notre lieu de naissance avait été transformé en pénitencier. Les tubes dans lesquels nous avions autrefois vécu en tant que simple ensemble de cellules étaient eux-mêmes devenus un ensemble de cellules.

Quelques-unes étaient déjà occupées, très probablement par ceux qui avaient tenté de s'échapper au cours des dix jours passés. Julie se trouvait dans une des premières cuves, près de la porte. Elle a levé la tête quand nous sommes passés les uns derrière les autres, ses yeux étaient ternes, dénués de vie. On aurait dit un animal, les cheveux sur le visage, les vêtements déchirés et pendant en lambeaux. Ses bras étaient égratignés.

Les exécuteurs nous poussaient pour qu'on avance et, ironie du sort, on m'a balancé dans l'ancienne cuve de Tarsi, et elle dans la mienne. Kelvin a échangé sa place avec Leila pour être enfermé à côté de moi. Des barreaux d'acier se sont abaissés derrière les épaisses portes transparentes pour empêcher qu'elles coulissent.

À aucun moment, les exécuteurs ne nous ont adressé les insultes et les accusations auxquelles nous nous étions attendus et que nous avions craintes de leur part. Franchement, je ne sais même pas s'ils en avaient l'énergie. Le pire qu'ils auraient pu physiquement nous infliger aurait été de braquer leurs lourds pistolets sur nous et de presser la détente, cela leur aurait largement suffi à garder le contrôle.

Nous nous sommes assis dans nos cuves respectives, les jambes épuisées par les jours de marche, les mains heureusement libérées de leurs cordes.

“La fusée a l'air étonnamment près d'être finie, a déclaré Kelvin une fois que nous nous sommes retrouvés seuls.

— Quand, à vue de nez ?” j'ai demandé en me frottant les poignets.

Il a haussé les épaules avant d'appuyer la tête contre la cuve, les yeux fermés. “La charge était en place. Je suppose que c'est le gaz propulseur qui les retarde. Même si la production a été réduite de moitié, j'imagine qu'il va leur falloir encore une semaine. Peut-être moins.”

J'ai acquiescé. Dehors, on entendait les détonations sèches des tirs d'entraînement, ce qui signifiait que nous avions interrompu leur déjeuner. À cette pensée, mon estomac s'est contracté comme un poing vide. J'ai levé les yeux vers l'interface suspendue au-dessus de Tarsi. Toute ma formation et mon enseignement m'avaient été transmis par ces câbles. Une partie du matériel avait été ravagée au cours des premières journées de sauvetage, et les liaisons ascendantes du serveur avaient été détruites par l'incendie, mais la nature du module et les restes de cette connexion me donnaient le sentiment que la moindre action était enregistrée quelque part et analysée.

Tarsi a posé la main sur la vitre, près de moi, et je l'ai recouverte de la mienne. Ça m'a rappelé le jour de notre naissance, ce qui m'a profondément déprimé. Soudain, je n'ai été préoccupé que par une seule pensée : j'avais besoin de dormir. J'en avais *vraiment* besoin. J'avais envie de me recroqueviller, et de rester dans cette position pendant des années et des années.

J'avais imaginé que Colony me convoquerait immédiatement. Tarsi a déclaré que cela prendrait un jour ou deux. Kelvin craignait que ça n'arrive jamais. À peine trois heures plus tard, j'ai su que j'avais réussi.

Hickson est venu en personne, son silence dégoûté avait laissé la place à une colère tumultueuse – probablement parce qu'il avait eu le temps de réfléchir ou qu'il s'était exercé avec son arme. Il m'a attendu près de la porte pendant que les deux autres exécuteurs me faisaient sortir et m'attachaient les poignets.

“Je vais l'emmener moi-même”, a annoncé Hickson aux autres en leur faisant signe de s'éloigner.

Ils ont paru tous deux très contents d'obtempérer ; ils se sont laissés tomber à leur poste, de part et d'autre de la porte, le cul dans la terre, dos contre la paroi.

“Pathétique, a dit Hickson en faisant un geste vers le module de commande avant de me pousser en avant.

Vous n'avez pas pu vous en sortir tout seuls à l'extérieur, alors vous revenez en rampant, c'est ça ?"

Je n'ai pas répondu, je me suis contenté d'observer le campement. Plus que notre trajet vers les cuves, la marche jusqu'au module de commande m'a permis d'avoir un meilleur aperçu de l'activité. Il ne semblait pas y avoir beaucoup de travail en cours, et je me suis interrogé sur leur réserve de fruits-bombes. "Tu n'as pas l'air en grande forme", j'ai dit à Hickson en faisant mine de m'inquiéter réellement pour la santé de la colonie.

Il m'a donné un coup dans le dos avec quelque chose de dur. Au clic métallique de son arme, j'ai imaginé qu'il allait me faire exploser les tripes au beau milieu de la base. Quelques colons près de la cantine nous ont regardés passer, et je me suis demandé si même Hickson pouvait se permettre de tuer quelqu'un en public. Puis je me suis rappelé Stevens.

"On sue sang et eau au boulot, a déclaré Hickson. On abat le double du travail avec deux fois moins de personnes alors, si on en souffre, c'est autant votre faute que la nôtre."

Il m'a obligé à m'arrêter avant d'entrer dans le module de commande. Myra se tenait près de la porte ouverte ; il lui a fait signe de partir.

"Tu sais pourquoi vous faites ça ? je lui ai demandé, curieux de savoir à quel point Colony lui faisait confiance. Qu'est-ce que t'a dit Colony ?"

Hickson a agité l'arme devant mon ventre en secouant la tête. "Colony me dit ce que j'ai besoin de savoir", il a répondu.

Il s'est approché de moi ; son visage squelettique et sa peau pâle avaient une apparence maladive sous sa barbe. Je me suis rappelé la dernière fois où nous nous étions affrontés ainsi. Il m'avait paru immense alors. Mais je me rendais compte à présent que ce garçon que j'avais craint – surtout pendant l'élaboration de notre plan et notre longue marche – n'était qu'un gamin effrayé et affamé comme moi.

"Après ta discussion, que tu ne mérites absolument pas, tu me diras où sont les autres."

Je m'apprêtais à répondre en secouant la tête quand il a enfoncé son arme dans mon ventre et s'est penché pour me chuchoter à l'oreille : "Si tu ne me le dis pas, je vais baiser ta petite amie dans la cuve à côté de toi, compris ? Je lui écraserai le visage contre la vitre et je t'obligerai à regarder, elle va adorer ça."

Il s'est reculé en s'humectant les lèvres avant de me montrer ses dents. Le monde a disparu, et seule son expression malfaisante a occupé le centre de ma vision. Je me suis vu fléchir les genoux et me lancer en avant pour enfoncer mon crâne dans son nez et ses dents. J'ai imaginé prendre cette arme, lui fourrer dans la bouche, presser la détente, et les vraies balles sortir, presser encore jusqu'à ce que l'arme ne fonctionne plus. Ma température a grimpé en flèche et j'ai oublié pour quelle raison je me trouvais là, j'ai oublié toutes les raisons. J'avais juste envie de tuer.

Mais une partie de mon cerveau, le morceau de mon lobe frontal en charge de contrôler les comportements dangereux, a court-circuité le reste. J'ai détourné le regard en essayant de me rappeler où je me trouvais.

Et c'est alors que j'ai compris que je m'étais trompé. Hickson et moi ne nous ressemblions pas du tout. Nos corps étaient peut-être affamés de la même façon, mais nos cerveaux étaient encore intacts. Intacts et *complètement différents*. Il était visiblement né avec la maladie de la haine et le besoin de générer la peur autour de lui, ce qui le rendait bien pire que ce que je ne serais jamais capable d'égaler.

Il m'a poussé dans le module de commande en me suivant de près. J'ai avancé en titubant entre les serveurs jusque dans la salle des ordinateurs. J'allais m'asseoir dans le fauteuil du milieu quand Hickson m'a asséné une gifle à l'arrière du crâne et m'a poussé vers l'autre fauteuil.

"C'est le mien", il a simplement déclaré.

Je me suis laissé tomber et ai posé mes mains liées sur le comptoir devant moi. Jusque-là, ce n'était pas le face-à-face auquel je m'étais attendu.

"Laisse-nous", a ordonné Colony, de sa voix toujours calme et apaisante. Le simple fait d'entendre cette voix a chassé, tel un massage, un peu de ma colère envers Hickson. J'étais également terrifié qu'un de mes plans ne soit qu'une entreprise perdue d'avance – que l'idée même de discuter avec Colony ne m'ait été inspirée que par l'orgueil démesuré de ma jeunesse.

"Mais… a protesté Hickson.

— *J'aimerais m'entretenir seul à seul avec Porter*", a dit Colony.

J'ai souri.

C'était bien le face-à-face que j'avais espéré.

35

THÉRAPIE

Colony a attendu qu'Hickson soit parti et que la porte soit verrouillée. Puis elle s'est exprimée – et m'a pris au dépourvu.

"Je te dois des excuses."

J'ai baissé les yeux sur mes mains, puis je me suis appuyé contre le dossier du fauteuil sans dire un mot. Il valait mieux écouter, je le savais.

"Rétrospectivement, j'admets qu'à un moment, tu m'as donné un excellent conseil, et que je n'en ai pas tenu compte. J'aurais dû faire du moral une priorité.

— Ce n'est pas trop tard, j'ai dit à voix basse.

— Faux. Il est bien trop tard. Et cela n'a désormais plus d'importance. Cependant, les calculs révisés démontrent aujourd'hui que nous aurions dû lancer la fusée il y a deux semaines, si je vous avais accordé l'autorisation de vous occuper de vos propres besoins. C'est une curiosité qui sera mentionnée dans mon rapport au Sénat.

— J'aimerais beaucoup lire ce rapport. Je pourrais peut-être t'aider à relever d'autres erreurs de ce type.

— Je n'en doute pas, Porter. J'imagine que la plupart d'entre vous en seraient capables. Il semblerait qu'il y ait beaucoup de choses du comportement humain qui ne puissent être traitées dans les études et les analyses historiques. Certaines particularités nécessitent une expérience

directe. D'un autre côté, je contiens beaucoup d'informations sur le fonctionnement des humains adultes. Je ne trouve nulle part dans mes banques de données de précédent me permettant de gérer des enfants élevés dans des cuves, particulièrement pas dans un tel état.

— Et comme décrirais-tu cet état ? Une terreur abjecte les uns des autres ? Au bord de la famine ?

— *Un peu de ça, oui. J'adresse une autre recommandation sur l'inversion de l'ordre des cuves. La supériorité devrait passer en dernier, plutôt qu'en premier. Évidemment, j'aimerais penser que cette tragédie est unique et ne se reproduira jamais, mais il n'existe aucun argument valable légitimant l'arrangement actuel autre que celui du simple ego. Les moins qualifiés devraient être avortés en premier, même si aucune séquence d'avortement ne sera désormais interrompue en milieu de cycle.*

— Merci.

— *Cela ne s'appliquera pas à ta profession, Porter. Je recommande également la promotion de quelques spécialistes non nécessaires. Et je crois, en me basant sur le temps que j'ai passé avec Oliver, que les philosophes devraient être rayés de l'intégration. Tout du moins, qu'on devrait éviter de leur enseigner l'histoire religieuse de la philosophie.*

— Oliver est mort.

— *Je sais*, a répondu Colony avant de marquer une pause. *J'ai vu la fin arriver avant que le tracteur soit détruit. Je leur ai conseillé de ne pas descendre dans la mine.*

— Pourquoi me dis-tu tout ça ?

— *Pourquoi pas ? Malgré tes aventures au-delà de l'enceinte de la base, je te considère comme faisant partie intégrante de la réussite de cette colonie. D'une grande partie du succès de notre nation, en fait. Il y aura beaucoup à apprendre de nos échecs et de nos découvertes. J'apprends beaucoup de notre actuelle interaction, surtout de ce que tu ne dis pas.*

— Tu m'as fait venir ici pour apprendre de mon silence ?

— *Je suis fascinée que tu ne m'aies pas demandé pourquoi nous ne cultivons pas la terre et ne prévoyons rien pour l'avenir. Je suppose que c'est parce que tu sais que nous n'en avons pas. Je suis émerveillée que tu sembles à l'aise avec cette idée, et je me demande si tu ne te serais peut-être pas résigné à ton destin ou bien si tu penses avoir un plan audacieux capable de déjouer le lancement de la fusée. Alors, oui, je t'ai fait venir ici pour apprendre de ton silence."*

J'ai levé la main pour essuyer une ligne de sueur sur mon front. J'ai essayé de me rappeler si Colony possédait d'autres capteurs dans la pièce, en dehors d'un micro. Qu'est-ce que je trahissais véritablement… ?

"Sais-tu pourquoi ta position est occupée initialement par des homosexuels ?"

Mes mains se sont déplacées de mon front à mon visage qu'elles ont couvert. Bouche bée. Les coudes reposant sur le comptoir. Rien de tout ça ne se passait comme prévu. Qu'il s'agisse d'Hickson ou de Colony… je me demandais si nous n'avions pas commis une erreur en revenant.

"*Tu sais pourquoi ?*

— Qu'est-ce que tu entends par… ma position ? j'ai bafouillé.

— *Les psychologues. Dans chaque colonie, on les crée à partir de blastocystes génétiquement choisis pour leur homosexualité. Tu sais ce qu'est un homosexuel, n'est-ce pas ?*

— Bien sûr, j'ai murmuré.

— *Et que tu en es un ?"*

Je suis resté immobile. Puis j'ai hoché une fois la tête. "Oui, j'ai répondu si bas que je me suis demandé si cela mettait à rude épreuve la capacité de Colony à percevoir les sons.

— C'est pour préserver des transferts et des conflits d'intérêts personnels. On n'a aucune garantie pour la seconde génération et les suivantes, bien sûr, mais quand une colonie traverse sa phase la plus difficile, le psychologue est programmé pour rester seul. Pour porter le fardeau de tous les autres.

— Pourquoi me dis-tu ça ? j'ai demandé d'une voix rauque.

— Parce que tu sais ce qu'il y a dans la charge utile de la fusée. Tu es revenu pour en empêcher le lancement. J'ai l'intention d'empêcher que ça se produise, c'est pourquoi il me faut savoir ce que tu sais.

— Je ne sais rien. Nous étions affamés et il n'arrêtait pas de pleuvoir. On a juste voulu rentrer chez nous.

— Ce qui me fascine, c'est que tu parais être amoureux de deux personnes à la fois et, au dire de tous – de Myra et des autres –, ils t'aiment tous les deux en retour. Encore de nouvelles corrections à porter à mon rapport.

— Je ne… De quoi est-ce que tu parles ?

— Je parle d'extraction de données. J'ai déjà promis à Hickson un rapport sexuel avec ton amie fille. Le garçon, je vais le faire abattre. Est-ce que tout s'éclaircit pour toi ?

— Pourquoi ? Comment peux-tu… ?

— Dis-moi quels sont vos plans.

— Nous n'en avons pas. Je te jure. Je t'en prie, ne fais pas ça.

— Comment pouvez-vous oublier aussi vite ce dont je suis capable ? Plus de quatre cents d'entre vous ont été brûlés vifs à la suite d'un de mes calculs. J'ai écrasé Stevens à distance à l'aide d'un tracteur. Tu veux savoir à quel point ce serait facile pour moi de tuer Hickson ?

— Stevens ?

— Oui. Même si je me rends compte aujourd'hui que c'était peut-être une erreur. Tu veux savoir comment je pourrais tuer Hickson, si je le voulais ?

— Je ne…” Je me suis arrêté net en secouant la tête.

“Je pourrais tout simplement lui donner l'ordre de se tuer. Il se peut que je doive m'y reprendre à plusieurs fois, mais je pourrais simplement lui donner l'ordre de poser le canon de son pistolet contre sa tempe et de presser la détente. La mésaventure sur cette planète nous a permis de faire une autre découverte étonnante : il est possible d'améliorer l'entraînement de nos gardes et des membres de la sécurité. Je suggérerai qu'on ne s'encombre pas de la reconstruction de l'ego. Il s'avère qu'un ego démoli permet l'émergence d'un colon supérieur.”

Colony a marqué une pause, me laissant le temps d'apprécier à quel point la charge utile était bien pire que ce qu'aucun de nous n'avait pu imaginer. Il y aurait à bord bien plus que de la simple xénobiologie. De la psychologie humaine dénaturée ferait également partie de ce long voyage, et aucun doute que le pouvoir de la première conférerait de la crédibilité à la seconde. Notre nation natale procéderait à des changements et, s'ils fonctionnaient, d'autres nations suivraient bientôt notre piste dans une folle ruée compétitive.

“Puisqu'on parle des colons, a repris Colony, *où sont les autres ?”*

J'ai expiré avant de m'appuyer contre le dossier du fauteuil, un million de kilos d'inquiétude se disloquant et se détachant de mon esprit. Notre plan comportait toujours cette grande inconnue – et voilà qu'elle s'était révélée. Savoir, évidemment, ne changerait rien à la façon dont tout allait se dérouler, mais il y avait toujours la possibilité que nos actes s'avèrent finalement vains.

“Tu es aveugle.

— Je vois plus que tu ne…

— Ce sont des conneries. Tu as perdu la liaison montante avec le satellite, n'est-ce pas ? Ou bien n'y as-tu jamais été connectée ? À quel moment de la séquence avortement le satellite doit-il être détruit ?

— *Rappelle-toi quelle est ta place, Porter. Je peux adresser un message radio à Hickson et lui demander de revenir pour te faire exploser. Ou je l'ai peut-être déjà envoyé s'amuser avec ta copine.*

— Encore des conneries, j'ai déclaré en faisant claquer mes mains liées sur le comptoir tout en désignant l'écran, le sourire aux lèvres. Il faudrait que tu sortes les satellites d'abord, non ? Tu sais, la nuit où on s'est enfuis, j'ai pensé que tu nous avais repérés à travers la canopée, mais je ne savais pas, à ce moment-là, que d'autres colons s'agitaient, essayaient de trouver un chemin vers la liberté…

— *La liberté. Espèce de gamin insolent, vous n'avez jamais été conçus pour connaître la liberté. Vous avez un travail à accomplir.*

— Non, j'ai répondu. C'est toi qui as un travail à accomplir. C'est toi qui ne connais pas la liberté. Tu es capable d'analyser des phrases et de paraître vivante mais, tout ce que tu sais faire en fin de compte, c'est mastiquer de la formule. Tu es l'esclave de programmeurs humains. Il t'est impossible de penser par toi-même.

— *Si tu t'y connaissais davantage en génétique, tu te rendrais compte combien cette accusation est hypocrite. Tu n'as pas plus de libre arbitre que moi.*

— Ah, mais je comprends la génétique. Suffisamment pour savoir que le processus comporte un élément de randomisation. Avec qui nous nous accouplons, comment nos gènes s'alignent, les mutations…" J'ai de nouveau fait claquer mes mains sur le comptoir. "C'est ça. Les mutations. C'est ça qui nous rend libres." Je n'ai pas pu m'empêcher de sourire.

"Tu sais, j'ai eu du mal à accepter mon… ce qui me rend différent. Peu importe comment c'est arrivé – que tu l'aies conçu, ou que ça vienne d'un dieu, que ça parle d'évolution –, je ne comprenais tout simplement pas quelle était sa place. Il y a quelque chose d'illogique qui… oui, qui fait que je me sens brisé. Mais je suis bien la preuve que nous ne faisons pas partie d'un grand dessein, n'est-ce pas ? Hickson est tout aussi esclave de ses appétits sexuels que je le suis, il a juste plus de chances que moi de trouver quelqu'un qui l'aimera en retour.

— *Ce n'est pas pour discuter de ça que je t'ai fait venir ici, Porter.*

— Franchement, je me fous de ce que tu veux, Colony. À ton avis, quelles sont les chances qu'un garçon dans la confusion a de s'expliquer avec son créateur ? Ou de lui annoncer qu'il va s'en sortir, en dépit des efforts contraires de ce connard ?

— *Bon, on en a fini.*

— Comment ? j'ai demandé en me penchant en avant pour tapoter le côté de l'écran du dos d'une main ligotée. Et tu vas appeler Hickson ? Il se pourrait que tu découvres qu'il ne répond pas. Dès l'instant où tu m'as fait envoyer chercher, tu as enclenché toute une série d'événements. C'est fini."

Dehors, les klaxons se sont mis à hurler juste au-dessus de nos têtes. J'ai souri.

"D'accord. *Maintenant* c'est fini.

— *Qu'est-ce que tu as fait, Porter ?*

— Moi ? Rien. C'est ce que tu as fait, toi. Ma mission, c'était juste de parler, d'attendre que tu comprennes que tes lignes de communication avaient été coupées. Tout ce que je devais faire, c'était te mettre en colère, ou ce qui est ta version de la colère.

— *Les exécuteurs vont venir m'aider. Ils vont chercher à savoir ce qui a déclenché le klaxon.*

— En fait, il est fort probable qu'ils soient surtout en train de se faire botter le cul, en ce moment même. Ton alarme était notre appel aux armes. Chaque colon sait exactement ce qu'il doit faire.

— *C'est impossible. Vous n'avez pas pu…*"

Quelqu'un a enfoncé la porte derrière moi. Je me suis tourné en me demandant si j'allais devoir me battre avec Hickson, mais c'était Kelvin. Il s'est précipité vers moi, le sang coulait de son nez jusqu'à son énorme sourire.

"Tu vas bien ? j'ai demandé en levant mes poignets ligotés devant lui.

— Il a réussi à me filer un bon coup de poing, a répondu Kelvin en commençant à me détacher. Mais tu verrais dans quel état il est." Il a lancé un regard vers l'écran. "Tu n'as pas mis longtemps à la mettre en rogne.

— *Kelvin ?* a demandé Colony. *Que se passe-t-il ?*"

Je me suis levé pour asséner une claque sur l'épaule de mon ami. "Merci d'être venu, mais tu aurais d'abord dû finir de nettoyer.

— C'est presque fini, il a répondu. On n'a pas rencontré beaucoup de résistance."

On s'est dirigés vers la sortie du module pendant que Colony nous harcelait de questions. Nous les avons toutes ignorées.

"Tous les autres vont bien ?

— Ouais. Un peu trop zélés peut-être. Les gens attendaient avec angoisse depuis deux jours."

On est sortis du module pour retrouver la plupart des colons survivants qui se dirigeaient vers nous, les exécuteurs dans leur sillage. Hickson et Myra étaient assis par terre, adossés au module, les mains ligotées dans le dos. J'ai remarqué que le nez d'Hickson saignait, qu'il avait un œil explosé. J'ai essayé de ne pas m'en réjouir, mais ça n'a pas été simple.

D'autres exécuteurs amenés par des colons sont allés rejoindre les deux près du module de commande. C'était un triste spectacle : les émaciés conduisant les à moitié affamés. Alors que la foule grossissait, j'ai compris qu'il n'y aurait plus longtemps à attendre avant que tous les colons qui restaient soient réunis, à l'exception de nos amis demeurés sur la canopée. Et Mica et Vincent, bien sûr. On les avait laissés à la mine afin qu'ils se soignent et récupèrent.

"On peut faire taire le klaxon ? j'ai demandé à Kelvin.

— Avec plaisir", il a répondu. Il a fait signe d'approcher à quelques-uns de ses comparses de l'équipe de construction qui escortaient un autre exécuteur.

"Vous allez être atomisés, nous a hurlé Hickson. Colony va envoyer des instructions par satellite. Ce n'est qu'une question de secondes maintenant avant que vous soyez tous transformés en un nuage de cendres."

J'avais envie de l'ignorer mais je n'en avais pas la force. Je me suis approché et me suis agenouillé devant Myra et lui.

"En fait, Hickson, les bombes nucléaires ont été déconnectées, il y a deux jours. Bien sûr, ce n'est pas le genre de choses qu'on sait avant de constater qu'elles ne fonctionnent plus. Et combien de fois s'amuse-t-on à les tester ?"

Son visage s'est tordu en un masque de confusion. "Qu'est-ce que tu… ? Comment tu les as déconnectées ?

— Moi ? Même si j'avais été là, je n'aurais pas su comment m'y prendre. Je suppose que c'est Dyna qui s'en est chargée. Elle en sait plus sur les connexions du serveur que je n'en saurai jamais. Je parie même que c'est son boulot de prévenir Colony quand il y a un pépin avec les bombes."

Au-dessus de moi, le klaxon s'est tu. J'ai levé les yeux, Kelvin me regardait depuis le toit, en affichant un sourire ridicule.

"Les munitions, a dit Hickson. Putain de groupe d'approvisionnement."

J'ai tourné les yeux vers lui, puis vers Myra qui mâchonnait sa lèvre, le regard dans le vide. "Tu as essayé de tuer quelqu'un ? j'ai demandé à Hickson.

— Moi", a répondu Kelvin du dessus. D'un pas lourd, il a traversé le module vers ses amis qui se tenaient prêts à l'aider à descendre.

Je me suis tourné vers Hickson. "Tu es allé dans le module des cuves, n'est-ce pas ?"

Hickson a ricané. J'ai songé au fait qu'il s'était effectivement rendu aux cuves pour tuer Kelvin, et je me suis encore imaginé me lever et lui balancer mon pied en pleine figure. J'ai cherché Tarsi du regard alors que toujours plus de colons arrivaient avec leurs prisonniers, nombre d'entre eux montrant des signes de lutte.

"Comment tu as fait ? a demandé Myra.

— Facile, j'ai répondu. Nous sommes des douzaines et vous n'êtes qu'une poignée. Et chacun de nous désire être libre. Une fois qu'on a fait circuler le message concernant les agissements de Colony, il ne nous restait plus qu'à trouver un signal.

— Mais comment avez-vous réussi à leur dire à eux et pas à nous ?

— Les exécuteurs sont-ils souvent de corvée de fruits-bombes ? j'ai demandé. Il y a deux jours, mes amis ont commencé à laisser tomber des livraisons spéciales, des fruits contenant des messages. Tu sais, quand on veut gouverner les gens avec une poigne de fer, il vaut mieux contrôler les autres petits poings qui vous apportent la nourriture et vous fournissent vos munitions…

— Porter !”

Je me suis tourné, Tarsi courait vers moi. Je me suis levé pour la rattraper quand elle s’est jetée dans mes bras. S’écartant un peu, elle a pris mon visage entre ses mains pour m’examiner.

“Tu vas bien ? elle a demandé.

— Ouais. Je n’ai pas levé le petit doigt.” Autour de moi, il y avait des dizaines de visages à moitié familiers, altérés par la malnutrition et l’impuissance. On a poussé à terre les derniers exécuteurs pour les aligner aux côtés d’Hickson et Myra. “Il y a des blessés ? j’ai demandé à Tarsi.

– Juste des égratignures. Julie s’en occupe, mais il faut vraiment que quelqu’un s’occupe de Julie. Parce qu’elle ne va pas bien.

— Je pense que c’est mon rôle, d’après l’aperçu que j’en ai eu.

— Désolée de ne pas être venue tout de suite. Il fallait que je file un coup de main dans le module des cuves.

— Ne t’inquiète pas. Vous ne deviez pas vous soucier de moi.”

Kelvin s’est joint à nous, ses yeux lançaient des poignards vers Hickson. Tarsi, paniquant à la vue du sang sur le visage de notre ami, a entrepris de le nettoyer. Elle s’est mise à l’embêter à propos de la bagarre à laquelle il avait dû se livrer dans le module des cuves.

Je me suis écarté d’eux, conscient qu’il me faudrait sûrement souvent me comporter ainsi au cours des jours et des semaines à venir. Je n’avais pas eu le courage de parler à Tarsi pendant notre marche, mais je la libérerais bientôt et je leur expliquerais mon amour pour eux deux.

Je me suis tourné vers les autres colons, une sorte de cercle s’était formé, tous se reculant pour considérer notre petit groupe comme s’ils attendaient que l’un de nous s'exprime. Du regard, j'ai cherché le soutien de Kelvin, mais Tarsi et lui s'étaient mis à l'écart. Les colons me regardaient, *moi*.

Je me suis senti seul, ainsi que Colony m'avait conçu. Et comme un silence plein d'espoir s'abattait sur la foule, je me suis rendu compte que j'avais raisonné à l'envers. Colony et ses ingénieurs ne m'avaient pas programmé pour que je sois seul ; ils avaient simplement programmé tous les autres pour s'assurer que je reste seul. Il n'y avait rien qui clochait chez moi ; c'est juste qu'il n'y avait pas assez d'autres individus comme moi. Colony n'avait pas protégé notre communauté de froids conflits d'intérêts en faisant de moi un homo. Elle l'avait fait en s'assurant que j'étais le seul de ma génération.

Je pouvais aimer – ce que je savais parfaitement bien. Tarsi, Kelvin, Stevens… même Myra, d'une certaine façon. Je les avais tous aimés et je continuerais. C'était mon talent. Si certains étaient maudits, c'étaient ceux limités par leur programmation. Ceux qui avaient de la haine dans leur cœur, ceux qui ne désiraient pas aimer quelqu'un différent d'eux.

Tandis que je me laissais envelopper par la sensation physique de cette révolution victorieuse, un autre bouleversement émotionnel paraissait se dérouler en moi. C'est alors que j'ai eu une profonde révélation.

Je n'étais pas brisé.

J'allais *bien*.

Tout du moins, j'irais bien.

“Et maintenant ? a crié quelqu'un.

— Il nous faut de la nourriture !

— Et la nourriture nous vient alors même que nous parlons, j'ai dit en souriant à la foule, les mains levées. Nos amis dans la canopée, ceux qui ont laissé tomber les messages, ils doivent presque être arrivés. Ils apportent de la viande et ces chips vertes comestibles. Oh, et votre plat préféré, le fruit-bombe !"

Quelques éclats de rire ont fusé au milieu d'un chœur de grognements plus sonores.

"Et qu'est-ce qu'on fait d'eux ? a crié un gars devant, en désignant les exécuteurs alignés derrière moi.

— La décision nous revient, à nous tous, j'ai répondu. On a beaucoup de problèmes à résoudre, mais c'est nous qui allons nous en charger. En ce qui me concerne, cette colonie a été avortée, mais pas nous. Nous allons inventer notre avenir. Nous allons prendre soin de nous et nous remettre en forme. J'espère que ceux d'entre vous qui se sont opposés à notre entreprise vont changer d'avis et nous aider. Certains ne le feront probablement pas. Nous allons tout d'abord imaginer comment nous gouverner, ensuite nous pourrons décider comment nous gouverner les uns les autres.

"Ça ne va pas être simple, j'ai reconnu alors que les ronchonnements ont commencé à courir parmi mes comparses colons. Rien dans ma profession ne suggère qu'on peut s'attendre à ce que ce soit simple. Et cette planète pose des problèmes bien particuliers, mais c'est malgré tout chez nous."

Je me suis avancé, les bras écartés.

"On peut y arriver, je leur ai dit. On a les outils, la terre, les ressources. Si on travaille ensemble, on peut passer notre vie ici et s'implanter. Mais je dois vous prévenir, nous n'avons pas fini de nous battre.

Ce n'est que le *début*."

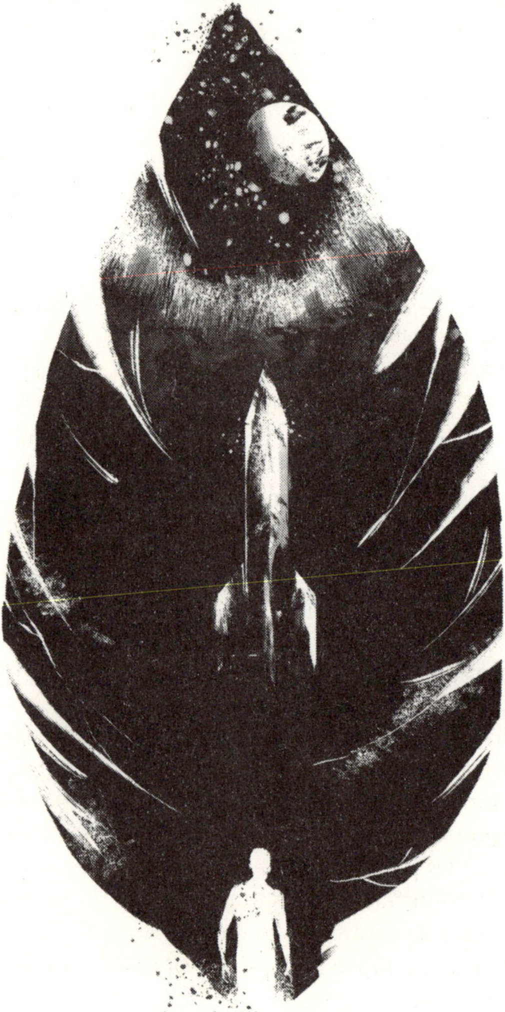

36

LA CHARGE UTILE

Aujourd'hui, c'est notre anniversaire. Aujourd'hui, nous avons officiellement un an.

Pendant presque une année, la fusée quasiment achevée s'est dressée au-dessus de nous, telle une bougie attendant d'être allumée, un rappel du jour où nous sommes nés sous la pluie et dans le feu.

Depuis notre révolution il y a onze mois, il y a eu beaucoup de changements, les plus importants s'étant opérés en nous.

Notre planète ne possède pas beaucoup de richesses minérales, tant que nous n'avons pas découvert où les bêtes géantes des terriers vont mourir (si, en effet, elles meurent). En attendant d'espérer récupérer une partie de leur précieuse peau, nous nous sommes débrouillés avec l'acier envoyé par la Terre dans le vaisseau original. La clôture qui s'est révélée sans intérêt pour notre sécurité nous a fourni une grande partie de notre acier raffiné. Et les plus petits vinnies se sont avérés très utiles pour labourer la terre. Ils sont difficiles à harnacher mais ils aiment se déplacer en lignes droites. Et leur labeur silencieux ne provoque pas de secousses, au contraire des tracteurs.

Chaque jour, on établit le pronostic de notre petite entreprise risquée en estimant notre moral. Et à chaque petit progrès, on a de plus en plus l'impression que notre colonie va se révéler viable.

La première récolte approche et, fort à propos, les premiers membres de notre prochaine génération vont bientôt naître. Notre population et le nombre de nos ventres vont bientôt augmenter pour la première fois depuis notre arrivée. Il y a beaucoup d'agitation dans le village, et des hypothèses angoissées sur ce que l'avenir réserve à notre jeunesse. Il paraît étrange que leurs professions ne soient pas encore décidées et que leur éducation repose entre nos mains, pas entre les vôtres.

Tout n'est pas parfait, évidemment, et ce n'est pas non plus ce que nous espérons. Nous sommes souvent en désaccord et nous apprenons des méthodes pour gérer ces situations. Au fur et à mesure que notre population va s'accroître, nous allons bien être obligés de formaliser une sorte de structure politique. Mais ce sont là des problèmes qui marquent nos victoires les plus fondamentales. Nous avons appris à considérer ces défis comme des signes de progrès, pas de dégradation. Nous survivons afin de nous battre. Nous battre, ça veut dire que nous gagnons. On espère que nos enfants seront partants pour des défis similaires. On espère qu'ils apprendront de vos erreurs et des nôtres.

Sans surprise, un de nos plus grands désaccords a concerné cette histoire. Beaucoup ont été choqués de découvrir que j'avais débuté l'enregistrement de mon récit au cours de l'année passée. Une fois qu'il a commencé à circuler, certains, ravis, ont suggéré des améliorations, me donnant leurs points de vue sur des détails que j'avais manqués. Malgré tout, j'ai essayé de faire en sorte que cela reste mon histoire – et uniquement la mienne –, de peur qu'elle devienne quelque chose de trop vaste à manier.

Les véritables querelles ont débuté quand j'ai suggéré qu'on vous l'envoie. *À vous tous.*

D'abord, c'était censé être une plaisanterie. L'idée paraissait folle : utiliser notre maudite fusée pour vous envoyer précisément l'information que nous avions protégée au prix de grands sacrifices. Nous en avons parlé comme des ados parlent de pas mal de choses – avec le désir de se montrer, de faire un pied de nez à l'autorité, de prouver qu'on pouvait faire ce qu'on voulait.

Plus on rigolait de cette idée, plus elle est devenue réelle. "On ne divulguera pas notre localisation", a insisté quelqu'un. "On n'envoie que l'histoire", a dit Tarsi. "Ce sera comme un avertissement", a dit un autre. "On le fait pour les torturer" (j'avoue être l'auteur de ces derniers mots).

Chaque nouvelle suggestion transformait notre plaisanterie en une véritable possibilité, comme le fantasme de l'alchimiste de changer le plomb en or. C'est devenu un vrai débat, et chaque proposition apparaissait comme un vote de plus en faveur du projet. C'est ainsi que les véritables modifications de mon histoire ont commencé, cette fois pour changer les noms et des détails mineurs, tout ce qui pouvait contribuer à nous localiser.

Le reste des faits est aussi authentique que possible. Mais voici ce qui est tout à fait réel : Une de vos colonies avortées a réussi à survivre, et nous vous envoyons notre histoire. Si vous lisez ceci, c'est que le lancement de notre fusée a réussi, alors imaginez-nous : debout, sous une trouée de la canopée, le menton levé et les yeux emplis de larmes tandis que la chose que nous n'avons jamais voulu construire se propulse – hors de vue, mais selon nos conditions.

J'espère que c'est comme ça que ça se passera. Si c'est le cas, nous ne vous l'enverrons pas directement. Elle vous parviendra suivant un chemin détourné. Pas seulement dans l'optique d'en retarder la découverte mais pour vous empêcher de la pister. Nous espérons sincèrement que vous recevrez ce message provenant d'un être avorté qui a réussi à se ranimer et à s'alimenter, malgré tout ce qui a pu lui faire obstacle. Nous vivons et nous sommes sur le point de prospérer. Notre planète renferme des secrets qui pourraient transformer des mondes entiers en métaux précieux organisés – un trésor auquel vous ne pourrez pas prétendre, nous allons nous en assurer.

D'après la base de données de la colonie, il y avait un peu plus de douze mille colonies avortées au moment de l'atterrissage de la nôtre. On n'a plus eu de nouvelles de quelques milliers d'autres, et personne ne sait si elles ont atteint leur cible d'atterrissage ou si elles ont choisi un endroit apparemment plus approprié. Nous allons réduire le nombre des hypothèses pour vous : Nous sommes l'une de ces colonies. Venez nous chercher, si vous le pouvez. Dépensez toutes les ressources possibles pour déterminer quelle est cette planète que vous avez décrétée ne pas être assez bonne, mais qui détient désormais la clé de vos rêves.

À chaque mauvaise réponse, remarquez le cratère que vous avez laissé derrière vous. Remarquez le trou dans la terre où les compteurs Geiger enregistrent la mort de cinq cents humains potentiels. Et sachez que vous en avez tué bien plus que *ceux-là* dans vos impitoyables calculs. Vous avez tué toutes les générations qui auraient pu venir à leur suite, si seulement vous leur aviez laissé une chance. Vous avez détruit la vie afin de protéger vos brevets.

Nous avons fait l'exact contraire. Nous avons détruit le plus grand brevet que vous auriez jamais connu et nous avons préféré créer la vie. Nous avons choisi de sauver les insignifiants cinquante-trois êtres que nous sommes.

Ah, mais bientôt nous serons cinquante-quatre.

Et d'autres naîtront encore.

TABLE

SILO ORIGINES
traduit de l'anglais (États-Unis)
par Laure Manceau

En 2049, le monde est encore tel que nous le connaissons, mais le temps est compté. Seule une poignée de potentats savent ce que l'avenir réserve. Ils s'y préparent. Ils essaient de nous en protéger. Ils vont nous engager sur une voie sans retour. Une voie qui mènera à la destruction ; une voie qui nous conduira sous terre. L'histoire du silo est sur le point de débuter. Notre avenir commence demain.

SILO GÉNÉRATIONS
traduit de l'anglais (États-Unis)
par Laure Manceau

Donald a pris la place de Thurman. Juliette, quant à elle, est maire du silo 18, et compte en découdre avec les dirigeants du silo 1. Le compte à rebours commence. Donald parviendra-t-il à déjouer la logique macabre du silo 1 ? Juliette réussira-t-elle à s'échapper du silo 18 ? La vie sur Terre pourra-t-elle reprendre, ou s'agit-il d'un ultime leurre ? Avec Silo Générations, *Hugh Howey apporte la touche finale à un cycle déjà culte.*

PHARE 23
traduit de l'anglais (États-Unis)
par Estelle Roudet

Pendant des siècles, des hommes et des femmes ont été gardiens de phare et ont assuré la sécurité des bateaux. C'est un boulot solitaire et ingrat. Jusqu'à ce que quelque chose se passe. Qu'un bateau soit en détresse. Au XXIIIe siècle, on pratique toujours ce métier, mais dans l'espace. Un réseau de phares guide dans la Voie lactée des vaisseaux qui voyagent à plusieurs fois la vitesse de la lumière. Conçus pour être d'une solidité à toute épreuve, ces engins ne connaissent jamais d'avaries. En théorie du moins…

OUTRESABLE
traduit de l'anglais (États-Unis)
par Thierry Arson

Depuis des siècles, le sable a englouti le monde. Un autre s'est créé tant bien que mal parmi les dunes mouvantes, et les plongeurs descendent à de grandes profondeurs pour remonter des ruines figées de l'ancien temps les trésors enfouis dont le troc permet la survie de tous à la surface. Ici, dans cette contrée constamment balayée par le vent, trois frères et une sœur se retrouvent loin les uns des autres. Leur père a disparu un jour sans aucune explication vers le No Man's Land, en les abandonnant. Et leur monde semble s'apprêter à en faire autant.

OUVRAGE RÉALISÉ
PAR L'ATELIER GRAPHIQUE ACTES SUD
REPRODUIT ET ACHEVÉ D'IMPRIMER
EN MAI 2023
PAR NORMANDIE ROTO IMPRESSION S.A.S.
À LONRAI
POUR LE COMPTE DES ÉDITIONS
ACTES SUD
LE MÉJAN
PLACE NINA-BERBEROVA
13200 ARLES

DÉPÔT LÉGAL
1re ÉDITION : OCTOBRE 2022
N° impr. : 2301981
(Imprimé en France)